개국

개국 開國

조선의 설계자들,
그 최후의 승자

조현경 역사소설

학고재

차례

1부 만남　　　7
2부 혁명　　　93
3부 수성　　　163
4부 대망　　　247

작가의 말　　307
참고 자료　　310
인명 사전　　312

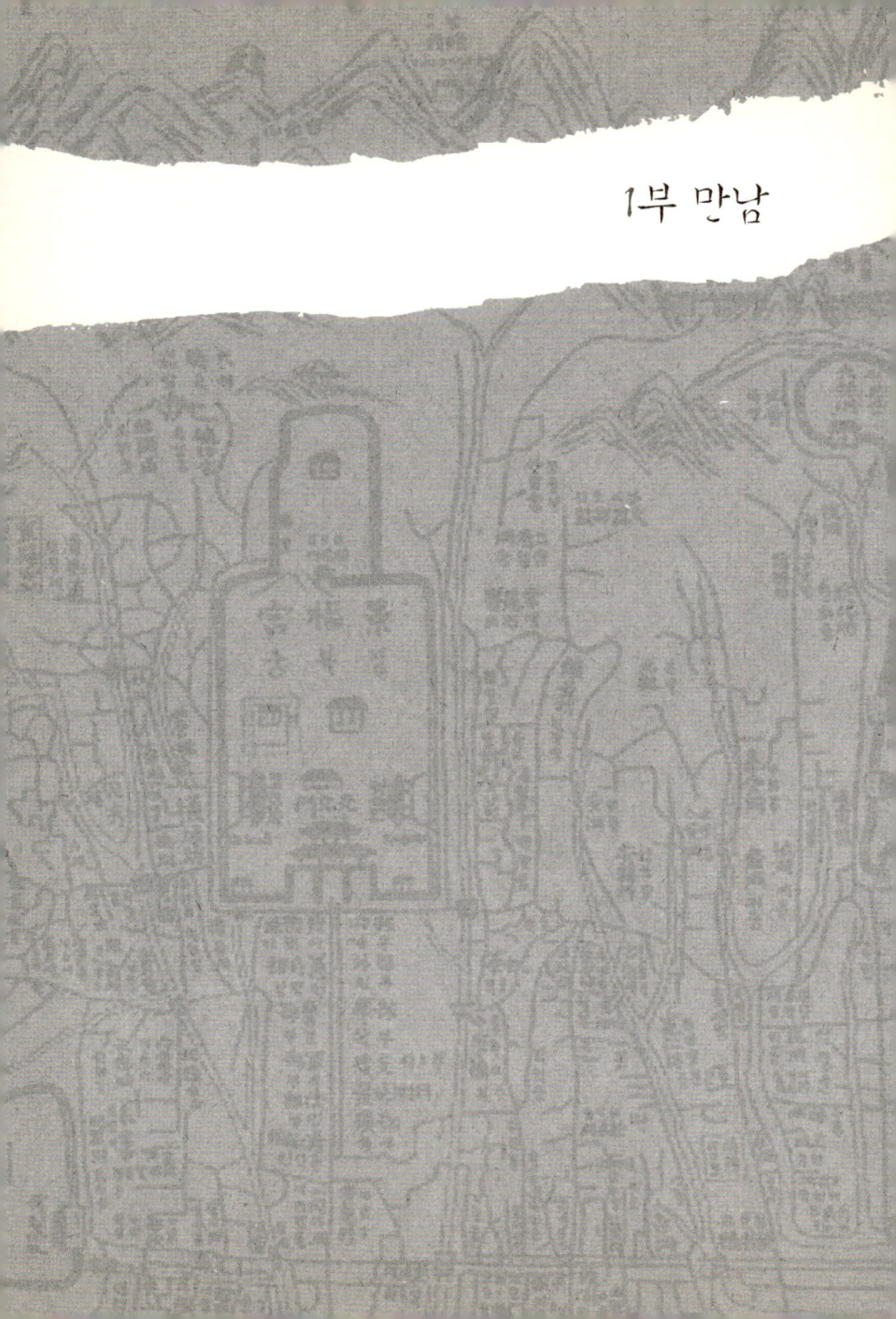

1부 만남

1

 1398년, 태조 7년 여름. 정도전의 측근들이 송현방*에 모여 술을 마시고 있었다. 송현방은 정도전 세력의 핵심 중 하나인 남은이 첩과 지내는 거처였다. 바깥은 매미 소리 요란하고 무더위가 한창이었지만 초록이 무성한 나무 그늘 아래 정자는 시원한 경치가 그만이었다.
 정도전은 이성계를 왕위에 올린 뒤부터 밀어닥친 일들로 자리를 비울 수가 없었다. 갑자기 불어난 몸집 탓에 더위라면 질색이었는데 오랜만에 마음 맞는 이들과 송현방에 모이니 피로가 싹 가시는 듯했다. 오늘만큼은 가노家奴들도 모두 물린 채

*옛 한국일보사 자리.

환담을 나누며 긴장을 풀고 있었다.

그렇게 술자리의 흥이 오를 무렵, 어느 순간 더운 기가 확 몰려왔다. 이웃집에서 불길이 솟았던 것이다. 심상치 않은 말발굽 소리와 여기저기서 부딪치는 병장기 소리에 사람들의 얼굴이 납빛으로 굳었다. 변고였다. 집주인 남은이 서둘러 정도전부터 챙겼다.

"삼봉 대감! 어서 몸을 피하셔야겠습니다!"

"대체 무슨 일인가?"

"정변이 난 것 같습니다! 골목마다 군사들이 가득합니다!"

정도전은 눈을 감았다. 예기치 못한 기습이었다. 왕자 방원인가? 설마⋯⋯ 정말로 군사를 일으켰단 말인가?

"마당으로 화살이 비 오듯 쏟아져 벌써 여럿이 죽었습니다. 일단 다른 곳으로 몸을 피하셔야 합니다!"

남은은 심장이 타들어가는 것 같았다. 역성혁명의 주역이자 신권정치臣權政治의 수장인 정도전을 이대로 잃을 순 없는 노릇이었다. 두 사람은 서둘러 불길을 뚫고 나가 근처 인가에 몸을 숨겼다. 그러나 정도전은 예감했다. 최후의 순간이 눈앞에 다가왔음을.

"여기라고 안전하겠는가?"

"어쨌든 나가시면 안 됩니다. 난적이 워낙 강합니다."

"삼한 이래로 아들이 부왕을 향해 칼을 빼 든 적은 한 번도 없었어! 방원을 경계하기는 했지만 이럴 줄은……."
"이 땅의 어느 누가 그런 패륜을 지지하겠습니까? 충신들을 칼로 벨 수는 있으나 결코 성공할 수 없는 정변입니다."
"이 망극을 어찌한단 말인가! 전하를 지켜드려야 할 내가 이렇게 궐 밖에 숨어 있으니."
"달리 방도가 없질 않습니까!"
정도전은 침통하기 그지없었다. 방원이 어디까지 치려는지 짐작조차 할 수 없었기에.
세자의 자리를 노리는 것일까, 아니면 왕위를 노리는 것일까?
"일단 목숨부터 부지하셔야지요. 그래야 훗날을 도모할 수 있을 것 아닙니까!"
"전하를 잃고 나서 무슨 후일을 도모하겠는가!"
남은은 가슴이 섬뜩해졌다. 방원의 칼날이 왕좌를 겨누고 있다면 그 결과는 승리든 패배든 참혹할 게 분명했다. 고민의 시간이 잠시 지나가고, 정도전은 자신을 제물로 던지기로 마음을 굳혔다.
"가게!"
"대감……."
"방원의 목표는 날세. 그도 사람이면 제 아비를 쉽게 칠 수는 없을 터. 전하 대신 나를 내주게나."
받들 수 없는 명에 남은의 수염이 파르르 떨렸다.

| 1부 단남 |

"나가서 난적들에게 정도전이 여기 있다고 알리게. 그리고 방원을 데려오게."

"잔인하십니다. 저에게 어찌 그런……."

남은의 눈에 탄식 같은 원망이 서렸다.

"그래야 전하가 살 수 있네. 또 자네도 살고, 나를 숨겨준 사람들도 살릴 수 있어."

"방도가 있을 것입니다. 난적들을 물리칠 방도가!"

말이 끝나기 무섭게 정도전의 입에서 추상같은 호통이 터져나왔다.

"어서 나가 알리지 못할까! 한낱 제 목숨을 구하겠다고 전하를 사지로 몰아야겠는가…… 내가! 이 정도전이 나를 도와준 이들을 곤란하게 만드는 파렴치한이 돼야겠는가!"

남은이 비통하게 울부짖었다.

"원통하옵니다, 대감! 개국의 영광이, 새 나라의 역사가 이렇게 무너지다니요, 으윽."

정도전은 자신의 저승사자가 될 이방원을 기다리며 유서와도 같은 시 「자조自嘲」를 읊었다.*

"한결같은 마음으로 양조에 공력을 기울여 / 서책에 담긴

---

*변란의 현장에서 정도전이 죽음 직전에 남긴 시. "操存省察兩加功(조존성찰양가공) 不負聖賢黃卷中(불부성현황권중) 三十年來勤苦業(삼십년래근고업) 松亭一醉竟成空(송정일취경성공)."

12　　│ 개국 │

성현의 진리를 저버리지 않았는데 / 삼십 년 세월, 온갖 고난을 이겨내고 이룩한 것 / 송현방 술 한잔에 모두가 허사던가."

 마지막 시구절이 끝나자마자 난적들의 함성과 함께 이방원의 군사들이 몰려왔다. 부서져라 대문이 열리고 이방원의 호령이 마당을 뒤흔들었다.

 "죄인 정도전은 나와서 무릎을 꿇으라!"

 방문을 열고 나오는 정도전의 눈길은 담담했다. 실록에는 그가 비굴하게 빌면서 목숨을 구걸했다고 나와 있으나 허망한 가운데서도 결코 의연함을 잃지 않은 마지막 시를 보면 실록에 대한 의문이 들 수밖에 없다. 하긴 실록이야 승자의 기록! 이방원은 눈엣가시였던 정도전을 제거하면서 그의 최후를 깎아내리고 싶었던 게 아닐까? 아버지의 가신을 비겁한 졸장부로 만들어 부왕에 맞선 왕자의 난을 정당화하고 스스로를 부각시키려는 의도가 아니었을지…….

 아마도 정도전은 피할 길 없는 죽음의 사신들을 담담하게 맞았을 것이다.

 "이보게, 역신이라니 그 무슨 헛소린가. 내 자네와 함께 전하를 도와 새 왕조 탄생에 평생을 바쳤거늘, 고려왕조가 나에게 역신이라 하면 모를까, 내 어찌 이씨의 나라에서 그런 억울한 소리를 들어야겠는가!"

 방원은 불타는 눈으로 정도전을 노려보았다. 그 역시 할 말이 많았다. 한때 다시 없는 혁명 동지였던 두 사람은 정적으로 돌아서기 전까지 태조 이성계의 등극이라는 공동의 목표 아래 환상의 조화를 이루었다. 개혁파를 배신한 정몽주의 핍박으로 정도전이 절체절명의 위기에 몰렸을 때, 그의 목숨을 구해준 사람은 다름 아닌 이방원이었다. 그랬던 그들이 지금 서로에게 칼끝을 겨누고 있었다. 사람의 일이란, 남자의 운명이란 참으로 알 수 없는 것이었다. 옛 생각이 물밀듯 밀려들어 방원은 울컥했다.

"이씨의 나라라! 당신이 꿈꾼 것이 정말 이씨의 나라가 맞소? 조선을 정씨의 나라로 만들고자 요부 강비와 결탁하여 장자도 아닌 그 아들 방석을 세자로 세우고 국정을 좌지우지하려 한 죄! 그것이 역모와 다를 게 뭐요!"

정도전은 마당으로 나와 섰다. 어느덧 그의 음성에 준엄함이 실려 있었다.

"역모는 지금 자네가 일으킨 것이 역모일세! 왕이 될 욕심에 부왕에게 칼을 들이댄 죄, 결코 하늘이 용서치 않을 게야!"

그러나 방원은 당당하게 소리쳤다.

"하늘은 날 선택했소! 배신한 것은 내가 아니라 대감이오! 잊었소? 망설이는 아버님을 설득하여 역성혁명의 꿈을 꾸게 한 사람이 바로 나였소."

피를 토하는 그의 항변이 이어졌다.

"그저 변방의 장수로 만족하는 아버님과 새로운 세상을 꿈꾸는 당신을 이어준 게 바로 나 이방원이었소. 아버님을 왕좌에 올리기 위해, 새로운 왕조를 열어 백성들을 구원하기 위해 당신을, 바로 당신을 일인지하 만인지상으로 만들려고 내 손에 피를 묻혀가며 수많은 사람들의 머리를 베었소!"

"그렇게 우긴다고 세상이 믿을 것 같은가? 스스로를 속인다고 나까지 속아 넘어갈 것 같은가!"

"내가 아니었다면 대감에게 이런 영화는 없었을 거요! 그걸 모르시겠소?"

"가슴에 손을 얹고 생각해보시게!"

"……."

"정말 아버님을 위해서였나?"

방원은 말문이 막혔다. 또 한 번 정도전의 질문이 이어졌다.

"나를 위해서였다고?"

"……."

"이제야 모든 것이 자명하지 않는가? 자네는 왕이 되고 싶었던 게야. 변방의 호족에서 왕족의 자리에 오른 아버지를 보면서 자신도 왕이 될 수 있겠다는 야망! 그 욕심이 자네 손에 피를 묻히게 한 게야."

"난 사내요. 사내가 대망을 품는 일이 무슨 죄가 된단 말이오! 난세에는 가장 큰 공을 세운 왕자가 그 뒤를 잇는 법! 하지만 아버님은 대감과 강비의 이간질에 넘어가 나를 버리셨소!"

"아직도 자신을 속이는가! 전하께선 자네의 포악한 성품 때문에 온 백성을 감싸 안는 군주가 못 되리란 것을 아시고 다른 아들을 택하신 걸세!"

"닥치시오!"

방원은 마음이 아팠다.

정도전의 입을 통해 아버지에게 버림받을 수밖에 없었던 이유를 듣는 것은 치욕이자 아픔이었다. 더 이상의 논쟁이 무의미했다. 방원은 그를 죽이러 온 것이지 훈계를 들으러 온 게 아니었으므로.

"대세는 이미 기울었소. 천하가 내 손에 있으니 더 이상의 유언 따위는 들어줄 수 없소!"

유언이라······.

마지막이라고 생각하자 정도전은 가슴 깊은 곳에서 방원을 향한 연민이 피어오르는 것을 느꼈다. 창업 동지를 적으로 돌린 것은 바로 그 자신이기도 했다. 선죽교에서 정몽주를 철퇴로 죽인 방원을 과소평가한 것은 스스로의 이상을 너무 믿은 탓이었던가. 정도전은 심장에서 끓어오르는 깊은 목소리로 한때는 조카나 다름없던 주군의 아들을 불렀다.

"정안군, 내 목숨을 거두는 대신 전하는······ 전하는 아니 되네. 하늘이 자네를 택했다면 패륜을 저질러서는 아니 되네! 그래야 자네가 그토록 원하는 왕이 될 수 있어. 고려 말의 실패한 왕들을 잊지 마시게. 역사는, 백성은 패륜을 절대 용서하지 않아."

방원은 느낄 수 있었다. 지금 이 순간만큼은 정도전이 진심을 말하고 있음을. 한때는 자신에게 대부 같던 존재였다. 한편으론 이럴 수밖에 없는 스스로가 비통했다.

"대감이 나를 지켜주었다면, 이복동생 방석이 아닌 날 선택했다면 나 역시 오늘 같은 비극은 만들지 않았을 것이오."

정도전에게서 죽음의 공포는 찾아볼 수 없었다. 목숨은 이미 놓아버린 상황이었다.

"먼저 간 포은이 맞아주지 않겠나? 대업을 위해 평생지기도 저버린 나인데, 자네의 비애는 야망의 그림자 뒤로 사라져 갈 걸세."

"잊지 마시오! 나를 이렇게 만든 것은 바로 대감이오."

방원이 수하들에게 마지막 신호를 보냈다. 칼 뽑는 소리가 들리자 정도전은 하늘을 향해 고개를 들었다.

"잘 가시오!"

방원이 작별 인사를 건넸고, 정도전은 마지막으로 주군을 불렀다.

"전하!"

순간 정도전의 머리가 바닥에 떨어졌다. 잠시 죽음 같은 정적이 흘렀다. 이젠 더 이상 돌이킬 수 없음을 방원은 온몸으로 느꼈다.

수하들이 함성을 지르기 시작했다. 반역의 수괴가 넘어졌다고! 정도전이 죽었다고! 방원은 마음을 다잡았다. 거사는 반드시 성공해야 하고, 이제는 더 이상 흔들릴 수 없었다.

"가자! 대궐로! 전하를 지키고 역적의 무리를 소탕하자!"

이것이 그 유명한 '왕자의 난'이다. 변란의 현장에서 이방원의 칼에 쓰러진 삼봉 정도전. 조선의 창업과 한양 천도에 어느 누구보다 많은 공을 세웠지만 조선이 멸망하는 고종 때까지 역신逆臣으로 기록되어 역사에서 철저히 외면받았던 비운의 사상가. 그의 최후는 이 같은 참담한 비극으로 끝났다.

대궐에서는 태조 이성계가 뒤늦게 평생지기 정도전의 죽음을 전해 들었다.

"상감마마! 상감마마!"

편전 문이 벌컥 열렸다. 내관이 달려오다 엎어지며 심상치 않은 일이 벌어졌음을 몸으로 먼저 말했다.

"무슨 일이냐!"

내관은 제대로 말을 잇지 못했다.

"마마, 크…… 큰일 났사옵니다. 정변이, 정변이 일어났다 하옵니다!"

"무어라! 어느 놈이냐! 어떤 놈이 감히!"

"아뢰옵기 황공하오나 정안군이 주모자라 하옵니다."

"무어라? 왕자가…… 방원이 정변을 일으켜?"

"그러하옵니다, 마마."

"믿을 수 없다. 과인이 이미 세자를 정했거늘, 그놈이 어쩌자고."

"도당에서 연명 상소가 올라왔사온데, 좌정승 우정승이 백관들과 함께 올린 것이옵니다."

이성계는 긴장했다. 방원 혼자 난리를 치고 있는 것이 아니라 문무백관이 연명 상소까지 올렸다면 아들의 무리가 이미 조정을 장악했다는 말이나 다름없었다.

"읽어보라!"

내관이 손을 부들부들 떨면서 연명 상소를 펼쳤다.

"정도전과 남은, 심효생 등이 비밀리에 모의하여 종친과 원로들을 해치고 사직을 위태롭게 하려는 기미가 있어 제거했사옵니다. 일이 급박하여 미처 아뢰지 못했으나 사전에 미리 알고 죄인들을 죽였으니 성상께서는 놀라지 마옵소서."

분노해야 할지 슬퍼해야 할지 이성계는 아직 갈피를 잡지 못했다.

"방원이 그놈이 정도전을 죽이고 백관들까지 이미 포섭했단 말이냐!"

"대궐 문 앞에 수많은 병사들이 모여 있사옵니다. 운종가 바닥에서 백관들을 모아놓고 복종을 강요하며 거부하는 자는 그 자리에서 죽였다 하옵니다."

기가 막혔다. 하지만 가장 먼저 떠오른 것은 세자를 보호해야겠다는 생각뿐이었다.
"세자는 어디 있느냐? 세자 방석을 불러오라!"
위기 상황임을 전해 들은 세자는 이미 편전에 와 있었다. 어린 세자의 목소리에 비통한 떨림이 가득했다.
"아바마마!"
"세자! 어서 오너라. 내 곁에, 이 아비 곁에서 한시도 떨어지지 마라."
"방원 형님이 소자에게 궐 밖으로 나오라고 합니다."
"안 된다! 나가면 안 돼!"
"설마 형님이 동생을 죽이기야 하겠습니까? 궐 안에서 버티다 혹여 아바마마께 화가 돌아갈까 두렵습니다. 차라리 소자가 형님을 달래볼 터이니 출궁을 허락하여 주시옵소서."
"그놈은 벌써 개국공신인 정도전을 죽였다. 정도전이 누구냐? 그놈에겐 대부나 다름없는 이 아비의 평생 동지였다. 오늘날의 왕실이 오로지 그의 손에서 만들어졌거늘, 은혜를 원수로 갚지 않았느냐! 이것이 모두 왕위를 노리고 한 짓이니 세자인 너를 그냥 둘 리 없다!"
바닥에 엎드린 세자의 손등 위로 눈물이 뚝뚝 떨어졌다.
"방번 형님은 이미 나갔습니다. 저 혼자 살겠다고 숨어 있으면 어떤 화가 미칠지 모르옵니다. 부디 소자를 보내주시옵소서."

가장 어린 아들, 가장 사랑한 아들이었다. 방석의 눈물을 보고 있는 이성계의 가슴속에서 묵직한 무언가가 무너져 내렸다.

"죽을 걸 뻔히 알면서 아들을 사지로 내모는 아비가 세상 어디에 있다더냐. 안 된다. 너만은 절대 안 된다."

"아바마마! 제가 나가지 않으면 방번 형님은 물론 다른 형제들의 목숨도 위태롭습니다."

"다 같은 내 자식인데 형의 칼날에서 동생을 지켜야 하다니, 이 무슨 참변이란 말인가!"

이성계의 여덟 번째 아들 방석. 태조의 계비 신덕왕후 강씨의 소생으로, 부왕의 총애와 정도전의 후원에 힘입어 세자가 되었으나 영광이 화를 불러 왕자의 난에 죽임을 당하니 방년 열일곱! 꽃다운 나이였다. 이방원은 이복형제들뿐 아니라 태조의 사위였던 이제李濟마저 단칼에 베어 아버지의 팔다리를 꼼짝없이 묶은 뒤 부왕을 압박했다.

"상감마마! 왕자 방원을 세자로 삼으라는 상소가 또 올라왔습니다."

"천인공노할 일이다! 그런 극악한 놈에게 왕위를 물려주느니 차라리 내 대에서 왕조를 닫으리라!"

"적장자가 우선이라면 둘째 형인 방과를 세우시랍니다. 아니면 더 많은 사람이 다칠 것이라고……."

노골적인 협박이었다. 아들에게 목숨을 위협받는 상황. 천하의 맹장이었던 이성계로서는 이런 상황을 도저히 받아들일 수 없었다. 인정할 수가 없었다.

"고얀 놈들! 어디다, 어디다 감히……."

"고정하시옵소서, 마마."

"하늘이, 하늘이 나를 버리는가?"

"정변이 일어난 지 사흘이 지났사옵니다. 마마, 부디 옥체를 보존하시어 후사를 도모하시옵소서."

개국 군주의 눈에서 눈물이 흘러내렸다.

"정녕 하늘의 뜻이 방원에게 있더란 말이냐. 거두고 먹이고 입힌 결과가 형제를 죽이고 아비의 자리를 빼앗는 것이란 말이냐. 그놈은 아들이 아니라 철천지원수로구나."

내관도 따라 울었다.

"비명에 간 왕자들의 희생이 헛되지 않게 하여 주옵소서. 전하만은, 전하만은……."

"과인이 그 도적놈에게 왕위를 내주려고 한평생을 전장에서 살았단 말인가. 삼봉, 삼봉…… 말 좀 해보시오. 항상 나에게 길을 일러주지 않았소. 어찌하여 나를 두고 먼저 갔단 말이오!"

이성계는 아들의 칼에 세상을 뜬 정도전의 호를 부르며 통한의 눈물을 삼켰다.

"교지를 내리거라. 과인은 고려를 닫고 새 왕조를 열어 만세의 터전을 닦으려 했으나 충신들은 도살당하고 자식들이 서로 죽고 죽이는 참극이 계속되니 더 이상의 비극을 막기 위해 왕자 방과를 세자로 세우고, 곧 세자에게 양위하여 불안에 떠는 백성들을 안심시키려 하노라."

원나라에 휘둘리던 오백 년 고려왕조를 닫고 무혈혁명으로 새 왕조 조선을 세운 태조 이성계의 자부심이 한순간에 무너지는 순간이었다. 그는 아들에게 꺾인 늙은 아비였다.

2

이방원이 일으킨 왕자의 난은 단순히 형제들끼리의 왕권 다툼이나 세자 교체의 문제에서 그친 것이 아니라 나라의 운명까지 뒤바꾼 민족사의 변란이었다. 정권을 뒤집기 위해 아버지의 반대 세력을 결집시켜야 했던 방원은 새 왕조 창업에 불만을 품은 사람들과 연대함으로써 조선 건국의 명분을 스스로 약화시키는 역사의 후퇴를 가져왔으니, 요동의 변방에서 벗어나 중원에 대항하는 삼국 체제를 형성할 절호의 기회를 스스로 날리고 말았다.

형제를 죽이고 아버지를 왕위에서 끌어내린 정변을 정당화시켜야 했던 방원은 선죽교에서 제 손으로 죽인 고려의 마지막 신하 정몽주를 충신으로 만들고, 자기 가문을 왕족으로 만든 정도전을 역신으로 기록하여 그에 대한 정당한 평가를 가로막았다. 삼봉 정도전이 역신의 오명을 씻은 것은 왕자의 난 이후 오백 년이 지난 고종 2년, 대왕대비 신정왕후 조씨에 의해서였다.

'경복궁을 재건하고 나니 궁전 이름을 정하고 송축하는 가사에 감명이 새롭다. 천년 뒤에도 가슴 깊이 남을 감동을 전해 주었으니 이 모든 것의 기초를 세운 정도전의 훈작을 회복하고 시호를 내리도록 하라.'

정도전은 고려 말의 청백리로 유명한 형부상서 정운경의 장남으로 열여덟 살 때 성균시에 급제했으며, 공민왕의 아들인 우왕의 서연관書筵官을 지냈다. 서연관이란 왕을 가르치는 일종의 선생 같은 직책을 말한다.

신돈의 여종이었던 반야의 소생으로 알려진 우왕. 공민왕의 자식이 아니라 신돈의 자식이라는 소문 때문에 핏줄 콤플렉스에 시달렸던 그는 성군의 자질을 증명해 보이기 위해 어린 시절엔 나름 공부에 열의를 보였다.

"전하, 자고로 임금은 어질어야 하고 신하는 공경할 줄 알아야 하며, 자식은 효를 행해야 하고 부모는 자애로워야 하는 것이 인간의 도리이옵니다."

어린 우왕은 서연관 정도전에게 열심히 질문했다.

"임금은 어질어야 한다고 했는데, 어진 임금이란 어떤 임금이오?"

"어진 임금은 만백성을 평안케 하는 왕이 아닐는지요."
"어떻게 하면 만백성을 평안케 할 수 있겠습니까?"
"일찍이 선왕이신 공민왕께오서는 나라에 흉년이 들어 백성들이 굶주릴 때면 당신도 끼니를 거르셨습니다."
"정말입니까?"
"감선減膳을 하시어 하루에 한 끼밖에 안 드셨습니다."
"세상에, 아바마마께서 하루에 한 끼만 드셨다고요?"
"그러하옵니다, 전하."
"임금의 자리가 영화로운 자리인 줄만 알았는데 백성의 고통을 함께하는 힘든 자리로군요."

정도전은 우왕을 대견스레 바라보았다.

"그것이 바로 용상龍床의 무게입니다."
"아바마마는 정말 대단하신 분입니다."
"고려의 개혁을 위해 평생을 바치셨지요."
"한데 궁금한 게 있어요."
"말씀하십시오, 전하."
"한때 아버님이 중용하신 신돈이 요승이라 하던데, 아버님은 어찌하여 그런 괴이한 자를 높이 쓰신 것입니까?"
"원나라가 상국 노릇을 하니 신하들이 원나라 눈치를 보느라 왕명을 업수이 여겼고, 공민왕께오서는 신하들 중에 기댈 데가 없으셨습니다. 신돈은 도를 닦던 사람이니 재물에 욕심

부리지 않고 파벌도 만들지 않을 거라 생각하셨던 거지요. 그도 처음엔 왕명을 받들어 사리사욕 없이 개혁적인 정책을 폈던 것으로 알고 있습니다."

"그러던 사람이 어찌 그리 망가지게 된 것입니까?"

"원래 권력은 한 사람에게 몰리면 안 되는 것입니다. 지나친 권세는 반드시 썩게 마련이니까요. 아첨과 아부에 능한 자들이 주변에 몰려들고 권력의 단맛을 한번 맛본 자는 그걸 지키기 위해 수단 방법을 가리지 않게 됩니다. 신돈은 좁은 세상에 살던 사람이어서 자신만 중히 여기고 백성들을 생각하지 않았습니다. 결국 공민왕께서 내치고 마셨지요."

"오오, 경의 설명은 언제나 쉽고 재미있소."

"망극하옵니다, 전하."

우왕은 제법 의젓한 태도로 계속해서 정도전에게 가르침을 청했다.

"경의 가르침이 필요하니 과인을 자주 찾아 아바마마의 공적에 누를 끼치지 않는 아들이 되게 하여 주시오."

정도전은 성군이 되려는 어린 왕의 의욕에 내심 감격했다. 그러나 고명대신으로 정권을 쥐고 있던 당시의 수시중守侍中* 이인임은 왕실 주변에 새로운 세력이 자리 잡는 것을 용납하

*고려 시대. 문하부의 으뜸 벼슬.

지 않았다.

"서연관 정도전이 요사한 언변으로 왕의 마음을 호리고 있다고?"

이인임의 수족 노릇을 하고 있던 지윤이 정도전의 움직임을 미주알고주알 보고하는 중이었다.

"아무래도 귀찮게 되셨습니다. 전하께 가는 걸 막기는 했지만 얼마 전에 올라온 정도전 패거리의 연명 상소를 기억해보시지요. 함부로 수시중 어른을 비판하고 난리도 아니었잖습니까?"

"이보게, 지윤."

"예, 대감!"

"그 정도전을 비롯해 정몽주니 이숭인이니 하는 놈들이 모두 이색 밑에서 동문수학하던 놈들 아닌가! 책상물림에 지나지 않는 것들이 하루도 빠짐없이 연명해서 상소나 올려대고……."

"지금까지는 전하 가까이에 갈 일이 없어 상소가 올라와도 내다 버리면 그만이었는데 경연을 핑계 삼아 전하를 지척에서 만나고 있질 않습니까?

"좋은 일이 아니야. 위험해."

"정도전은 원래 공민왕도 아끼던 인재입니다."

"인재는 무슨……. 걱정 말게. 내게 다 생각이 있으니."

개혁 정치를 펴던 공민왕은 한밤중에 암살을 당했다. 국왕의 암살이란 것이 얼마나 큰일인가! 당시의 국정을 좌지우지

하던 수시중 이인임은 국가적 차원에서 철저히 파헤쳐야 할 공민왕 시해 사건을 흐지부지 만들고, 출생이 베일에 싸여 있는 우왕을 허수아비로 만들었다. 게다가 자신의 치부를 드러내는 상소를 올리던 정도전이 경연을 계기로 우왕과 가까워지자 정도전을 서연관에서 물러나게 하고 원나라 영접사로 봉했다.

3

"그게 무슨 소리요? 나더러 원나라 사신을 영접하라고요?"
 어이없어 하는 정도전에게 지윤은 거만한 눈길을 보냈다.
 "까막눈이오? 그렇다지 않소?"
 "허! 미치지 않고서야 나한테 이런 명을 내릴 리가 있소?"
 "수시중 어른을 위시한 도당*의 명이오."
 "내가 올린 상소들을 보지 못한 것이오? 기울어가는 원나라의 사신을 영접했다간 중원의 패권을 틀어쥔 명나라에서 당장 쳐들어올 것이오. 원나라 사신들을 국경 밖으로 내치라는 상소를 올렸는데, 그런 사람한테 오히려 영접사를 시키다니!"

*고려 후기 최고의 정부 기관인 도평의사사의 별칭.

지윤은 정도전을 상대하기도 귀찮다는 듯 내뱉었다.

"거, 미관말직 주제에 하라면 하는 거지 웬 말이 그리 많아!"

"선왕의 피가 채 마르지도 않았소! 선왕의 죽음은 원나라 놈들이 배후라는 건 천하가 다 아는 사실인데, 만일 나에게 영접사를 강요한다면 선왕의 유지를 받들어 그 자리에서 사신의 목을 베겠소!"

혈기 넘치는 청년 정도전의 정의감은 수시중의 심복인 지윤 앞에서도 전혀 수그러들지 않았다.

"어리디어리신 전하께오서 물정 모르고 가까이 두셨다 하여 기고만장과 오만방자가 하늘을 찌르는구먼! 조정에 충신이 당신밖에 없는 줄 아시오? 목숨이 몇 개라도 된다면 어디 마음대로 해보시오!"

지윤은 협박도 서슴지 않았다. 정도전은 친구 정몽주를 찾아가 사태를 의논했다.

"포은, 이를 어쩌면 좋겠는가! 북원의 사신은 고려의 원수인데 수시중을 거역하면 왕명을 거부한 것이 되고, 명을 따르면 도리를 저버리는 게 되니……."

"우리가 연명해서 올린 상소이니, 이는 시작일 뿐이네. 권세에 눈먼 수시중 이인임을 몰아내지 않으면 앞으로도 계속해서 이런 정치 보복이 이어질 걸세."

"우리의 이상이 이런 진흙탕 속에서 걸레가 되어가다니……."

"자네와 나는 힘없는 신진 사대부에 지나지 않네. 하지만 저들은 원나라와 손잡고 왕을 갈아 치우며 정권을 놓지 않는 이들이 아닌가."

"상소도 아무 소용이 없고, 명분은 그저 하찮은 종이 쪼가리에 지나지 않아."

"원래 싸울 때는 적들의 수준으로 내려가게 되어 있어. 그래서 많은 선비들이 벼슬을 내던지고 초야에 묻혀 사는 게 아닌가. 이 꼴 저 꼴 보기 싫어서 말일세."

정도전은 결심했다. 파직을 당하는 한이 있더라도 수시중의 간교에 놀아나지 않겠다고. 청백리였던 아버지의 명예로운 이름에 먹칠하는 아들은 되지 않겠노라고!

정도전의 아버지 정운경은 대쪽 같은 선비로 유명했다. 관직 생활 내내 청렴한 원칙주의자로 한 점 흠 없이 살았고, 목민관으로 백성들을 사랑하여 청백리의 표상이 된 사람이었다. 옳은 길이 아니면 가지 않았고 모리배들의 모함을 받으면 벼슬을 내던지는 한이 있어도 타협하지 않았다고 한다. 그 아버지에 그 아들. 부친의 영향을 받은 탓인지 정도전은 조선 창업 이후 최고 실력자가 된 뒤에도 재물에 욕심내는 법이 없었다. 평생을 청빈하게, 오로지 공무에만 전념하며 살았다.

당시 고려 조정은 수시중 이인임의 세상이었다. 우왕은 열한 살의 어린 소년이었고, 태후는 기울어가는 나라의 궁궐에서 평생을 마음고생에 시달려 기력이 쇠할 대로 쇠해 있었다. 달걀로 바위 치기였을까. 수시중 이인임을 비판하던 정도전의 몸짓은 처절하게 부서졌다. 관직을 삭탈당하고 전라도 회진현으로 유배를 가게 된 것이다.

뜻을 같이했던 정몽주는 정도전 혼자 유배를 가는 것이 괴로웠다.

"낯 뜨거워 견딜 수가 없네. 우리 모두 뜻을 같이했는데 자네 홀로 유배를 가다니……."

"영접사를 거부할 때부터 이미 죽음을 각오했다네. 그러니 유배형도 가벼운 게 아니겠나."

"기다리게. 우리가 다시 연명 상소를 올려 자네를 구명해보겠네."

하지만 정도전은 뜻밖에 단호했다.

"아니 되네! 그리하면 수시중 이인임은 옳다구나 하고 신진 사대부를 모두 엮어 귀양 보낼 것이네. 어리신 전하는 누가 보필하겠는가?"

"허나……."

정도전이 친구의 말문을 막았다.

"우리가 옳은 말만 하다가 모두 사라지면 조정은 온통 간신들

| 1부 만남 | 33

천지가 될 것 아닌가! 때를 기다리게. 희생은 나 하나로 족하네."

정몽주는 그래도 미안해했다.

"충신은 죄인이 되어 귀양을 가고 간신은 도당에 높이 앉아 떵떵거리다니 이 나라 고려가 어찌 되려는지 말이야."

정도전은 다만 한 가지 부탁을 했다.

"가끔, 우리 집을 살펴봐주겠나?"

"말이라고 하는가! 벗들이 돌아가면서 챙기겠네. 하지만 모두들 형편이 어려우니……."

"아침에 도를 알면 저녁에 죽어도 좋고, 의를 행하는 일에는 목숨을 건 각오가 있어야 하지 않겠나. 식구들도 이해해주겠지."

"사내는 혼인을 하지 않고 사는 게 나을 것 같다는 생각도 드네. 나 혼자 겪는 고생이야 감수하면 그만이지만 식구들한테는 미안할 때가 많네."

세상에는 두 종류의 아버지가 있다. 고개를 숙여서라도 가족을 먹여 살리는 아버지와 세상에 세운 뜻으로 자식들에게 어떻게 살 것인가를 보여주는 아버지. 정도전의 아버지는 청렴했던 사람이라 식구들이 굶을 때가 많았지만, 정도전은 그런 아버지가 자랑스러웠다. 고려의 선비들에게 존경받았던 아버지처럼, 비굴하게 살며 자식들을 배불리 먹이기보다 배를 곯더라도 당당하게 사는 모습을 보여주고 싶었다.

"부디 몸을 아끼시게. 먼 곳에서 혼자 지내는데 몸까지 상하면 아니 되네."

귀양 가는 나루터에는 정도전의 부인 최씨도 와 있었다. 유배 떠나는 지아비를 위해 챙겨온 서책이 들려 있었다.

"나리, 여기 말씀하신 책들입니다."

"미안하오, 부인."

결국 최씨는 울음을 터뜨렸다.

"옷은⋯⋯ 베옷 한 벌밖에 못 쌌어요. 옷 지을 시간도, 천도 없어서."

"괜찮소. 지금 입고 있는 옷과 번갈아 입으면 될 거요."

"겨울엔 어쩝니까? 베옷 한 벌로 추위를 어찌 나시려고요."

정도전은 부인을 걱정시키지 않으려는 듯 짐짓 호탕한 척 말했다.

"사나이가 몸만 가리면 됐지, 그깟 추위가 대수요? 북방도 아니고 따뜻한 전라도니 괜찮을 거요."

"앞으로, 애들 데리고 저 혼자 어찌 살라고⋯⋯."

"미안하오, 부인. 내 부인에게는 할 말이 없소. 그저 기다려 달라는 말밖에는."

최씨는 조정이 원망스러웠다. 이해가 안 됐다.

"도대체 나리가 무슨 잘못을 했다고⋯⋯."

"다 내가 부덕한 탓이오."

| 1부 만남 | 35

"식구들보다 전하를 더 챙기시고, 집안일보다 나랏일을 우선으로 밤낮없이 일만 해온 사람을 이리 내치다니 대체 조정은 뭐 하는 곳이랍니까!"

"젊어서 고생은 사서도 한다고 하질 않소. 그러니 조금만 참아주시오. 벼슬길에 올라도 늘 좋으란 법은 없는 거요. 전화위복이 되도록 내 심기일전하리다!"

"제가 이 집안에 잘못 들어와서 나리의 앞날을 막는 것만 같습니다. 서녀인지라 아무 도움도 못 드리고……."

"그게 무슨 소리요? 나를 처가 덕이나 보는 못난 사내로 만들고 싶소? 다시는 그런 말 마오!"

언제 돌아올지 모르는 유배지로 지아비를 보내야 하는 최씨는 가슴이 미어졌다.

"부디 몸조심하세요."

"미안하다는 말은 더 이상 하지 않겠소. 다만 부인의 고생은 뼛속 깊이 새겨두리다."

정도전의 아내는 경주 최씨 최습의 딸로 첩실 소생이었다. 고려 사회는 조선처럼 적서 차별이 엄격한 사회가 아니어서 서얼들도 관직을 받았지만 고위직까지 오르는 경우는 드물었다고 한다. 조선 사회만큼은 아니어도 눈에 보이지 않는 차별이 역시 있었던 것이다. 가난하지만 유능한 엘리트 남편과 명문가 서녀의 혼인, 정도전과 최씨는 그렇게 맺어진 부부였다.

유배지인 전라도 회진현에 도착하고 얼마 지나지 않아 포은 정몽주의 서신이 도착했다. 서신을 펼쳐 보는 정도전의 손이 떨렸다. 믿고 싶지 않은 가슴 아픈 사연이 담겨 있었던 것이다.

'삼봉! 잘 있는가. 자네가 그토록 염려했건만, 나 역시 같은 처지가 되었네. 이 편지는 유배지인 언양에서 쓰고 있다네. 자네가 유배를 떠난 뒤 간관諫官들과 함께 상소를 올려 이인임을 탄핵했네만, 이참에 신진 사대부를 다 쓸어버리려 했는지 우리네 벗들을 전국 각지로 유배 보냈네. 전록생과 박상충은 장독이 퍼져 길에서 숨을 놓았다네. 벗들을 잃은 것이 이렇듯 가슴 아플 줄 알았다면 차라리 우정을 맺지나 말았을 것을. 곡도 못하고 향도 피우지 못한 채 벗들과 영영 이별하니……. 부디 건강하시게. 우리라도 다시 만나 먼저 간 친구들을 기리며 술 한잔 기울일 수 있게 말일세.'

뜻하지 않은 벗들의 부고를 접한 정도전은 통곡했다.

'하늘이 어찌하여 우리에게 이런 시련을! 세상은 어진 이를 보내고 권세 있는 신하를 잡는구나. 나는 무엇 때문에 이리 우는가. 우리의 도가 사라진 것에 울고, 우리가 이제 본받을 데가 없어서 우는 것이다. 이 눈물은 가신 분이 아니라 살아남은 자들을 위한 것이야.'

4

정도전이 유배 생활을 하는 동안, 도성에선 우왕의 생모를 자처하는 여인 반야般若가 난입하여 궁궐을 발칵 뒤집어놓았다. 태후궁의 담장을 넘다가 잡혀온 반야가 태후마마를 만나게 해달라고 조르자 수시중 이인임이 태후를 찾아갔다.
"태후마마! 혹시 반야라는 여인을 아십니까?"
태후가 소스라치게 놀라며 되물었다.
"반야? 반야라고?"
"간밤에 웬 여인이 태후궁을 넘었사온데 자기가 전하의 생모라며 태후마마를 뵙게 해달라면서 떼를 쓰고 있사옵니다."
"무어라……."
이인임은 짐짓 태후를 떠보았다.

"사실 선왕께서 살아 계실 적에 반야라는 여인에게서 원자를 보셨다는 말씀을 하신 적이 있사온데……."

"시끄럽소! 즉위 초에 주상의 출생을 두고 참담한 말들이 오간 것을 생각하면 아직도 내 가슴이 진정되지 않는데 한낱 미친 여자의 말에 놀라 태후전까지 달려온단 말이오? 수시중께서 알아서 처리하세요."

태후도, 수시중 이인임도 반야의 출현이 전혀 반갑지 않았다. 선왕의 고명대신이라는 명분으로 우왕을 손에 넣고 국정을 좌지우지하던 이인임은 신돈과 얽힌 우왕의 출생 논란을 재현시킬 이 여인의 존재가 뜨거운 감자였다. 과연 반야는 우왕의 생모였을까? 만일 생모가 아니라면 그녀는 왜 그런 짓을 했던 것일까?

반야는 옥에 갇혀서도 자신이 우왕의 생모라는 주장을 되풀이했다.

"내가 바로 전하의 생모라니까요! 내가 한때 여종이었다고 괄시하는 건가요? 나도 원래는 양반집의 여식이었소. 아비 때문에 관비가 되어 신돈의 집에서 종살이를 한 건데, 어쩌다 선왕을 모시게 되어 회임까지 한 것이오."

이인임으로서는 골치가 아팠다.

"그게 사실이냐?"

"몇 번을 말해야 아시겠소, 아이를 낳자마자 신돈이 빼앗아 갔단 말이오. 저는 이제나저제나 선왕이 부르시기만 기다려왔는데 갑자기 흉한 일을 당하시고······."

"어허! 무엄하구나!"

반야는 애절했다.

"자식에 대한 그리움에 피가 마르고 애가 닳아 더 이상은 기다릴 수가 없더이다."

그러나 반야가 친자라고 주장하는 우왕은 일반 백성이 아니었다. 가정사가 곧 국사가 되는 왕실의 일이니 진실이 중요한 게 아니라 정권 유지에 도움이 되느냐 마느냐가 관건이었다.

"도대체 바라는 것이 뭐냐! 무얼 바라고 전하의 생모라는 거짓말을 하는 게냐."

"바라는 건 아무것도 없소. 다만 자식을, 내 자식을 보고 싶을 뿐이오. 어미를 그리고 있을 아이에게 생모가 살아 있음을, 이렇게 어미가 그리움에 피를 토하고 있음을 알려주고 싶을 뿐이오!"

"선왕도 아니 계시고 신돈마저 죽고 없는 마당에 누가 너의 말을 증명하겠느냐!"

이인임의 말마따나 반야에게는 우왕의 생모임을 보여줄 만한 증거가 아무것도 없었다. 그저 천륜을 믿을 뿐이었다.

"내 아들을, 전하를 뵙게 해주시오. 핏줄은 천륜이니 모자가 만나기만 하면 한눈에 서로를 알아볼 것이오!"

"어허! 헛소리 그만하고 어서 배후를 대지 못할까!"

반야는 미칠 것만 같았다.

"배후라니…… 배후라니요! 그저 자식 그리는 어미의 피 끓는 모정이 배후요. 전하를 뵙게 해주시오. 내 소원은 그것뿐이오."

하지만 반야는 끝내 아들을 만나지 못했다. 정권 유지에 위협이 되는 반야의 존재를 없었던 일로 만들기 위해 이인임이 모략을 꾸몄던 것이다. 증인이 될 수도 있는 왕의 측근들 가운데 환관과 유모가 사약을 받았고, 반야는 임진강에 시체가 되어 떠올랐다. 우왕의 출생 문제는 영원히 미궁에 빠지고 말았다. 한꺼번에 가까운 이들을 모두 잃은 어린 왕은 날개 떨어진 새 같았다.

"수시중 대감! 전하께오서 대사면을 내리셨다면서요?"

"마음 주던 주변 사람을 모두 잃은 탓에 기가 허해지셨어. 게다가 가뭄과 왜구의 침입으로 민심이 흉흉하니 전례에 따라 사면령을 내린 거지."

이렇게 말하면서 이인임은 우왕의 사면장에 손을 대고 있었다. 지윤이 물었다.

"그런데 뭘 하고 계신 겁니까?"

"사면 대상에 정몽주와 정도전이 끼여 있네. 정몽주는 몰라도 정도전 이놈은 풀어줄 수 없지."

"그래서 정도전의 이름만 먹으로 지우고 계신 겁니까? 조금

심한 거 아닙니까?"

지윤은 자신도 수시중 이인임의 수하로 살아가고 있지만 정도전에 대한 도를 넘은 핍박에 질린 듯한 표정이었다.

"자네는 그래서 안 되는 거야. 될 성부른 나무는 떡잎부터 안다고. 방해되는 놈들은 애초에 싹을 잘라야 해."

"무섭습니다. 대감께 한번 밉보이면 평생 벗어날 길이 없겠구먼요!"

수시중 이인임에게 밉보인 정도전은 억울한 귀양살이를 삼 년이나 했고, 귀양에서 풀려난 뒤에도 개경 출입을 금지당한 채 칠 년 동안 지방을 떠돌아야 했다. 십 년 세월은 그야말로 모진 나날이었다. 정도전이 그 시절에 이사를 얼마나 많이 다녔는지 이런 시까지 남아 있다.

오 년 동안 집을 세 번이나 옮겼는데
올해에 또 이사를 가야 한다.
들은 넓은데 초막은 작고,
산은 길지만 고목은 성글어라.
밭 가는 농부는 이름을 물어오건만
옛 친구는 안부마저 끊어버렸네.

책을 펴던 손으로 초막을 짓고 직접 농사를 지을 수밖에 없는 상황이었다. 또 자기 손으로 해 가리고 비 그을 공간도 마련해야 했다. 부인 최씨는 그런 남편이 안쓰러우면서도 한편으론 대견하기도 했다. 가난한 살림, 땡볕에 고생하는 남편에게 줄 수 있는 것은 한 대접 물밖에 없었지만 다시 모인 가족은 행복했다.
"나리, 목이나 좀 축이고 하세요."
"안 그래도 목이 마르던 참인데…… 고맙소, 부인."
"힘드시지요?"
정도전은 소매로 입가의 물기를 닦았다.
"식구들과 살 집을 마련하는 일이라 그런지 힘든 줄 모르겠소."
"책상에서 공부만 하시던 양반이 이런 목수질은 언제 배우셨답니까?"
"귀양지에서 무슨 할 일이 있겠소? 죄인에게 내려진 것이 없으니 초막도 내 손으로 짓고 농사도 지으며 먹고살았지."
최씨의 가슴이 아려왔다.
"평생 글공부만 하시던 분이……."
"제대로 된 집도 아니고, 이렇게 한 칸짜리 초막에 당신과 아이들을 누이자니 가장으로서 낯이 서질 않는구려."
"무슨 말씀이세요, 몇 년간 떨어져 지내다가 이렇게 모여 사는 것만으로도 좋은데요."
"고향에선 그래도 살 만했는데……."

"나리 주위로 제자들이 자꾸 모이니 이인임의 무리들이 불안했던 게지요. 아무 이유 없이 서재를 밀어버리지 않았습니까."

"이번에도 아전들이 집을 밀어버리지나 않을지 걱정이오."

정도전은 할 말이 없었다. 비분강개로는 해결할 수 없는 생활고가 가장의 가슴을 짓눌러왔다.

그때 장남 진이 달려왔다.

"아버님! 큰일 났사옵니다. 집이고 뭐고 우선 난리부터 피하셔야 합니다."

부인 최씨가 한순간 공포에 질렸다.

"난리라니? 무슨 일이냐?"

"서산 앞바다에 왜구가 몰려오고 있답니다."

"왜구들 노략질이야 어제오늘 일도 아닌데……."

"이번엔 노략질 수준이 아닙니다. 왜선이 오백 척이나 됩니다."

오백 척의 왜선! 정도전은 기절할 것 같았다. 그것은 단순히 해안선을 침범하는 노략질이 아니라 국가전의 규모였다.

"그럼 전란이 아니냐?"

"그렇사옵니다."

"나라에서는 어찌 방비를 한다더냐?"

"방비는커녕 장수들이 서로 전장에 나가기 싫어 출정을 미루고 있다 합니다. 충청도, 경상도, 전라도! 왜구가 휩쓸고 간

곳은 개미 새끼 한 마리 안 보인답니다. 심지어 갓난쟁이 어린 아기까지 모두 죽인다고 합니다!"

"도대체 조정에선 뭘 하고 있단 말이냐!"

조정에서는 우왕과 수시중이 대책 마련에 골머리를 앓고 있었지만 뾰족한 대안이 없었다. 비록 허수아비 왕이지만 우왕은 진노했다.

"백성들이 다 죽어나가는데 경들은 지금 뭘 하는 거요! 전장에 나가기를 서로 미루니 차라리 내가 가겠소! 과인이 선봉에 서리다!"

수시중 이인임이 마지못한 듯 최영을 거론했다.

"전하, 최영 장군을 부르시면……."

"최영 장군은 개경을 지키고 있지 않소!"

"망극하옵니다."

"장수의 직함을 받은 자가 육십 명이나 됩니다! 수시중, 말을 좀 해보시오! 모두 경이 뽑은 사람들 아니오!"

이인임은 난감했다. 매관매직을 일삼아 돈 받고 직함을 주었을 뿐, 능력에 따라 임명한 자리가 아니어서 위기에 처했을 때 나설 만한 인물들이 못 되었다.

"입이 열 개라도 할 말이 없사옵니다."

우왕은 버럭 소리를 질렀다.

"이제 와서 무슨 소리요!"

"신을 죽여주시옵소서."

"그 무슨 무책임한 소리요! 책임을 지시오. 안 되면 경이라도 나가 싸우든지!"

책임을 피할 수 없는 상황이 되자 이인임은 다급해졌다.

"저…… 동북면의 장수 이성계는 어떠하올는지요?"

우왕이 어이가 없다는 표정으로 대꾸했다.

"그는 변방의 국경을 지키고 있는 사람이오. 남쪽에서 왜구가 올라오는 것도 모자라 북쪽의 오랑캐까지 불러들이자는 말이오?"

달리 방법이 없었다.

"이성계뿐이옵니다, 전하! 최영 장군과 이성계로 하여금 왜구를 토벌케 하시옵소서."

왜구는 조선 시대에만 난리를 일으킨 것이 아니었다. 고려 말에 왜구가 침입한 횟수를 헤아리면 기가 막힐 정도였다. 충정왕 때 열 번, 공민왕 때 일흔네 번이던 것이 우왕의 재위 기간에는 거의 사백 차례에 달했으니 그 시절 백성들의 삶이 얼마나 고통스러웠을까.

그 고통에 종지부를 찍은 이가 바로 북방의 맹장 이성계였다. 가을에 추수를 앞둔 전라도 곡창 지대를 노렸던 왜구는 천육백 필의 말과 무기를 빼앗기고 패잔병이 되었다. 이성계야말로 무패의 맹장이었던 것이다.

정도전의 장남 진이 이성계의 승전보를 전했다.

"일만 명의 왜구들을 모두 섬멸하여 살아 돌아간 자가 백 명도 안 된답니다. 얼마나 많은 왜구들을 무찔렀는지 핏물이 된 냇물에서 일주일이나 붉은 기가 빠지지 않았다고 하옵니다."

"황산대첩에서 장군이 화살을 맞았다는 소문이 있던데······."

"다리에 화살을 맞은 것은 사실이오나 의연하게 싸우셨답니다."

"전장에 한번 가봐야겠다. 아비의 친구가 이성계 장군을 모시고 있다는구나."

"정몽주 어르신 말씀이십니까?"

"그래, 오랜만에 벗도 보고······ 기회가 되면 장군을 만나봐야겠다."

"이성계 장군을요?"

"그래."

이성계와 정도전, 조선의 창업자인 두 사람의 역사적인 만남이 이루어지려 하고 있었다.

5

 왜구를 토벌하기 위해 변방에서 전라도까지 내려온 이성계 장군의 막사에는 정도전의 절친한 벗 정몽주가 함께 와 있었다. 친구를 만나러 전장을 찾은 정도전 앞에는 역사적인 만남이 기다리고 있었다. 지금의 남원시 근처인 황산, 정도전은 벌판에 가득한 군막의 나부끼는 깃발 아래에서 정몽주와 재회했다.
 "아니, 이게 누구야! 삼봉! 이 전장까지 어인 일인가?"
 "포은 자네가 여기 있다 해서 얼굴이나 보려고 들렀네. 고생 많았지?"
 "고생이야 이성계 장군이 다했지. 그래, 그동안 격조했네. 내 찾아보지 못해 미안허이."
 "세월이 이리 훌쩍 가버릴 줄 누가 알았나."

정도전과 달리 유배에서 금방 풀려난 뒤 조정에서 승진에 승진을 거듭하고 있던 정몽주였다. 문관인데도 조전원수助戰元帥가 되어 이성계 휘하에서 왜구 토벌에 한몫 거들고 있었다. 전공을 거두었으니 돌아가면 상도 받게 될 처지, 정몽주는 상관에게 인사라도 시켜 친구에 대한 미안함을 덜어보고 싶었다.

"우리 이럴 게 아니라, 온 김에 이성계 장군한테 인사라도 함세."

정몽주는 장군의 막사로 친구를 이끌었다. 오랜 벗과의 재회를 핑계 삼아 이성계 장군을 보고자 했던 정도전도 사양하지 않았다. 장군은 날로 쇠락해가는 고려에서 홀로 승승장구하는 기세로 승전보만을 전하는 인기 스타였다. 원나라에 휘둘리기만 하는 왕실, 개인적인 치부에만 열을 올리는 권력자들에게 실망한 백성들은 묵묵히 여진족과 왜구를 막아내는 그의 리더십과 용맹에 반해 있었다.

"이 장군! 소개할 사람이 있습니다. 제 오랜 지기인 정도전이라 합니다."

"어이구, 이 험한 전장까지 오시다니요. 반갑습니다. 동북면에서 온 이성계라고 합니다."

"이렇게 뵙게 되어 영광입니다. 장군의 명성은 익히 들었습니다."

"하하하, 헛소문을 많이 들으신 게로군요. 보시다시피 그냥 무장의 한 사람일 뿐입니다."

이성계는 소탈하고 겸손했다.

"장군이 왜구를 물리친 덕에 나라가 위기에서 벗어나고 식구들을 살릴 수 있었습니다. 북방에서 이곳까지 내려와 죽을 고생을 하셨으니 내 비록 필부의 한 사람이지만 고맙다는 말이라도 직접 전하고 싶더이다."

"장수로서 할 일을 했을 뿐입니다."

이성계의 담담한 반응에 정몽주가 한마디 거들었다.

"장군이 이렇다니까! 전하께서 대승을 기뻐하며 금은보화를 내리셨는데 그조차 받질 않으셨네."

"민망합니다. 무장이 싸움터에 나가 적을 섬멸하는 것은 당연한 책무인데 제 할 일 한 걸로 상을 받는다는 것이 오히려 우스운 일 아니겠습니까?"

"싸움에 나오지도 않은 이인임 같은 간신들이 지들끼리 상을 나눠 먹는 걸 보고 언짢으셨던 게 아닙니까? 백성들 사이에선 그 일로 장군의 이름이 더욱 높아졌습니다."

"세간의 오해일 뿐입니다."

전장에서 장군의 활약을 지켜보았던 정몽주의 말투에는 자랑스러움이 묻어났다.

"옆에서 지켜보니 백성들이 왜 그토록 장군을 따르는지 알 것 같았네."

"그만들 하십시오. 이거 원 낯부끄러워서……."
"산세가 험한 곳에서 싸우시느라 고생하셨습니다. 오운산 병烏雲山兵을 쓰시는 걸 보고 역시 지략가다운 면모라 생각했습니다."
 정도전 같은 선비의 입에서 병법 이야기가 나오자 이성계가 반색하며 눈을 반짝였다.
"아니, 무관도 아니시면서 어떻게 병법을……."
"귀양살이 몇 년 하다 보니 병서까지 읽게 되었습니다그려."
"아, 이런! 반갑습니다. 병법을 아는 유학자는 아주 드문데요."
"이 친구가 원래 이것저것 관심이 많습니다."
"나중에 동북면으로 한번 들러주십시오. 국경을 둘러보시는 것도 병법 연구에 큰 도움이 될 겁니다."
 무공에 비해 겸손한 명장과 병법에 뜻밖의 안목을 가진 남루한 선비. 서로에게 인상적이었던 첫 만남을 마치고 돌아가는 길에 정몽주가 입을 열었다.
"이 장군이 자네가 어지간히 마음에 들었던가 보이. 국경으로 놀러 갈 약속까지 잡고."
"신선하지 않나. 자네도 알다시피 중앙의 신하들은 모두 썩어빠졌어. 그에 비하면 자기 할 일만 열심히 하고 일체의 공을 내세우지 않는 장군의 모습은 보는 것만으로도 가슴이 시원해지더구먼."

"최영 장군과 함께 고려의 두 기둥이 아닌가."

"최영 장군? 글쎄."

"부친의 유언대로 황금 보기를 돌같이 하며 청렴하게 사는 장수인데 왜?"

"돈 욕심은 없지만 이인임한테 붙어 있질 않은가? 수시중의 비호 아래 병권을 장악하고 있어. 이인임 역시 최영의 병권을 믿고 국정을 농단하고! 최영이 없었다면 오늘날의 이인임도 없었을 것이네."

"그래도 사심 있는 인물은 아니지 않나. 우직한 충신이야."

"최영은 그냥 무인이지만, 이성계 장군은 사람이 됐어. 인품이 맑지 않은가?"

"욕심 없는 사람인 건 맞아. 나라에서 부르면 어디든 달려가 외적을 물리치고 다른 호족들처럼 교만하지 않지. 중앙에 요구하는 것도 없이 난이 없을 때는 그저 묵묵히 국경을 지키고."

"이성계 같은 사람이 중앙으로 진출하면 조정의 면모도 조금 새로워지지 않겠나?"

"정치를 싫어하는 것 같던데……."

"자네는 정치를 좋아해서 관리가 되었나? 또 나는 싫어해서 이 모양이고? 도를 실천하고 백성을 챙길 방도를 찾다 보니 정치를 하게 된 거 아닌가?"

정몽주는 정도전이 외지에서 십 년을 떠도는 동안 중앙에서 자리 잡은 관료가 되어 있는 자신이 왠지 미안하게 느껴졌다.
"자네가 고생하는 동안 나만 관직이 높아져서 민망하이."
"그렇게 미안해할 것 없네. 자네라도 든든하게 자리를 잡아야 신진 사대부들이 믿고 일을 하지. 오히려 좋은 일이네."
정몽주와 최영, 그리고 이성계와 정도전.
훗날 서로를 죽이게 될 악연은 이렇듯 서로에 대한 인물평에서부터 엇갈렸다. 고려라는 울타리 안에서 함께할 때는 더할 나위 없는 벗들이었지만 울 밖을 벗어나면서 원수로 돌아설 운명인데, 아직은 그 누구도 훗날의 비극적 엇갈림을 알지 못했다.
정도전은 이즈음부터 웅대한 뜻을 가슴에 품기 시작했다. 남들이 알면 비웃을 일이었다. 당대의 재상에게 밉보여 십 년 동안 도성 안에도 못 들어간 비루한 처지, 집 한 칸 마련할 돈이 없어 초막에 식구들을 누이고 매 끼니를 걱정해야 할 처지에 천하를 품는 뜻이라니.
하지만 그는 세상을 읽고 있었다. 원나라와 고려는 똑같이 타락해 있었다. 세상은 빛을 잃은 나라가 두고두고 다스릴 만큼 만만하지 않았다.
유배지에서 백성들과 똑같이, 때로는 더한 고생도 하면서 그들과 어울렸던 정도전은 고려가 이대론 안 된다는 것을, 무언가 변해야 하고 뿌리부터 개혁되어야 한다는 것을 절절히 느끼고 있었다. 하지만 혼자서는 아무것도 할 수 없는 법. 그에게는 동지가, 세력을 이루어나갈 파트너가 필요했다. 고려 왕실에서 받은 기득권이 많지 않아 새로운 도전을 하는 데 망설임이 없어야 하고, 경험은 풍부하되 늙어서는 안 되고, 자신이 품은 뜻을 존중해주는 현명한 사람이어야 했다. 무엇보다 난세를 평정해나갈 무기, 병권을 가진 사람이 필요했다.

정도전은 우연히 받은 이성계의 초대를 잊지 않고 칼바람 몰아치는 북방으로 장군을 찾아갔다. 이성계는 그를 반갑게 맞아주었다.

"아니, 정 선생! 여기까지 웬일이십니까!"

"장군이 초대하지 않으셨습니까!"

"저야 반갑지만 날이나 풀리면 오시지, 이 추운 데를……"

"장군과 병사들은 늘 겪는 추위 아닙니까! 저도 사냅니다."

"아이고, 어서 군막으로 드십시다. 옷도 얇게 입으시고……"

이성계는 먼 길을 찾아온 정도전에게 몸을 녹일 따뜻한 차부터 내놓았다.

"향이 좋습니다."

"지나던 사신들이 놓고 간 겁니다. 북방이라 그런지 오가는 나그네들이 가끔 이런 것도 전해줍니다그려."

"실은 제가 장군께 드릴 선물이 있습니다."

"오신 것도 반가운데 선물까지요?"

정도전은 이성계와의 만남을 위해 오랫동안 준비한 책을 내놓았다. 병서였다.

"받아주십시오."

"서책이 아닙니까?"

"제가 나름대로 연구한 진법입니다."

유학자가 연구한 진법이라. 무장이었던 이성계는 무武를 천시하는 여느 양반들과 다른 정도전의 면모에 깊은 인상을 받았다. 마침내 두 마리의 용이 의기투합한 것이다. 책장을 넘기는 이성계의 얼굴에는 감탄의 빛이 서렸다.

"대단하십니다. 저는 그저 글 읽는 선비가 병법을 연구하신다기에 신기할 따름이었는데, 이건 가히 장군 수준입니다. 전투에서 책사로 활약하셔도 되겠습니다그려!"

"고려 최고의 명장이 과찬하시니 몸 둘 바를 모르겠습니다."

"아니, 아니! 입에 발린 소리가 아닙니다. 정말 큰 도움이 되겠습니다."

"미욱한 서책이 도움이 된다니 저로선 다행입니다."

"정 선생! 그러지 마시고 동북면의 책사가 되어주시지요. 국경을 지키는 데 정 선생 같은 분이 책사를 맡아주시면 제가 무척 든든할 것 같습니다."

정도전은 그저 웃었다. 그의 꿈은 일개 국경 지역의 책사가 아니었기 때문이다. 변방의 식객이 되기 위해 그 먼 길을 찾아온 것이 아니었다. 아무도 모르는 그의 꿈은 보통 사람들의 생각을 훌쩍 넘어서는 원대한 것이었다.

"오늘은 복이 굴러 들어온 것 같습니다. 유비는 제갈량을 얻기 위해 삼고초려도 마다하지 않았는데, 저는 오늘 제갈량이 제 발로 걸어 들어온 셈 아닙니까!"

"하하, 영광입니다. 제갈량에까지 비유해주시고……."

"이 책을 보니 부탁드릴 게 하나 생각났습니다."

"말씀만 하십시오."

"이렇게 오셨으니 저와 함께 국경 지대를 둘러보시고 나서 이 지역을 어떻게 관리하면 좋은지 안을 좀 주십시오."

"도움이 된다면 기꺼이 고민해보겠습니다."

이성계의 활약으로 왜구가 토벌되었지만 민초들의 삶은 조금도 나아지지 않았다. 십 년째 유랑을 거듭하고 있는 정도전은 식구들에게 쌀밥은커녕 죽 한 그릇도 제대로 먹일 수가 없었다.

그는 더 이상 기다리지 않기로 결심했다. 뼈를 에는 추위에도 국경까지 찾아간 까닭은 함께 원대한 꿈을 실현할 수 있는 사람인지 이성계의 그릇을 가늠해보기 위해서였다. 잠룡이었던 이성계에게는 또 다른 비장의 무기가 있었는데 다름 아닌 방원이었다.

"아버님, 소자 방원이옵니다."

"들어오너라."

방원이 군막 안으로 들어왔다. 맹장의 아들답게 덩치가 크고 남자다웠지만 얼굴에는 총명함이 서려 있었다. 아버지를 닮아 늠름한 기상이었다. 게다가 젊음은 그를 더욱 돋보이게 만들었다. 눈은 빛났고 우뚝 선 콧날과 단정한 입매가 보기에 좋았다. 몸 전체에서 우러나오는 자신감은 그가 문무를 고루 갖춘 인물임을 드러내고 있었다.

"올해 과거에 합격한 제 아들 녀석입니다. 다섯째지요. 인사 드려라, 정도전 선생이시다."

"이방원이라 하옵니다. 어르신 말씀은 많이 들었습니다."

"그럴 리 있는가. 내가 관직에서 물러난 지가 언제인데."

"간신의 핍박에도 기개를 버리지 않은 분이라고, 성균관 유생들의 흠모가 깊습니다."

"다 부풀려진 소문이지. 무능하여 식구들 고생만 시키는 필부에 지나지 않네."

"유생 중에 타협을 모르는 분은 어르신밖에 없다고…… 유생들은 어르신이 개경으로 돌아오실 날만 손꼽아 기다리고 있습니다."

"저런 저런, 막상 돌아가면 실망이 크겠는걸?"

세 남자의 호탕한 웃음소리가 군막을 울렸다.

혈맹의 동지였던 이성계 부자와 정도전. 세 남자의 만남은 역성혁명의 기치 아래 새로운 나라 조선의 건국이라는 역사적

전환을 가져온다.

  더없는 영광 속에 저마다 치명적인 상처를 갖게 된 그 세월. 세 남자는 아직 그 세월을 가늠하지 못했다.

6

 십 년 동안 전국을 떠돌며 고생하던 정도전은 이대로 무너질 수 없었다. 그는 자신의 이상을 실현시켜줄 파트너로 북방의 맹장 이성계를 택하고, 함주 막사로 찾아갔다. 자신들은 미처 몰랐지만 이성계와 이방원 부자, 정도전의 조선 개국을 위한 삼중주는 이때부터 이미 시작되었던 것이다.
 이성계는 아들 방원에게 명해 정도전이 북방을 둘러볼 수 있도록 배려했다.
 매운바람 속에 말을 달리며 정도전은 남쪽에서는 볼 수 없었던 대륙의 광활함과 아득함을 체험했다.
 "방원, 저기가 요동, 그 너머가 대륙이겠지?"
 "그러하옵니다."

"어려서부터 늘 보고 자란 땅일 텐데, 드넓은 중원을 바라보면서 무슨 생각을 했는가?"

"저는 요동보다 개경을 바라본 적이 많습니다."

뜻밖이었다.

"아버님은 이 동북면에서는 왕이나 다름없으십니다. 백성들이 하나같이 믿고 따르니까요."

"그건 나도 피부로 느꼈네. 백성들의 신망이 두터운 게 무척 보기 좋더구먼."

"그러면 뭐 합니까? 이런 사정도 모르면서 개경에선 이래라저래라 말이 많고, 전국 팔도 전장마다 내려가 목숨을 걸고 싸워도 고맙다는 소리 한번 변변히 못 듣습니다."

정도전은 이방원이 느끼는 울분을 알 수 있었다. 희생을 강요하면서 정작 공은 자기들이 가져가는 권문세족들의 작태를 질릴 만큼 많이 보아온 터였다. 이성계 장군의 깊은 인품은 군말이 필요 없지만 젊은 아들은 아비를 위한 마음에 울분을 터뜨리는 것이었다. 아비의 현재가 자신의 미래이기도 했으니 답답한 심정을 충분히 이해할 수 있었다.

"중앙의 힘이 없으면 변방의 장수는 그저 누군가의 도구 취급밖에 못 받는 게 아닌가 싶습니다."

"그래서 중앙으로 나가고 싶은 건가?"

"아버님은 변방의 무장으로 만족하시지만 저는 좀 더 큰물에서 제대로 일을 해보고 싶습니다."

"큰물, 큰물이라…… 자네의 야심이 크구먼."

"어르신도 잘 아시지 않습니까? 권문세가가 아니면 벼슬길에 나아가도 고생문이라는 걸."

"내 친구인 포은 정몽주도 세 번의 과거에서 다 장원을 하고도 집안이 한미하다는 이유로 한동안 관직을 못 받았었지."

"어르신도 바른말을 한 죄로 십 년째 떠돌고 계시잖습니까."

정도전은 방원에 대한 흥미가 커졌다.

"그럼 자네는 어떤 길을 원하는가?"

"일단 아버님이 중앙으로 진출하셨으면 합니다."

"그 뒤에는?"

"썩어빠진 조정을 바꾸는 거지요. 그래야 자식들도 제대로 일할 수 있는 터전이 마련되지 않겠습니까?"

"변방의 골목대장으론 만족할 수 없다, 이 말이구먼!"

"송구합니다."

"아니, 아니야! 장부의 기개가 그 정도는 돼야지. 하하!"

"아버님은 제가 무슨 말만 하면 야단부터 치셔서……."

"아비의 마음이란 그런 거라네. 아버님은 자네에게 야망보다는 이상을 가르치고 싶으신 게야."

"이상이라고요?"

"천하는 한 사람의 것이 아니라 백성들의 것이라네. 천하의 이익을 백성들과 함께 나누려는 사람은 천하를 얻지만 그것을 혼자 차지하려는 사람은 반드시 잃게 되어 있지. 아버님은 자네한테 그 점을 일깨워주고 싶으신 걸세."

"허나 나눠주고 자시고 간에 일단은 천하를 손에 넣어야 어떻게 해볼 수 있는 것 아닙니까?"

정도전은 이성계의 마음을 떠보는 데 방원을 이용하기로 마음먹었다. 방원은 젊은 만큼 쉽게 속내를 드러냈고, 정도전은 그를 끌어들여 판을 짜보기로 계획을 세웠다.

"마음이 급한 청년이로군, 하하. 어쨌든 자네 말에도 일리가 있네. 지금 조정에는 아버님 같은 인물이 절실히 필요하네. 우리 둘이서 아버님을 한번 설득해보세."

챙챙! 챙챙!

풍악 속에 울리는 칼날의 부딪침! 북방의 기녀들은 도성의 기녀들과 달랐다. 그들은 활과 칼을 메고 사냥터를 따라다니는 검기劍妓들이었다. 손님을 맞는 춤도 깃털이 휘날리는 교태로운 부채춤이 아니라 부딪치는 햇살조차 살벌한 검무였다.

"어떠셨습니까? 촌기들의 검무라 도성의 명기들에 견줄 바는 못 됩니다만."

"아닙니다, 장군. 아주 인상 깊었습니다. 북방에서는 기녀들도 칼을 드는군요."

방원이 설명을 보탰다.

"이곳 기생들은 도성의 기생들과는 다르옵니다. 춤추고 노래만 하는 게 아니라 활도 쏘고 칼도 익히고…… 사냥터에도 따라다니곤 하지요."

"여차하면 기생들도 병사가 될 수 있겠습니다?"

"하하, 적장을 베지는 못해도 자기 한 몸 정도는 지킬 수 있을 겁니다."

"모름지기 변방 백성들의 삶이라는 게 매일같이 부역이며 군역에 시달리고 잦은 난리로 고단하기 짝이 없는데 이곳 사람들은 장군 같은 분을 만나 도성보다 살림이 편해 보입니다."

"부끄럽습니다. 할 일은 많은데 챙기질 못하고 있지요. 다만 백성들을 식구처럼 생각하려고 노력은 합니다."

"동북면 백성뿐 아니라 이 나라 백성 모두를 그리 생각해주실 수는 없는지요?"

심상치 않은 정도전의 발언에 이성계의 얼굴에서 경계의 빛이 흘러나왔다.

"무슨 말씀이신지……."

"어르신께서는 아버님이 북방에만 계시지 말고 중앙으로 나가시길 권하고 계신 것입니다. 중앙 정치가 개혁되어야 온 나라 백성들이 편안해질 것 아닙니까?"

"나는 무장이다. 국경을 지키면서 적이 쳐들어오면 싸우고…… 그게 이 아비의 할 일이야."

무뚝뚝한 이성계의 대답에 정도전이 부드럽게 짚어보았다.
"큰일도 해내실 분입니다."
"난 정치가 싫소. 책상머리에 앉아서 말로만 세상을 논하고 틈만 나면 서로를 헐뜯고 할퀴어대는 소인배들 놀음이 염증 나오."
"고려의 썩은 신하들이니 그렇지요. 아버님께서 나가서 확 쓸어버리고 대인다운 정치가 무엇인지를 보여주시면 될 거 아닙니까!"
"조용히 하라. 젊은 혈기로 끼어들 자리가 아니다!"
"하오나…….."
"조용히 하라는데도!"

이성계와 이방원. 부자간이지만 훗날의 역사를 생각해보면 악연이랄 수 있는 두 남자. 사람들은 흔히 이방원을 전실 자식으로 알고 있지만 당시 고려의 혼인 제도는 원나라 습속이 많이 남아 있었다. 고향의 본가를 지키는 향처鄕妻와 도성에서 일할 때 내조를 하는 경처京妻, 이렇게 두 명의 부인을 두는 것이 용인되었다. 이방원의 생모인 신의왕후 한씨는 동북면 안천부원군의 딸로 향처 역할을 했고, 조선 개국 일 년 전에 세상을 떴다.

"장군! 아드님께서 울분을 터뜨릴 만큼 조정은 썩어 있습니다. 충신들을 죽이고 살아남은 간신들의 매관매직이 판을 치고 있지요. 고관들은 기와에 금칠을 할 정도로 사치의 극을 달리지만 백성들은 끼니를 잇지 못해 굶어 죽고 있습니다."

정도전이 전하는 도성 사정에 이성계가 침통한 한숨을 내쉬었다.

"저도 몰랐습니다. 도성에서 우물 안 개구리로 있을 때는 고려 백성들의 삶이 이 지경까지인 줄은 몰랐지요. 십 년 세월 동안 강산을 떠돌다 보니 사람들이 어찌 살아가는지 비로소 눈에 보이더군요."

"선생의 말씀에는 공감하지만 변방의 일개 장수인 제가 뭘 할 수 있겠습니까?"

"모르시겠습니까? 이건 다 장군의 책임입니다."

"그게 무슨 말씀이오?"

"한 나라의 흥망에는 무릇 필부에게도 그 책임이 있다 했습니다. 한데 삼십 년간을 전장터에 살며 단 한 번도 패한 적이 없는 장군, 온 나라 백성이 존경하는 장군에게 책임이 없다 하시겠습니까?"

그때 방원이 아비를 비난하는 듯한 정도전의 말에 발끈하고 나섰다.

"무슨 말씀이십니까? 아버님께서는 홍건적이 내려와 개경이 무너질 뻔했을 때 병사 이천 명을 이끌고 가서 수도를 지키셨고, 원나라와 여진족이 쳐들어왔을 때도 겨우 일천의 병사로 막아내신 분입니다. 그런 아버님께 무슨 말씀을 하시는 겁니까?"

"알고 있네. 왜구에게 국토의 절반이 먹혀 들어갔을 때도 장군이 막아내셨지. 하면, 장군께 묻겠습니다. 장군이 안 계셨더라면 고려는 어찌 되었을까요?"

아무도 말이 없었다.

"탐관오리와 권문세족에게 고혈을 빨리며 죽어가는 고려, 차라리 장군이 안 계셔서 진즉에 망해버렸다면……."

"어르신!"

"백성들의 삶은 좀 더 나아졌을지도 모릅니다!"

"말씀을 삼가시오! 누가 들으면 반역으로 오해합니다."

"오해하면 어떻습니까? 일찍이 맹자는 왕이 민심을 잃으면 물리적으로 왕을 교체할 수 있다고 했습니다."

급기야 이성계가 술상을 엎어버렸다.

"고려의 녹을 먹는 장수 앞에서 무슨 망발이십니까!"

하지만 정도전은 눈 하나 깜짝하지 않았다. 왕을 갈아 치울 수도 있다는 위험한 발언을 내뱉는 순간 그 자리에서 장군의 칼을 받지도 모르는 상황을 각오했던 것이다. 그야말로 목숨을 건 도박이었다.

"왕조가 아닌 백성을 생각하십시오! 거기에 길이 있습니다."

이미 내뱉은 말, 어느새 방원이 정도전 편에 섰다.

"아버님! 저도 어르신 말씀에 공감합니다."

이성계가 이번에는 아들을 무섭게 노려보았다. 너까지 왜 이러느냐는 책망의 눈빛이었다. 하지만 방원은 자기가 하고 싶은 말을 대신 꺼낸 정도전이 고마웠다. 설마 아버지가 아들을 죽이기야 하겠는가. 그 때문에 정도전보다 말하기가 편했다.

"벼슬길에 오르고 나서 가장 실망한 게 뭔지 아십니까? 바로 왕의 행실이었습니다. 도성 안에 사는 악동들도 그보다는 나을 겁니다. 사냥을 한답시고 민가의 개와 닭을 쏘아 죽이질 않나, 왕의 체통도 잊은 채 골목길에서 참새나 구워 먹고."

그 말에 이성계의 눈빛이 흔들렸다.

"돌싸움을 한다며 대궐 지붕에 올라가 기왓장이나 던지고, 밤이면 기생들을 불러 음주가무로 날을 샙니다."

"전하께서 정말 그 지경이란 말이냐?"

정도전이 보충 설명을 해주었다.

"왕이 정신을 못 차릴수록 쥐고 흔들기 좋으니까 간신 이인임이 어린 왕의 탈선을 부추기는 겁니다. 자기 집 여종까지 바쳐 후궁을 만들었을 정도니 말 다했지요."

"자신이 부리던 여종에게 절하면서 신하를 칭하니 사람들이 왕조의 법도가 무너졌다며 혀를 찬다고 하옵니다."

이성계는 아무 말이 없었다.

"장군! 고려는 개혁을 필요로 합니다. 개혁을 하려면 새로운 인물이 있어야 하고요."

정도전의 눈빛은 염원을 담고 있었고, 이방원 역시 간절했다.
"아버님! 어르신의 뜻을 외면하지 마십시오."
"백성을, 이 나라 백성들을 생각하십시오."
한동안 침묵이 흐른 뒤, 이성계가 입을 열었다.
"내 비록 보잘것없는 촌구석의 무장이지만, 정 선생의 충언은 깊이 고민해보겠소."
"장군!"
"아버님!"
드디어 이성계의 태산 같은 마음을 움직였다는 생각에 정도전과 방원은 동시에 외쳤다. 도원결의에 버금가는 북방의 결의였다.

7

"이번에 외유가 길었다지?"

정도전이 이성계 부자를 만나고 돌아왔을 때 집에서는 포은 정몽주가 기다리고 있었다.

"동북면에 가서 이성계 장군을 만나고 왔네."

정몽주는 이들의 만남이 의미하는 바를 아직 알아차리지 못했다.

"장군은 무고하시고?"

"동북면 백성들이 장군을 하늘처럼 받들더군. 도성의 백성들보다 사는 형편이 나아 보였어."

"지금 도성이 파탄 지경이니."

"요즘 전하는 어떻게 지내시는가?"

"늘 위태위태하다네. 얼마 전에는 대로변에서 말을 달리다 떨어지셨네."

"도대체 무엇 때문에 기행을 일삼으시는 건가?"

"황제가 아직도 인정해주지 않는다네. 공민왕이 후사 하나 없이 시해당한 것을 온 세상이 다 아는데, 간신 이인임이 어린 애를 볼모로 잡아 국정을 좌지우지한다면서 우리 사신들을 다 그치고 있어."

"출생 문제는 전하의 가장 민감한 부분 아닌가?"

"그러게 말이네. 전하께오선 울화를 다스리지 못하시고 황제를 죽도록 미워하신다네."

"이인임은 아직도 전하를 휘어잡고 있는가?"

"이웃집 가듯 이인임의 집에 자주 가신다는 소문이야. 그 집에 가면 이인임을 아버지라고, 그 부인을 어머니라 부르기까지 한다네."

기가 막혔다. 이인임 부부의 품 안에서 놀고 있는 왕이라니. 그 집의 하녀를 후궁으로 삼고 아무한테나 아버지 어머니 소리를 한다는 건 이미 스스로 왕의 체통을 저버린 것이나 다름없었다.

누가 왕을 이렇게 만들었는가. 십 년 전 자신과 함께 공부하던 소년은 부왕이었던 공민왕의 개혁 의지를 본받으려는 총명한 후계자였다.

"이인임은 다른 재상들처럼 잔소리도 하지 않고 술이면 술, 여자면 여자, 해달라는 대로 다 해주니 거기가 편하신 모양일세."

"육친의 정이 그리우신가 보이."

"아버지를 본 적이 있나, 어머니 품에 안겨본 적이 있나. 어린 나이에 아무것도 모르고 왕위에 올랐으니 무섭기만 했을 터. 그러니 이인임에게만 기대며 사시는 게지."

"태후께서 살아 계셨으면 좀 나았을 터인데."

"그래도 최영 장군이 눈물로 진언한 덕분에 요즘은 많이 나아지셨네."

"최영 장군이?"

노대신 최영 장군은 다음과 같은 충언으로 우왕의 마음을 움직였다.

'전하! 그 옛날 충혜왕께서는 호색한이셨지만 다른 사람이 보지 않는 곳에서 했고, 충숙왕께서는 놀기를 좋아하셨지만 반드시 때를 가렸사옵니다. 한데 전하께오서는 제왕의 체통을 지키지 아니하고 절도가 없으시니 재상이 이를 바로잡지 못하면 무슨 낯으로 선왕을 뵈오리까! 부디 백성을 돌보고 정사를 살피소서.'

"전하도 느끼시는 바가 있었는지 요즘은 최영 장군을 가까이하신다네."

"일테면 이인임을 대신할 새로운 아버지가 생긴 건가……."

"전하께서 자꾸 의지할 사람을 찾으시는 건 맞아. 고려의 왕위라는 게 항상 위태로우니까 병권을 쥔 최영 장군이야말로 적당한 보호자인 셈이지."

"전하가 언제까지 철없는 어린애로 사시겠나, 이제 저렇듯 장성해가시는데……."

"무엇보다 삼봉 자네가 빨리 조정에 복귀해야 할 텐데."

"나 하나 조정에 돌아간다 해서 무엇이 달라지겠나? 지금 같은 난세엔 정치력과 병권을 두루 갖춘 새로운 인물이 나와야 해."

"그건 나도 모르는 바 아니지만, 우리 중에 그런 사람이 누가 있나."

"이성계 장군이 있잖은가."

"이 장군은 정치에 관심이 없는 인물이라……."

"더러워서 피한 거지, 정말 관심이 없겠나?"

그 말에 정몽주는 이성계 장군의 사람됨을 곰곰 곱씹어보았다. 새바람을 일으킬 만한 인물임에는 틀림없었다.

"오랫동안 장군을 알아왔지만 그와 함께 일을 도모할 생각은 한 번도 못해봤네. 역시 자네가 사람 보는 눈이 있구먼. 나는 눈뜬장님일세그려."

"그럼 자네도 이 장군과 뜻을 같이할 텐가?"

"이성계 장군이라면 깨끗하고 덕망이 높으니 조정을 개혁해

볼 수도 있겠다 싶군."

"그럼 우리 한번 뜻을 모아보는 것이……."

"그전에 먼저 자네가 조정에 복귀해야지. 내 어떻게 해서든 방법을 찾아보겠네."

"포은 자네와 이 장군만 있다면, 다시 한 번 웅지를 펼쳐볼 수 있을 거야."

명나라를 건국한 주원장 홍무제는 이전에 원나라와 화친했던 고려를 눈엣가시로 여겨 빌미만 보이면 말도 안 되는 트집을 잡아 괴롭혔다. 명나라에 들어가는 사신들마다 억류되어 매를 맞고 죽임을 당하니 누구도 사신이 되려 하지 않았다. 죽을 게 뻔한 사행 길. 관리들은 모두 뇌물을 써서 명단에서 빠졌고 때만 되면 아프다, 상중이다 핑계를 대며 왕이 불러도 가지 않았다. 우왕은 할 수 없이 예전에도 사행을 다녀왔던 정몽주를 다시 불러들였다.

"경에게 이런 말을 하기가 미안하오만, 다들 몸져누워 사행을 가기 어렵다 하오. 경이 해줄 수 있겠소?"

"신하 된 자가 어찌 왕명을 거역하겠사옵니까? 다녀오겠습니다."

정몽주는 기꺼이 받아들였고, 우왕은 비로소 안도했다.

"역시 과인의 마음을 헤아려주는 사람은 경밖에 없소."

"망극하오나 신에게 청이 하나 있사옵니다."

"말해보시오. 경이 원하는 건 무엇이든 다 들어주리다."

"이번 사행에 정도전을 서장관書狀官으로 동행케 하여 주시옵소서."

"정도전? 그가 누굽니까?"

"전하께오서 즉위한 지 얼마 안 되셨을 때 북원과 화친하는 것을 반대하다 유배 갔던 신하이옵니다."

"아! 이제 생각나오. 정도전은 어릴 적 과인에게 경서를 가르쳐주던 학자가 아니오? 유배에서 풀어준 지 오래되었거늘 아직도 조정에 복귀하지 못했단 말이오?"

"그러하옵니다, 전하."

"이해할 수가 없구려. 이제라도 경이 불러다 일을 맡기도록 하시오."

이인임 때문에 막혀 있던 정도전의 관운이 드디어 열리는 순간이었다. 비록 목숨을 걸어야 하는 위험한 길이었지만 정도전은 거부하지 않고 받아들였다. 길에서 잠을 청하며 명나라까지 가는 오십 일의 여정. 험한 길을 함께 가는 두 사람의 감회가 새로울 수밖에 없었다.

"포은, 자나?"

잠들지 못하는 정도전이 친구에게 물었다.

"몸은 피곤한데 잠이 오질 않는구먼."

"나도 잠이 안 와. 달이 밝아서 그런가? 아니면 별이 너무 많아서 그런가?"

"생각나나? 목은 선생님 밑에 있을 때 제자들과 문답하던 일 말이야."

"스승님이 화두를 던지셨지. 인생에서 가장 즐거운 일이 무엇이냐고."

"이숭인은 조용한 산방에서 시 짓는 걸 평생의 즐거움으로 여겼고……."

"권근은 따뜻한 온돌에서 화로를 끼고 앉아 미인 곁에서 책을 읽는 것이라 했던가?"

"그 친구는 욕심도 많아."

"따뜻해야지, 미인도 있어야지, 책도 있어야지."

"자네 대답이 가장 특이했지 아마?"

"첫눈 내리는 겨울, 가죽옷에 준마를 타고 누런 개와 푸른 매를 데리고 평원에서 사냥하는 것이 가장 즐겁다고 했네."

"그러고 보면 자네에게는 호방한 무인 기질이 있어."

"하하, 그래서 그런가? 나는 지금 자네와 함께 노숙하는 것도 나쁘지 않네그려."

"자네가 있어 그나마 다행이지, 나 혼자였다면 정말 힘들었을 걸세."

"죽으러 가는 길인지 살러 가는 길인지 알 수 없지만, 그래도 자네와 함께 이렇게 세상사를 이야기하니 당장 내일 죽어도 여한이 없네."

"내가 힘이 없어 자네를 제대로 도와주지도 못하고 이런 일에나 끼게해서 미안허이."

정도전은 펄쩍 뛰었다.

"그게 무슨 소린가! 다 날 위해서였다는 거 알고 있네. 이런 일이 아니었으면 이인임이 아직도 시퍼렇게 살아 있는데 내가 무슨 수로 조정에 발을 들여놓을 수 있었겠나."

"우리가 아무리 노력해도 이인임의 세상에서는 한계가 있어."

"떠나올 때 뵈오니 전하도 이제 성인이 다 되셨던데……."

"어찌 생각하면 가여운 분이야. 육친의 사랑을 모르니 방황이 심할 수밖에."

"부모의 사랑 속에 성인이 될 때까지 왕재 교육을 받았으면 부왕 못지않은 개혁 군주가 될 수 있었을 텐데."

"요즘은 그래도 이인임 일파를 경계하시고 최영 장군을 가까이하시니 지켜보세. 앞으로 좀 나아지시려는지."

"우리가 살아서 돌아갈 수 있다면 말일세."

정몽주의 웃는 모습을 보며 정도전이 말을 이었다.

"포은, 자네는 지난번 사행에서도 죽을 고비를 넘겼다면서?"

"풍랑을 만나 배가 난파됐었지. 혼자 십삼 일 동안 표류했네.

난파 소식을 들은 명나라 황제가 배를 보내줘 간신히 살았어."

"정말 큰 고생을 했구먼."

"그땐 하루하루가 마치 평생 같았다네. 차라리 명나라 황제가 변덕을 떨어 나를 죽이는 거라면 받아들이겠는데 풍랑으로 바다 위에서 죽는다고 생각하니 너무 허망하고 억울하더군."

"그 지경을 겪고도 이번 사행에 또 나섰단 말이야?"

"남들은 노비를 바친다, 토지를 바친다 해서 사행에서 빠져나가지만 나는 무엇을 바쳐 빠져나가겠는가. 가진 거라곤 이 몸뚱이 하나뿐인데."

"위험이 따르기는 하지만 나는 이번 명나라 방문에 많은 기대를 걸고 있네. 중원이 얼마나 큰 대륙인가? 우리와 다르게 사는 사람들을 보면서 많은 것을 배울 수 있지 않겠나?"

"그건 나도 기대되네. 얼마나 달라졌을지, 또 무엇이 변했을지……."

정도전은 두렵지 않았다. 남들의 눈에는 죽음의 길로 보이는 사행 길이 그에게는 새로운 것을 보고 배울 수 있는 필생의 기회로 다가왔다. 중원의 새로운 패자가 된 명나라를 직접 보면서 고려의 나아갈 길을 그리고 싶었던 것이다. 새로운 나라를 건국한, 그 놀라운 역사를 이룬 인물을 만나는 것은 심장이 두근거리는 일이었다. 그는 혼자서 이성계와 주원장을 가만히 비교해보았다.

가난한 농민의 아들로 태어나 고아가 되자 먹고살기 위해 불가에 입문했고, 그도 여의치 않자 비적이 된 사람. 무리가 불어나 반란군이 되었고 원나라에 대항하는 국가적 지도자가 된 사람. 그리고 마침내 중원을 평정하고 황제가 된 사람.

그에 비해 지방 호족으로 외적을 진압하는 데 혁혁한 공을 세운 명장 이성계는 출신이나 사람됨이 주원장에 뒤질 바 아니었다. 이성계가 군세를 확장하고 지지층을 확보한다면 주원장이 해낸 일을 못할 것도 없다는 게 정도전의 판단이었다.

길 위의 밤은 깊어가고 친구는 잠들었다. 그러나 정도전은 아직 잠들지 못했다. 혼자 그리는 내일의 꿈이 그의 가슴을 뛰게 만들었다. 아직은 친구에게도 내색할 수 없는 은밀한 꿈이.

8

명나라 수도 북경. 이제 막 도착한 고려의 사신단은 활기찬 도시의 모습에 놀랐다. 사방으로 뻗은 길과 도로를 가득 메운 우마차와 사람들. 넘쳐나는 물자와 오가는 상인들! 정도전은 사방을 빠르게 둘러보았다.
 "원나라 말엽에 기아와 혼란으로 나라가 아수라장이었다는데, 이제 그런 광경은 조금도 찾아볼 수가 없구먼."
 "도로며 역이며 나루 시설들이 모두 놀랍지 않은가?"
 "놀랍기도 하고, 부럽기도 하군."
 "지나온 도시들이 모두 번성하고 들판엔 곡식들이 가득해. 군량미를 옮기는 조운선이 나루에 새카맣게 정박한 걸 보았나?"
 "새 나라를 세운 지 이제 겨우 십칠 년인데, 이렇게 발전하다니!"

"주원장은 원래 가난한 농부의 아들이었다네. 굶주림을 면하려고 탁발승이 되어 구걸하러 다녔다던데, 자기가 배를 곯아봐서 그런지 가난한 백성들의 심정을 잘 아는 것 같아."

"홍건적에 들어가 도둑질도 했다면서?"

"참, 사람 일은 알 수 없는 법이야. 그런 사람이 왕이 되어 토지개혁을 하고 농민들에게 땅을 나눠줬으니."

"고려에도 그런 개혁이 필요한데……."

정도전은 명나라의 번성이 부러운 한편으로 마음이 아팠다. 한낱 도적 떼의 수괴에 지나지 않던 주원장도 새 왕조를 세웠는데 하물며 고려의 맹장 이성계가 못할 게 뭐 있을까 싶었다. 이성계를 왕으로 추대하고, 자신이 꿈꾸는 정치를 실현하는 것. 역성혁명의 원대한 목표는 바로 이 명나라 사행 길에서 구체성을 띠기 시작했다.

"고려의 사신은 황제 앞으로 나오라!"

역관의 말이 떨어지자 사신단은 앞으로 나아가 황제를 배알했다.

"고려에서 온 사신 정몽주와 정도전이 폐하께 인사드리옵니다."

주원장은 정몽주를 기억하고 있었다.
"그래, 그대는 예전에도 사신으로 왔던 자가 아니냐?"
"신은 임자년壬子年에 서장관으로 왔다가 돌아가던 중에 풍랑을 만나 죽을 뻔했으나 폐하께서 구조선을 브내주시어 목숨을 건진 일이 있사옵니다. 은혜를 입고도 다시 뵈올 기회가 없어 인사를 못 드렸는데, 이번에 또 원행의 기회를 얻게 되니 이는 하늘의 뜻이 아닌가 싶습니다."
주원장은 자신이 목숨을 구해주었다는 정몽주의 치사가 싫지 않았다.
"그대의 말이 참으로 갸륵하구나. 우리의 인연이 보통이 아닌 듯싶으니 선물을 하나 내리고 싶다. 짐에게 원하는 것이 있는가?"
"제 목숨을 구해주셨으니 선물은 오히려 신이 드려야 할 것이옵니다."
"아니다, 말해보아라. 짐이 꼭 선물을 주고 싶구나."
"폐하께서 넓으신 도량으로 청을 들어주신다면 한 가지 원하는 것이 있사옵니다."
"말해보아라."
"오랫동안 고국을 떠나 이국에서 오도 가도 못하는 예전의 고려 사신들을 이번에 함께 돌아가게 해주시옵소서. 고향에서 가족들이 눈물로 기다리고 있사옵니다."

주원장은 감탄했다.

"기특한지고. 여기서 벼슬을 한다 해도 주었을 것이고, 금은보화를 원해도 주었을 것이다. 그런데도 동포들의 귀국만을 바라니 그 마음 또한 갸륵하다. 짐이 그대의 소원을 들어주겠노라."

"황은이 망극하옵니다."

쾌거였다. 그동안 억류되어 있던 포로들을 데리고 귀환했으니 모두가 꺼리던 사행 임무를 무사히 마친 정몽주와 정도전, 두 사람은 이제 조정에서 함부로 대할 수 없는 존재가 되었다. 이제야 비로소 이인임의 핍박에도 살아남을 수 있는 정치적 발판이 마련된 셈이었다.

그 뒤 정도전은 계속해서 출생에 대한 시비에 시달리며 대외적으로 인정받지 못한 우왕을 대신해 표문表文을 작성했다.

'제후를 세우는 것은 원방遠方을 어루만지기 위함이요, 작위를 세습케 하는 것은 선대의 업을 계승시키는 것이니 이는 제왕의 떳떳한 법이요, 자식으로서 지극한 염원입니다. 어린 나이에 아비의 상을 당하여 이제 세월이 흘러감에 따라 이슬과 서리를 보는 감회가 더하옵니다. 하오나 제후의 자리란 오래 비워둘 수 없는 것이니 엎드려 바라옵건대 신이 마땅히 삼가 백성들을 보호하고 성인의 만수무강을 빌게 하옵소서.'

주원장은 표문의 간절함에 감동해 그토록 기다리던 답서를 내렸다.

'왕우王禑는 국왕 왕전王顓이 죽자 어린 몸으로 나라를 지킨 지 여러 해가 되었으며 이제 나이와 지혜가 백성들을 다스릴 만하다. 나라가 크든 작든 왕위는 반드시 하늘이 주는 것인즉, 부디 정치에 부지런하고 안일하지 마라.'

오랫동안 출생 시비에 시달리며 마음고생을 해온 우왕은 황제의 답서를 받아 들고 눈물을 흘렸다. 이제야 대외적으로 고려 왕임을 인정받은 것이었다. 즉위한 지 십일 년. 표문을 쓴 정도전의 입지가 탄탄해지는 순간이기도 했다.

그런데 성공을 바로 눈앞에 두고 정도전은 외직을 청했다.

'전하께 소疏를 올려 삼가 청하옵니다. 신이 일찍이 생활을 영위하는 데 재주가 없어 먹을 것은 적은데 식구는 많으니 이제 외직을 구해 남은 세월을 보낼까 합니다.'

그 소식을 듣고 정몽주가 놀라서 달려왔다.

"삼봉! 도대체 자네 뭐 하는 짓인가! 외직을 청했다면서!"

"그랬네."

"북경에서 돌아와 이제 막 전하의 신임을 얻었는데 이런 때에 무슨 외직인가! 도성 안에 있어야지!"

"이성계 장군은 아직도 북방에 머물러 있고, 이인임은 언제 또 간계를 꾸밀지 모르네. 이제 우리도 젊은 혈기로 그저 들이받기만 하는 정치 초년생이 아니지 않은가."

정도전은 바뀌어 있었다. 십 년의 고초와 명나라 사행이 그의 호흡을 길게 만들었던 것이다.

"무슨 복안이라도 있는가?"

"이제 이 나이가 되니 때를 기다리고 물러날 때와 나아갈 때를 헤아릴 줄 알아야겠다 싶네."

"이제 가면 언제 다시 올 줄 알고 이러는가?"

"자네가 복귀의 발판은 마련해주었으니 또 한 번 때가 올 걸세."

불혹의 나이. 정도전이 중년의 지혜로 몸을 사리는 동안, 성년이 된 우왕은 백전불패의 노장 최영을 등에 업고 대규모 숙청을 준비하고 있었다.

"최영 장군, 알고 계십니까? 군량미로 가득 차야 할 창고들이 텅텅 비어 있습니다. 알아보니 권세가들이 둔전屯田을 다 빼돌렸더군요."

최영은 당황한 나머지 말을 더듬었다.

"그, 그런 일이……."

"과인이 도당에 명하여 군량미를 빼돌린 관리들의 명단을 만들어 고하라 했는데 결과가 어찌 나온 줄 아십니까?"

"망극하옵니다, 전하."

"나라의 도둑을 잡으려 했더니 조정의 신하들 전부가 도둑이었습니다."

최영의 얼굴이 불처럼 달아올랐다. 병권 책임자로서 둔전 역시 자기 소관이었으니 눈앞에 드러난 부패상은 곧 자신의 무능으로도 비칠 수 있었기 때문이다.
"부정에 연루되지 않은 신하가 단 한 명도 없었습니다! 이러고도 고려의 조정이 백성들 위에 군림할 자격이 있습니까!"
"전하, 신을 비롯한 죄인들을 모두 죽여주시옵소서."
"오로지 경만이 청렴하게 살며 나라를 위하고 과인을 지켜주었소."
"그렇다고 하여 어찌 소인에게 죄가 없다 하겠습니까? 재상의 자리에 있으면서 관리 감독을 제대로 하지 못했으니 신 역시 똑같은 죄인이옵니다."
"말씀 잘하시었소. 그렇다면 과인이 경에게 잘못을 바로잡을 기회를 드리겠습니다."
우왕이 최영 앞에 화살을 한 통 내놓았다.
"전하, 이것은……."
"이 화살로 나라의 도둑들을 잡아주시오. 과인이 경에게 전권을 드리겠습니다."
최영 장군. 황금 보기를 돌같이 하라는 부친의 유훈을 평생 좌우명으로 삼아 오로지 무장의 본분에 충실했던 고려의 맹장. 하지만 그는 싸움터에서나 빛나는 장수였지 정치판에선 계산 없는 우직함과 단순함으로 고려의 개혁엔 별다른 업적을 남기지 못했다. 이인임의 전횡을 알면서도 못 본 척해왔던 것이다. 하지만 우왕의 밀명이 내려지자 북방의 이성계를 불러들여 전쟁하듯 단숨에 그들을 제거했다. 정도전은 경악했다.

"이 장군, 이건 잔인한 칼바람이고 무자비한 살육입니다. 우리가 바란 것은 개혁이지 이런 무법천지의 세상이 아니질 않습니까."

"탐욕을 부리는 간신들을 처단하는 건 나도 찬성이지만 최영 장군이 이토록 많은 사람을 다치게 할 줄은 몰랐소."

"장군께서 바른말을 해주셔야 합니다."

"알겠습니다. 내 전하께 아뢰어 더 이상의 살육을 막도록 하겠소."

이성계는 원칙없는 응징을 바로잡기 위해 어전으로 나아가 우왕에게 고했다.

"전하! 자고로 정치란 덕으로 다스리고 예로써 바로잡으라 했습니다. 죄인들을 엄히 문초하는 것은 옳으나 죄를 지었다 하여 무조건 처형하는 것은 학살에 지나지 않사옵니다."

"무슨 소리요! 과인을 우롱하고 나라의 재산을 도적질한 역적들에게 무슨 절차가 필요하단 말이오!"

오히려 우왕은 최영에게 새로 칼 스무 자루를 하사하며 따르지 않는 자들은 그 자리에서 죽이라는 서릿발 같은 명을 내렸다. 당시 우왕이 내린 칼에 죽은 사람이 천여 명. 당시의 피비

린내 나는 살육을 무진피화戊辰被禍라 이른다.

　이 일로 인해 정도전은 우왕이 그저 간신의 품속에서 타락을 일삼던 방탕한 젊은이가 아니었음을, 그의 비틀린 가슴속에 왕다운 왕이 되고자 하는 욕망이 숨어 있었음을 깨달았다. 그 욕망이 백성들을 향한 사랑이요, 고려의 부흥이었다면 좋았을 것이다. 탐욕 속에 불충으로 자신을 능멸하던 신하들에 대한 복수심뿐이었다면, 왕의 무너진 자존심일 뿐이었다면 무진피화는 아무 의미 없는 살육에 지나지 않았다.

9

 이인임 대신 최영을 보호자로 택한 우왕이 화살과 칼을 내리며 간신들의 축출을 명할 때, 그 파편을 맞고 위기에 처한 인물이 바로 하윤河崙이었다.
 고려 말, 열아홉 살의 나이로 과거에 급제한 하윤은 당시 시험관이었던 이인복이 조카사위로 삼을 만큼 촉망받는 인재였다. 복이 될 줄 알았던 혼사는 후일 하윤을 위태롭게 만드는 화근이 되는데, 공민왕의 고명대신으로 우왕을 쥐고 흔들던 수시중 이인임이 바로 이인복의 동생이었다. 결국 이인임이 실각하면서 하윤도 유배를 가게 되었다.
 하윤의 어머니 강씨는 며느리 이씨를 그냥 두고 볼 수가 없었다. 아들의 신세를 한순간에 망쳐버린 여인을 내쫓고 싶었던 것이다. 하윤은 원래 신돈의 비행을 탄핵하다 좌천당한 전력이 있었다. 젊은 시절, 때 타지 않은 혈기가 있던 사람답게 조강지처를 지키고 나섰다.

"어머님, 대체 왜 이러십니까! 이 사람이 뭘 잘못했다고요."

아들의 비호에 강씨는 더더욱 노기가 올랐다.

"몰라서 묻는 거냐. 진주 하씨 집안에 시집와서 내 아들 신세만 망친 며느리는 더 이상 두고 볼 수가 없다!"

며느리 이씨는 마당에 서서 울고만 있었다.

"부인, 그만 안으로 들어가시오."

"들어가긴 어딜 들어가! 당장 이 집안에서 나가지 못할까!"

"어머님! 어찌하여 아들을 조강지처 버리는 못난 사내로 만드시는 겁니까!"

이씨의 울음은 더 커졌고, 시어머니 강씨는 기가 막혔다.

"조강지처? 허! 애도 못 낳는 조강지처가 무슨 소용이야! 어디 그뿐이냐! 사돈댁 때문에 내 아들이 조정에서 쫓겨났는데, 더 이상 무슨 화를 당하려고 며느리를 계속 두겠느냐!"

그러나 아들 하윤의 태도는 강경했다.

"제가 시대를 잘못 만난 탓이지 집사람에게 죄가 있는 게 아닙니다!"

"시끄럽다! 간신 이인임의 조카딸을 며느리로 맞아 오늘날 우리 집안이 이런 고초를 겪는데, 내 더 이상 끔찍한 일을 당하기 전에 저 아이를 보내야겠다."

"못 보냅니다! 처음에 장가들 때는 세도 있는 집안과 사돈을 맺는다며 좋아하시지 않았습니까!"

강씨는 말문이 막혔다.

"저, 저런 고얀…… 네가 지금 이 어미를 모욕하는 게냐!"

"처음엔 금이야 옥이야 아끼시던 며느립니다. 정 저 사람을 내치시려거든 저하고도 인연 끊을 생각하십시오!"

"저, 저…… 속도 없는 놈! 집안의 대가 끊기고 멸문을 당해야 네가 정신을 차리겠느냐!"

오늘 당장 쫓겨나는 꼴은 겨우 면했지만 앞으로의 시집살이가 아득한 부인 이씨는 방 안으로 들어와서도 눈물을 멈추지 못했다.

"부인, 울지 마시오. 어머님이 속상해서 그러신 거지, 진정은 아니십니다."

"아니에요, 서방님. 어머님 말씀이 다 맞질 않습니까. 제가 이 집안에 들어온 뒤로 좋은 일이 하나도 없으니 어머님 말씀대로 제가 서방님 신세를 망쳤습니다."

"관직이란 건 세파에 따라 올라갔다 내려갔다 하는 법이오. 조금만 기다려보시오. 내가 지금은 이리 쫓겨가지만 반드시 재기하여 부인을 기쁘게 해주겠소."

"서방님……."

"부인을 두고 가자니 가슴 아프지만, 어쩌겠소. 마음을 굳게 먹고 버텨주기 바라오. 언젠가는 돌아올 테니까."

"소첩에게 청이 하나 있사옵니다."

"말해보시오."

"소실을 들이세요."

하윤은 놀랐다.

"부인!"

"차라리 그게 낫습니다. 이대로 있다간 정말 어머님께 쫓겨나고 말 겁니다. 시집온 지 십 년이 다 되어가도록 대를 잇지 못하는 며느리를 그냥 두고 보실 리 없습니다. 서방님께서 소실을 들이시는 것이 저를 살려주시는 길입니다."

살기 위해 남편에게 다른 여자를 들이라고 권하는 아내. 후사를 잇지 못한 며느리의 비애와 친정이 몰락한 여인의 슬픔이 거기에 있었다.

2부 혁명

10

 고려 말. 최영 장군에게 밀령을 내려 간신들을 모두 처단한 우왕은 최영을 최고 재상의 자리에 올리고 변방의 이성계와 정도전도 중앙으로 불러올렸다. 나라 안이 겨우 조용해지는가 싶었는데 이번에는 명나라에서 시비를 걸어왔다. 철령 이북의 고려 땅을 내놓으라는 것이었다. 우왕은 모욕감에 이를 갈았다.
 "명나라 황제는 번번이 고려를 위협하고 과인을 모욕했소. 말을 바쳐라! 금은보화를 바쳐라! 고려의 처녀와 환관을 보내라! 그러더니 이제는 땅까지 내놓으라고! 경들은 이를 어찌했으면 좋겠소."
 분기를 터뜨리는 우왕에게 호응하며 최영이 강경한 주장을 내놓았다.

"선대로부터 물려받은 국토를 어찌 다른 나라에 넘길 수 있겠사옵니까? 말도 안 되는 일이옵니다."

흥분하는 우왕과 최영에 비해 이성계는 좀 더 이성적이었다.

"명나라의 준동에 대비해 북방의 경계를 강화하고 군사를 증원해야 하옵니다."

최영이 대번에 반박했다.

"그 정도로 해결될 일이 아니오!"

"그럼 어쩌자는 겁니까?"

"전하! 군사를 일으켜 고려의 자존심을 보여줘야 합니다. 우리가 명나라의 속국도 아닌데 황제의 행태가 참으로 괘씸합니다. 군사를 일으켜 자주국 고려의 기상을 중원에 떨쳐 보일 때가 되었사옵니다."

"비분강개하는 마음은 저도 최영 장군 못지않사옵니다. 하오나 전하, 선공은 어렵사옵니다. 전쟁만은, 전쟁만은 피하셔야 하옵니다!"

"어찌하여 그렇소?"

"비축된 군량미도 없는 데다 민생은 바닥에 떨어져 백성들이 풀뿌리로 연명해가는 처지에 지금 군사를 동원하면 승기를 잡을 수가……."

이성계의 현실적 판단에 최영이 울분을 터뜨렸다.

"명나라가 우리 땅을 내놓으라지 않소! 나중에는 철령 아니라 고려 강토 전역을 내놓으라고 할 놈들이오!"

"그렇다고 무작정 군사를 일으킬 일이 아니옵니다! 명나라에 사신을 보내 우리의 입장을 전달하고 황제의 마음을 돌리는 것이 순리이옵니다."

"누굴 보낸단 말이오! 먼저 간 사신들도 죽었는지 살았는지 생사를 알 길이 없는데 어느 누가 가려 하겠소!"

"저도 무장입니다! 분한 마음은 누구 못지않습니다! 하지만 지금은 군사를 일으킬 때가 아닙니다."

"천하의 이성계 장군이 싸움을 무서워하는 것이오?"

"평생을 전장터에서 살아온 저입니다. 이제 와서 무엇이 두렵겠습니까! 다만 고려가 지금 명나라를 칠 수 없는 이유는 첫째 작은 나라가 큰 나라를 치고 들어가는 것이 불가하며, 둘째 여름철에 군사를 동원하는 것이 부적당하며, 셋째 요동을 공격하기 위해 군사들이 위로 올라가면 남쪽의 왜구들이 창궐할 위험이 있고, 넷째 무더운 장마철이라 활의 아교가 녹아 무기로 쓸 수 없는 데다 전염병까지 걱정해야 합니다!"

이성계는 네 가지 불가론을 내세우며 왕과 최영을 설득하려 했지만 소용이 없었다. 우왕의 결심이 이미 확고했던 것이다.

"경들은 왈가왈부하지 마시오. 신하에게도 명나라에도 더 이상 휘둘리고 싶지 않소. 과인은 제왕이고, 고려는 우리 땅이오!

명나라에 단 한 뼘의 땅도 내줄 수 없소."

최영도 이성계를 설득했다.

"이 장군! 전하께오서 이미 뜻을 세우셨습니다! 신하 된 자로서 어찌 이를 따르지 않으려 한단 말이오!"

"과인이 이미 북원에 은밀히 연통을 놓았소. 우리가 움직이면 북원에서 밀고 내려와 명을 협공하기로 했으니 결코 승산 없는 싸움이 아니오. 그러니 다들 과인의 명을 따라주시오."

전쟁을 결심한 우왕이었지만 막상 대업을 앞에 두고 보니 불안했다. 그는 비명에 간 부왕의 전철을 밟지 않으려고 어떻게 해서든 병권을 쥔 최영과 긴밀한 관계를 만들고자 했다.

"최영 장군! 경에게 아직 출가하지 않은 딸이 있지 않소?"

"막둥이 서녀가 하나 있사옵니다, 전하."

"과인이 그 막내딸을 비로 맞아 경의 사위가 되고자 하는데 허락해주시겠습니까?"

최영은 펄쩍 뛰었다.

"불가하옵니다, 전하."

"과인이 경의 사윗감으로 부족하오?"

"그게 아니오라 제 딸아이는 정실 소생이 아닌 데다 전하의 배필이 되기에는 모든 면에서 너무 부족한 여식이옵니다. 하명을 거두어주소서."

하지만 서녀라도 개의치 않고 후궁으로 들일 만큼 우왕은 다급했다.

"나라의 기둥인 경의 딸을 비로 맞아 왕실을 더욱더 튼튼히 하려는 것인데, 이를 불가하다 함은 과인을 믿지 못하는 것 아니오? 이런 불충이 어디 있단 말입니까!"

"전하, 어찌하여 신을 이토록 곤혹스럽게 만드시옵니까."

결국 최영 장군의 서녀가 영비寧妃에 봉해졌다. 영비는 정비였던 근비謹妃 이씨 다음가는 서열 두 번째 자리로 최영에 대한 우왕의 기대를 보여주는 조처였다.

이성계와 정도전은 근심에 싸였다.

"이미 비가 여덟 명이 되고 기생들이 셋이나 궐에 들어와 앉은 마당에……."

"장군, 후궁들의 처소마다 낭비가 심해 삼 년 치 세금을 미리 걷어들이는 판국입니다. 그런데 새 비가 또 들어와 앞으로 무슨 명목으로 비용을 댈지 담당 관원들이 미리부터 한숨입니다."

"최영 장군과 군신 관계를 더욱 공고히 하려는 목적일 거요."

"전하께서 정말 군사를 일으키시려는 모양입니다."

"아무리 말려도 소용이 없소. 지금은 때가 아닌데……."

"어찌하실 생각이십니까?"

"장수가 뭘 어찌하겠소? 출정하기 전까지는 반대해도 결정이 나면 목숨 걸고 싸워야지요."

정도전이 의미심장한 말을 던졌다.

"백성을 생각하십시오."

"왕명을 받들어 출정하는 장수에게 백성을 생각하라니 무슨 말을 하고 싶은 것입니까?"

"명에 따라야 한다는 군인의 의무보다 더 중요한 건 백성입니다. 결정하기 어려운 순간이 오면, 그때는 백성만, 오로지 백성만 생각하며 결정하시라는 말씀입니다."

"백성만을 생각하라……."

우왕은 요동 정벌을 기치로 내걸고 전국 팔도에서 병사를 모았다. 십만 대군을 삼군으로 나누어 최영을 팔도 도통사로 삼고 좌군 도통사에 조민수, 우군 도통사에 이성계를 임명했다.

그러나 곧이어 이해할 수 없는 명을 내렸다.

"좌군과 우군 통제사들은 전방으로 나가고, 최영 장군은 과인과 함께 후방에 남도록 하시오."

"전하, 국운을 건 전쟁을 앞두고 그 무슨 말씀이옵니까? 출정을 하지 말라니요?"

"경이 떠나면 홀로 불안해서 어찌 정사를 볼 수 있겠소."

"나라에 변란이 있을 때는 정사를 폐하고 전방에 사활을 거는 법이옵니다. 십만 대군의 생사가 오직 제 손에 달려 있는데 장수에게 출정을 하지 말라니 이는 따르기 어려운 명이옵니다. 거두어주소서."

하지만 우왕은 막무가내였다.

"이성계와 조민수 같은 맹장이 있으니 연로한 경까지 전방에 나갈 필요는 없소. 그러니 경은 내 곁을 지켜주시오."
"전하!"
"경이 제주도로 정벌 나갔을 때 부왕께오서 참변을 당했던 일을 잊으시었소? 나라의 간신들을 처단한 지 얼마 되지도 않았소. 원한을 품은 이들이 도처에 남아 있는 이때에 경이 과인 곁을 떠났을 때 끔찍한 일이 일어나면 어쩌란 말이오?"
"삼한의 대업을 앞두고 있사옵니다. 마음을 담대히 가지소서."
"실은 늙은 아비를 전장으로 보내고 자식 된 마음으로 단 하루라도 마음이 편하겠냐며 영비가 밤마다 눈물로 호소합니다. 과인이 어찌 영비의 간청을 물리치겠소. 요동 정벌의 위엄을 세웠으니 경은 멀리서 대업을 지원해주시오."
"전하, 노구의 신하를 아껴주시는 마음에는 감읍하오나 전쟁에 지휘관이 빠지면 병사들이 어찌 최선을 다하겠습니까? 신은 전장에서 죽어도 여한이 없사옵니다. 부디 보내주시오소서."
우왕은 급기야 역정을 냈다.
"안 된다고 하지 않았소! 경이 정히 가야겠거든, 과인을 데려가시오. 경이 간다면 과인도 전방에 나가서 싸우겠소."
"이성계는 이번 정벌에 반대했던 장수이옵니다. 신이 직접 지휘하지 않으면 딴마음을 품을 수도 있사옵니다."
"이성계는 과인과 최 장군을 도와 조정을 새로이 한 공신 아니오? 비록 네 가지 불가론을 들어 이번 정벌을 반대했지만 한 번 나선 장수가 어찌 딴마음을 먹겠소? 걱정할 필요 없습니다."

"전하, 도대체 신더러 어쩌라는 것이옵니까? 장수더러 전장에 나가지 말라니요."

우왕은 전쟁놀이와 진짜 전쟁을 구분하지 못했다. 총사령관에게 전장에 나가지 말라는 어이없는 명령은 그것이 반역에 대한 두려움이건, 아끼는 영비의 간청에 못 이긴 것이든 간에 해서는 안 될 일이었다. 최영을 전방으로 보내지 않은 것, 그 선택이 이성계의 위화도 회군을 부르고 결국 폐위로 이어져 스스로의 목을 조른 꼴이 되고 말았다.

"전하, 정히 신을 후방에 남기셔야겠다면 이성계의 아들들을 볼모로 잡아두십시오. 방우와 방과 형제를 전하의 숙위군宿衛軍으로 남겨 이성계가 딴마음을 품지 못하도록 해야 합니다."

결국 우왕의 생떼를 이기지 못한 최영이 후방에 남고 요동정벌을 위해 급조된 십만 대군이 이성계와 조민수의 지휘 아래 국경으로 나아갔다. 그러나 때는 장마철이었다. 보급이 막혀 군사들은 끼니를 제대로 먹지 못했고 강물이 불어 익사자가 속출했다. 게다가 선봉에 나선 군사들은 명나라에 투항했다. 남쪽에서는 왜구들이 기회는 이때다 싶어 노략질을 일삼았으니 가을 추수를 걱정하는 군사들의 마음은 전장이 아닌 고향의 논밭에 가 있었다.

11

 위화도에 도착한 고려군은 진퇴양난에 빠져 앞으로 나아가지도 뒤로 물러나지도 못하고 있었다. 이성계는 조정에 회군回軍을 요청했지만 번번이 돌아오는 것은 최영의 호통치는 교서였다.
 '지금 때를 놓치면 대업이 무로 돌아가는데 어찌 회군을 운운하는가! 북원에 사신을 보내 파병을 재촉하고 있으니 좌우 도통사는 지체하지 말고 진격하라!'
 좌군 도통사 조민수 역시 요동 정벌에 회의적이었다.
 "이 장군! 최영 장군은 전장에 있지도 않으면서 이곳 사정을 모르고 말도 안 되는 명령만 내리고 있소!"
 "십만 병사를 사지에 몰아넣으라는 얘기지요. 저도 압니다, 조 장군."

"전하와 최영 장군의 허락을 기다리다간 여기서 개죽음만 당하고 말 것이오."

이성계는 정도전의 마지막 당부를 조용히 읊었다. 백성만 생각하라, 백성만 생각하라.

"이 장군, 지금 뭐라고 말씀하시는 겁니까?"

"정벌대가 떠나올 때 삼봉이 해준 말이 떠올라서요. 결정을 내리기가 어려울 때는 오로지 백성만을 생각하라고……."

"군사들이 곧 백성입니다. 제대로 먹이지도 못하면서 이 장마철에 강을 건너라고 할 순 없습니다. 싸워보지도 못하고 물에 빠져 죽게 되지 않았습니까!"

"달리 방법이 없질 않소? 나 역시 언제나 다른 생각 없이 적들과 싸워오다가, 이번에는 말이 안 통하는 조정까지 상대해가며 전쟁을 해야 하니 몇 배나 힘이 드오."

"회군합시다. 그것만이 살길이오."

"우리는 고려의 신하요. 어명을 어기고 회군하면 역적이 되는 겁니다."

"누가 그걸 몰라서 하는 소립니까!"

"나는 차라리 사직하고 고향으로 돌아갈까 합니다."

"이 장군이 돌아가면 나 혼자 어찌하란 말이오. 우군 통제사인 장군과 좌군 통제사인 나 조민수! 두 사람의 이름으로 함께 소를 올려 전하께 다시 한 번 회군을 청해봅시다."

그러나 소용이 없었다.

'군령이 지엄하거늘 장수라는 자들이 감히 회군을 논하는가! 국가의 대업을 망치려 하는 자는 역도로 규정할 것이니 어서 빨리 진군하라!'

최영의 득달같은 재촉만 날아올 뿐이었다.

"할 수 없소. 허락이 없어도 회군합시다!"

"조 장군, 그게 무슨 뜻인지 알고 있소? 반역으로 몰릴 수도 있습니다."

"이래 죽으나 저래 죽으나 마찬가지 아니오? 하지만 군사들은 살릴 수 있습니다."

이성계는 한동안 말이 없었다.

"장군! 결정을 내리시오! 장군이 안 하면 나라도 합니다. 좌군만 데리고 회군하겠소!"

"장수들을 모두 소집합시다. 병사들과 백성들 모두 바라는 것이라면 우리가 충신이 될 수도 있겠지요. 민심이 우리와 같지 않다면 역도가 되는 거고요. 민심을 헤아려봅시다."

결과적으로 이성계의 쿠데타가 된 위화도 회군.

좌군 통제사 조민수는 이성계의 정적이었다. 그런 두 사람이 회군을 청하는 상소를 올리고 휘하의 장수들 모두가 회군에 찬성한 것은 전황이 그만큼 비관적이었다고 추측해볼 수 있다.

위화도 회군 소식에 우왕과 최영은 경악을 금치 못했다.

"최영 장군! 이를 어찌하면 좋소. 신하들이 어명을 거역하고 회군을 하다니!"

"우선 볼모로 잡아둔 이성계의 두 아들을 빨리 압송해와야 합니다."

"벌써 도망쳤다고 하오! 이러다 회군이 반란으로 이어지는 것 아니오? 이성계가 과인을 죽이러 오면 어찌하오!"

"전하, 최영이 전하를 지켜드릴 것이옵니다. 왕명을 어긴 회군은 곧 반역! 고려의 최영, 전하의 노장이 반역의 무리를 처단해 군주의 지엄함을 보이도록 하겠습니다."

백전노장답게 싸우기를 택한 최영 장군. 기개는 높았지만 중과부적이었다. 십만 대군을 이끌고 돌아오는 이성계에 맞선 병사들은 겨우 수천 명. 결국 최영의 패배로 끝이 난다.

이성계는 우왕을 직접 응징할 수 없었으므로 최영을 처단하는 쪽으로 가닥을 잡았다.

"전하! 신들이 감히 어명을 어기고 회군한 것은 국사를 독단으로 처리하는 최영의 잘못을 바로잡기 위한 것이오니 전하께오서는 신하들의 충정을 가납하시어 최영을 내치시옵소서!"

우왕은 자기 때문에 노신을 죽게 할 수 없었다. 게다가 이제는 장인이 된 사람이었다.

"나라의 명을 받아 국경으로 출정한 장수들이 강상綱常의 죄를 범하게 된 것은 과인이 부덕한 탓이지 어찌 최영의 잘못이겠는가. 노장의 충심은 그대들도 아는 바이니 역신의 오명을 쓰지 말고 잘못을 고하고 과인의 곁으로 돌아오라."

"전하! 불충을 용서하소서. 그러나 신들도 어쩔 수 없는 선택이었으니 전하께오선 부디 오늘의 일을 치욕으로 여기지 마시고 종사의 앞날을 위해 최영 장군을 물러나게 하시옵소서."

"과인더러 어찌 충신을 버리라 하는가. 역도들에게 과인의 충신을 내줄 수는 없다!"

그러자 이성계는 우왕보다 명예를 아는 최영 쪽으로 압박의 방향을 틀었다.

"최영 장군, 이미 대세가 기울었습니다. 물러날 때를 아셔야지요."

최영은 알고 있었다. 죽음을 피할 길이 없다는 것을.

"전하! 신이 전하를 위해 물러나도록 허락해주시옵소서."

"아니 되오! 경이 없으면 누가 과인을 지켜준단 말이오!"

"지금은 신이 전하 곁에 있는 것이 오히려 흉가 되옵니다."

"경은 고려의 충신이자 사사롭게는 과인의 장인이오. 충신을 버리는 것은 선조에 죄를 짓는 일이며, 어버이나 다름없는 장인을 버리는 것은 패륜이오."

"신을 버리셔야 앞날을 도모하실 수 있사옵니다. 전하를 끝까지 지켜드리지 못하고 이렇게 물러가는 노신을 용서하소서."

우왕은 울부짖었다. 최영을 잃고 왕좌를 지킬 자신이 없었다. 벌써부터 두려움이 엄습해왔다.

"안 되오, 장군! 가지 마시오! 과인을 두고 가지 마시오!"

최영과 정몽주. 고려는 이 두 사람을 잃으면서 결정적으로 국운이 기울었다. 마지막 가는 길에 최영은 이성계에게 우왕을 지켜달라고 부탁했지만 그 약속은 지켜지지 않았다.

철없이 떼를 써서 아비를 후방에 남겨두어 위화도 회군의 빌미를 제공하고 집안을 폐가로 만든 영비가 지아비 우왕에게 원수를 갚아달라 매달렸던 것이다.

"전하! 이럴 순 없사옵니다. 일흔이 넘은 노구의 아비에게, 전하의 장인이며 고려 최고 공신인 신첩의 아비에게 유배라니요, 유배라니요!"

"미안하오, 영비. 조정이 조용해지면 곧 풀어드릴 거요. 그러니 조금만 기다리시오."

"지엄한 왕명을 어기고 마음대로 회군한 장수들은 조정을 휘어잡고, 오로지 전하의 뜻을 받들어 충성을 바쳤던 아비는 죄인이 되어 유배를 가다니! 이게 말이 됩니까?"

"과인이 부덕한 탓이오. 내 이대로 가만있지는 않을 터이니 날 믿고 기다려주시오."

"뭘 어떻게 기다리란 말입니까? 유배 다음에는 사약인 것을 제가 모를 줄 아십니까? 그럼 저는 뭐가 됩니까? 죄인의 딸이 되어 궁에서 쫓겨나지 않겠습니까? 그때 가서 전하가 신첩을 지켜주실 수 있습니까?"

미처 거기까지는 생각하지 못했던 우왕은 영비의 울부짖음에 마음이 움직였다.

"듣고 보니 영비의 말에도 일리가 있소. 장인이 저리되었으니 곧 당신을 죄인 취급할 터……."

"불을 보듯 뻔한 일이옵니다."

"걱정 마시오. 역도들에게 당한 것도 억울한데 제 부인 하나 지키지 못하는 못난 사내가 되기는 싫소."

"전하!"

"내 오늘 조민수와 이성계, 두 역도를 죽여 원수를 갚고 그대를 기쁘게 하리다! 여봐라! 게 아무도 없느냐!"

내관이 문을 열었다.

"찾아 계시옵니까!"

"궁에 남아 있는 내관들을 모두 불러 모으고 역도 편이 아닌 군사들을 모아 오너라. 또 궁중에 남아 있는 칼과 창들을 모두 가져오라! 과인이 조민수와 이성계를 죽여 지금까지의 수모를 씻으려 한다. 너희들이 과인의 뜻을 따라 공을 세운다면 자손만대에 이르기까지 홍복을 누릴 것이고, 거역한다면 역신의 무리와 다를 바 없으리라!"

12

 장인이기도 했던 고려의 수호신 최영을 잃고 왕권까지 위협받게 된 우왕은 무모한 거사를 시도했다. 내관들을 이끌고 나가 이성계를 제거하려 했던 것이다. 그러나 이 어설픈 시도는 실패로 돌아갔다. 정도전은 이성계와 조민수를 만나 대책을 논의했다.
 "이럴 수가 있습니까!"
 "진정하시오."
 "위화도에서 회군을 단행한 것은 나라와 백성을 염려해서인데, 그런 두 분을 국왕이 갑옷을 입고 나와 직접 죽이려 하다니요! 이는 전하께서 우리의 충정을 믿지 못하고 군신의 도리를 스스로 저버린 것입니다."
 "삼봉 그리고 조 장군, 이를 어찌하면 좋겠소?"

누구도 쉽게 대답하지 못했다. 저마다 똑같은 생각을 품고 있었지만 아무도 그것을 입 밖에 내지는 못하고 있었던 것이다. 한숨과 헛기침. 짧으면서도 긴 듯한 시간이 지나고 정도전이 먼저 말문을 열었다.

"이렇게 된 바에야 이제 전하를 왕위에서 내리는 수밖에 없습니다."

먼저 말을 꺼내기가 어려워 눈치만 보고 있던 조민수가 반색했다.

"내 생각도 그렇소! 방법은 그것뿐이오."

이성계는 마음이 무거웠다.

"전하를 지켜드리겠노라, 최영 장군과 약속했거늘……."

"기호지세騎虎之勢이니 필부득必不得하라."

조민수가 정도전의 말을 풀어 읊었다.

"이미 호랑이 등에 올라탔으니 중도에 내릴 수 없다."

"아니면 우리가 잡아먹힐 게 아닙니까."

결국 신하들의 강권에 못 이긴 우왕은 왕세자에 책봉되지도 않은 맏아들 창에게 왕의 자리를 물려준다는 교지를 내린다. 대비전에서도 창을 왕으로 세우는 교서가 내려온다. 아홉 살의 어린 왕. 그가 바로 고려 제33대 창왕이다.

이후 정권은 위화도 회군의 주역이었던 좌군 통제사 조민수에게 넘어갔다. 정도전은 이성계의 입지를 강화하고, 백성들의 좀 더 나은 삶을 위해 토지개혁을 서둘렀다.

그러나 조민수는 개혁에 회의적이었다.

"토지개혁을 하자고? 지금 새 임금이 즉위한 지 얼마나 되었다고 조종祖宗 이래로 내려온 제도를 함부로 뜯어고치잔 말이오? 이 무슨 망발이오!"

도당에서도 대신들 사이에 설전이 벌어졌다. 토지개혁의 필요성을 절감하고 있는 정도전만 열을 올렸다.

"조 장군! 한 가지만 묻겠소. 장군은 숙청이 두려워 강탈한 토지를 돌려주었다가 우왕이 폐위되자 다시 빼앗았다면서요. 그게 사실입니까?"

"누구요? 누가 그런 참소를 했단 말이오?"

"우리가 개혁의 상소를 수차례 올리고 전하께오서도 이를 철저히 조사하라 교서를 내리신 바 있는데, 이를 무시한 처사는 치부가 드러나는 게 두려워 한사코 덮으려던 게 아니오?"

"그건 모함이오! 내가 갖고 있는 것은 조상으로부터 물려받은 토지뿐이오!"

시중 자리에 있던 목은 이색이 두 사람의 싸움을 말리고 나섰다. 이색은 정도전과 정몽주가 동문수학한 스승이었다.

"그만들 하시게. 무공으로 따져도 조민수 장군만 한 인물이 없고 새 전하를 옹립하는 데 가장 큰 공을 세운 사람도 조 장군인데 굳이 흠을 들춰내어 모함하는 것은 옳은 일이 아니오."

하지만 정도전은 여전히 강경했다.

"모함이 아니라 사실입니다. 스승님도 공민왕 시절에 똑같은 개혁안을 내놓았던 걸 잊으셨습니까? 삼십 년 전 일이어서 기억이 안 나시는 겝니까! 저는 똑똑히 기억합니다. 부자들의 토지를 빼앗기 곤란하여 오랜 폐단을 갑자기 개혁하기 어렵다고 하신다면 이는 현군이 취할 바 아니니 개혁이 되고 안 되고는 오직 왕의 결단 여하에 달려 있다! 그렇게 목숨 걸고 간언하던 스승님은 어디로 가셨습니까?"

회한에 차서 스승에게 소리치는 제자의 모습에 이색은 노기가 끓어올랐지만 쉽사리 말문을 열지 못했다. 보다 못한 정몽주가 말리고 나섰다.

"삼봉, 그만하시게. 그때와 지금은 사정이 다르지 않은가."

"무엇이 다르다는 건가! 사정은 삼십 년 전보다 더 나빠졌는데! 굶주린 백성들의 고통이 산을 헐고 강을 말리는데!"

아무도 입을 열지 못했다. 백성들을 위한다는 대의명분에 반대할 수도, 그렇다고 자신들의 재산을 포기할 수도 없었기 때문이다.

"사정이 달라지긴 많이 달라졌지요. 스승님도 이젠 토지와 노비가 넘쳐나는 부자가 되셨으니까요. 삼십 년 전에는 가진 게 없어 개혁을 부르짖고, 지금은 가진 게 많아서 개혁을 반대하는 모양새 아닙니까!"

정몽주는 스승과 반목하는 정도전을 지켜보기가 괴로웠다. 도당을 나오자마자 조용히 친구를 불렀다.

"아무리 개혁의 뜻이 좋다곤 하지만 우리가 스승님으로 모시던 분 아닌가? 너무 몰아붙이면 모양새가 좋지 않아."

"스승이었기에 더 실망스럽네!"

"말이 과하지 않은가!"

"포은, 자네는 도대체 무슨 생각인가? 왜 아무 말도 안 하는 게지! 이 땅의 백성을 위해 개혁하자던 그 포부는 어디로 갔나?"

"대신들의 반대가 워낙 심하지 않은가? 조정안을 생각해보세. 현재 상태를 유지하면서 폐단을 고치는 쪽으로……."

"말 같은 소리를 하시게! 현재 상태가 이미 불법 아닌가!"

"자네의 뜻은 좋지만 현실을 생각하게. 혼자만 부르짖는다고 개혁이 이루어지나? 왜 이 사람들이 모두 자네 말을 따라야 한다는 건가?"

정도전은 배신감을 느꼈다.

"개혁으로 뜻을 모으자던 자네의 입에서 그런 말이 나올 줄은 몰랐네."

정몽주는 흔들리고 있었다. 정도전의 독주로 인한 소외감 속에 개혁의 의지가 약해지고 있었던 것이다.

개혁파가 균열 조짐을 보이자 방원은 불안감에 휩싸였다. 위화도에서 회군하면 모든 것이 일사천리로 진행될 줄 알았는데 막상 수혜자는 아버지가 아닌 조민수였기 때문이다. 북방 출신의 이성계보다 수구파의 지지 기반이 강력한 조민수가 위세를 얻었던 것이다.

누구보다 시댁의 운명과 남편의 입지에 민감했던 방원의 아내 민씨가 남편의 고뇌를 함께 나누려 했다.

"서방님, 아버님은 이제 어찌 되시는 겁니까?"

"모르겠소. 회군의 여세를 몰아 단번에 고려 왕실을 무너뜨리실 줄 알았는데."

거기까지 생각하지 못했던 민씨는 한순간 호흡이 멎는 듯했다.

"그럼 아버님께오서 고려의 왕이 되시는 겁니까?"

"충분히 그럴 수 있었는데, 아버님은 그저 요동 정벌을 멈추는 게 목표였다고만 하시니……."

민씨는 안타까웠다.

"지나치게 우유부단하신 것 아닙니까?"

"나도 답답하오. 아버님이 결심만 하시면 우리 형제들이 목숨 걸고 밀어드릴 텐데 말이오."

"설득하세요. 아버님께 용기를 드려야 합니다."

"최선을 다하고는 있지만……."

"집안에 사람이 필요합니다."

"신진 사대부는 모두 아버님 편이오."

"아버님 사람 말고 서방님의 사람이 말입니다."

"아버님의 사람이 다 내 사람 아니겠소?"

민씨는 명문가인 여흥부원군 민제의 둘째 딸로, 북방 출신의 남편보다 어느 면에서는 훨씬 더 세련된 정치 감각을 갖고 있었다.

"그렇지 않습니다. 그들은 아버님께 충성할 뿐, 서방님의 말을 듣는 사람들이 아니지 않습니까? 서방님께도 가신들이 필요한 때가 왔사옵니다."

민씨는 혼례식에 왔던 친정아버지의 손님 하윤을 떠올렸다. 최영의 실각과 함께 유배에서 풀려난 하윤은 천기를 읽을 줄 안다는 소문이 돌았다. 민씨가 시집오던 날도 신랑의 관상을 보고 큰 인물이 될 거라는 예언을 남겼다고 한다.

정도전이 이성계를 왕으로 만들기 위해 한 걸음 한 걸음 차분하게 나아가고 있는 동안 이방원 역시 자신의 운명을 준비하고 있었다.

13

 제자 정도전에게 수모를 당한 이색은 이대로 당할 수 없다는 생각에 아홉 살 어린 나이의 창왕 앞으로 나아갔다. 이색은 수구파의 정신적 지주였다. 원나라 국자감에서 수학한 유학파 엘리트로, 동방에 문명을 떨치며 순조롭게 출세 가도를 달려왔으나 너무 쉽게 기득권 세력이 된 탓에 개혁 의지를 잃은 지 오래였다. 강경한 개혁 정책을 내놓는 정도전과는 대립각을 세울 수밖에 없었다.
 "전하! 소신을 명나라에 보내주십시오."
 나이가 어려도 왕은 왕이었다. 창왕이 또박또박 물었다.
 "한번 가면 생사를 기약하기 어려워 모두들 피하는 것이 사행 아닙니까? 어찌하여 시중께오서 자청하시는지요?"

"비록 이성계 장군이 회군했다곤 하지만 요동 정벌의 시도로 대국의 심기를 건드린 바 있습니다. 장차 명나라 황제의 진노를 어찌 감당하겠습니까? 신이 직접 들어가 대국의 오해를 풀고 보령寶齡이 어리신 전하의 안위를 위해 감국을 청해보겠사옵니다."

이성계와 정도전은 또 한 번 놀라지 않을 수 없었다.

"감국이라니? 그 무슨 망발이오?"

"어찌하여 이 나라를 명나라에 바치려 하십니까! 지난날 원나라 황실에 의탁해 고려를 원의 행성行省으로 만들어달라고 조르던 일과 무엇이 다릅니까!"

목은 이색. 그는 포은 정몽주, 야은 길재와 함께 삼은으로 불리며 고려 말의 대표적인 충신으로 기억되고 있다. 하지만 그가 명나라에 요청한 감국이란 국정을 감독받겠다는, 나라를 바치겠다는 뜻이나 다름없는 매국 행위였다. 이색은 명나라의 감국을 통해서라도 이성계를 견제하고 정도전 일파를 제거하고 싶었던 것이다. 정적을 제거하기 위해 외세에 나라를 바치는 것, 그것이 과연 충심일까?

자신이 없는 동안 이성계가 일을 벌일까 봐 그 아들 방원까지 볼모 삼아 명나라행을 감행하며 감국을 받으려던 이색의 시도는 황제의 무시로 물거품이 되었다.

이색의 청에 대한 주원장의 조서는 다음과 같았다.

'신하가 임금을 쫓아낸 뒤 그의 자식을 세워 놓고 조근朝覲하러 오겠다니 이는 인륜과 상도常道의 큰 변이다. 따지고 보면 임금이 자기 도리를 다하지 못하고, 신하 또한 해서는 안 될 큰 죄를 지은 것이다. 사신들을 타일러 돌려보내니 동자에 지나지 않는 너희 어린 왕도 조근하러 올 필요 없다. 세우는 것도 너희들 일이고, 폐하는 것도 너희들 일이니 우리는 상관하지 않겠다!'

한마디로 너희들 일이니 알아서 하라는 말이었다. 신하들이 연이어 왕을 몰아내니 명나라 황제 입장에서는 뭐 이런 나라가 다 있나 싶기도 했을 터. 이색의 감국 시도는 수포로 돌아가고, 그는 사행에서 돌아온 뒤 사직을 청했다. 정국이 안정될 사이도 없이 복위를 꾀하던 우왕의 거사가 발각되어 위기의식을 느꼈기 때문이다.

이색이 없는 도당에서 이성계와 정도전을 중심으로 대책이 논의되고 있었다.

"삼봉, 이 일을 어떻게 처결하는 게 좋겠소?"

"우리가 꿈꾸는 개혁을 실현하기 위해서는 우왕도 지금의 주상도 모두 물러나야 합니다."

"우왕이야 이미 물러났고 지금의 전하를 무슨 명분으로 끌어내리려는가? 아비가 자기 자리를 찾으려 했을 뿐인데, 그 아들에게 죄를 묻기는 어렵지 않은가?"

"폐가입진廢假入眞! 가짜를 폐하고 진짜를 세운다."

"그게 무슨 소리요?"

"우왕이 왕씨가 아니라 신씨라는 소문을 모르십니까? 공민왕의 후사가 아니라 신돈의 아들이라는 소문은 즉위 초부터 지금까지 계속 떠돌고 있는 얘깁니다."

"소문이야 나도 들었소만."

"이인임이 우왕의 생모를 자처한 반야라는 여인을 쥐도 새도 모르게 죽여버린 것이 무엇 때문입니까? 출생에 아무런 의혹이 없다면 생모를 왜 그리 박대했겠습니까!"

정몽주도 정도전의 의견에 무게를 실어주었다.

"명나라 황제도 상왕이 공민왕의 후손이 아니라는 교지를 여러 번 보냈지요."

하지만 우왕과 그 아들 창왕을 끌어내린다고 해서 모든 문제가 해결되는 것은 아니었다. 이성계는 후계 구도를 걱정하지 않을 수 없었다.

"그럼 다음 왕은 누굴 세운단 말인가!"

"왕실 어른들과 의논을 해봐야겠지만 종친들 중에서 골라 보심이……."

정도전의 의견에 정몽주가 정창군이라는 카드를 들고 나왔다. 정창군은 이성계와도 인척 관계에 있는 사람으로 정도전 역시 흡족하게 생각했다.

"잘되었습니다. 정원부원군과 충렬왕의 증손녀 사이에서 태어났으니 왕실의 혈통에 가장 가깝고, 장군과도 남이 아니니 대업을 펼쳐나가기가 수월하지 않겠습니까?"

"대신들과 의논해봅시다."

도당에서 대신들의 의논이 끝나고, 당시 수시중이던 이성계가 정도전과 정몽주를 위시해 아홉 명의 중신과 함께 국새를 들고 대비전으로 나아가니 대비 안씨가 놀라 안색이 파랗게 질렸다. 예상은 했지만 애써 부인하고 싶은 사태였다. 대비 안씨의 목소리가 심하게 떨렸다.

"어인 일이오? 대신들이 이렇게 늙은이의 전각에 몰려온 이유가 무엇이오?"

이성계가 대표로 나섰다.

"태조께서 천명을 받아 나라를 열고 자자손손 이어온 지 사백오십여 년. 불행히도 공민왕 대에 이르러 손이 끊어졌사온데 간신 이인임이 사욕에 눈이 어두워 왕실의 핏줄도 아닌 신돈의 아들 우를 왕위에 올렸습니다."

대비 안씨는 기가 막혔다.

"무어라."

"폭정을 일삼던 우왕이 폐위되고 그 아들 창이 왕위를 이었으나, 이는 왕실의 적통을 잇는 일이 아니므로 폐가입진해 진짜 왕씨를 보위에 올리고자 하옵니다. 마마께오서 전교를 내려주시옵소서."

| 2부 혁명 |

대비 안씨에게 공포에 가까운 전율이 몰려왔다. 고려왕조의 정통성을 신하들이 전면적으로 부인하고 나선 것이었다.

"폐가입진이라고!"

"가짜를 폐하고 진짜를 세워야 한다는 것이 대신들의 중론입니다."

대비 안씨는 참담했다.

"우도 안 되고 창도 안 된다면, 대체 누굴 왕으로 세우란 말이오? 왕실의 직계 손은 하나도 남아 있질 않은데!"

"중신들은 정창군이 인자하고 덕을 갖추었으므로 그를 추대하기를 원하고 있사옵니다."

대비 안씨는 이성계를 필두로 대비전 마당에 늘어선 중신들을 둘러보았다. 이성계가 군왕의 교체를 협박하듯 주장하고 있어도 누구 하나 나서서 말리는 사람이 없었다. 아무도 왕실 편을 들지 않았다. 대세가 기울었음을, 자신이 막아낼 수 있는 일이 아니라는 것을 대비는 깨달았다.

"그대들이 이미 그렇게 정했다면 나의 뜻이 무슨 소용이겠소? 이미 두 왕을 폐했고, 궁궐은 그대의 군사들로 가득한데 힘없는 늙은이를 우롱하지 말고 경들의 뜻대로 하시오."

경거망동으로 자신의 명줄을 재촉한 우왕은 유배지 강릉에서 죽음을 눈앞에 두고 피를 토하며 부르짖었다.

"내가, 내가 부왕의 자식이 아니라고? 날 죽이는 이유가 왕실의 친자가 아니어서라고? 니들이 왕 노릇 하고 싶으면 맘대로 할 것이지, 왜 나에게 이런 치욕을 주느냐? 나는 공민왕의 아들이다! 사람은 속일 수 있어도 하늘은 속일 수 없느니라. 나는 아버님의 친아들이요, 고려 왕실의 핏줄이다! 이놈들! 너희들의 불충을 숨기려고 나를 아비 없는 자식으로 만드느냐? 고귀한 내 핏줄을 더러운 사생아로 만들면 너희들의 불충이 가려질 줄 알았더냐! 무식한 싸움꾼에 지나지 않는 이성계 그놈이, 하늘이 내린 왕실의 혈통을 이어받은 나를 죽여? 천벌이 무섭지도 않느냐!"

우왕은 죽임을 당하는 것보다 자기 혈통이 부정당하는 게 더 억울했다. 살아 있는 내내 자신이 누구의 자식인지를 증명하고자 했던 그는 평생에 걸친 노력에도 불구하고 결국 공민왕의 자식이 아니라는 이유로 죽임을 당했다. 고려의 제32대 왕이었던 우는 과연 누구의 자식이었을까?

우왕과 창왕이 죽고, 이어 새 왕으로 추대된 정창군이 대비전에 불려 들어왔다. 그는 대비와 신하들 앞에서 왕위를 단호하게 거부했다.

"싫소! 그동안 고려 왕실의 종친이라는 것이 영광이기보다는 멍에였소. 본의 아니게 역모에 휘말릴까 늘 두려워하고 조심하며 살아왔는데, 이제 와서 무슨 영화를 누리겠다고 왕위에 욕심을 내겠소. 내 비록 왕가의 핏줄이기는 하나 그만한 그릇이 되지 못하니 다른 사람을 찾아보시오!"

정도전이 점잖게 정창군을 설득했다.

"이미 대신들과 대비전에서 논의를 마친 일이옵니다."

"이보시오, 삼봉 대감! 본인이 싫다는데 다른 사람들이 무슨 소용이오. 우왕과 창왕이 신하들에게 쫓겨나는 것을 보았는데, 내가 무슨 영광을 보겠다고 왕위를 탐내겠소! 나는 조용히 남은 생을 보내고 싶을 뿐이오."

보다 못한 듯 대비가 나섰다.

"정창군! 철없는 소리 그만하세요!"

"마마!"

어찌 되었든 왕실의 유일한 어른인 대비 안씨가 남아 있는 위엄을 모두 짜내 정창군을 압박했다. 정창군이 거부한다면 신하들이 왕씨가 아닌 새로운 인물, 이성계를 올리자고 할지도 모르는 일이었기 때문이다.

"왕위란 하루도 비워둘 수 없는 자리. 그대가 하고 싶다 해서 되고, 하기 싫다고 물리칠 수 있는 자리인 줄 아시오? 이미 조정 대신들이 뜻을 모았으니 운명으로 알고 따르도록 하시오!"

"대비마마! 전교를 거두어주십시오!"

"이는 그대의 뜻대로 할 수 있는 일이 아니라는데도!"

그리하여 정창군 곧 공양왕이 마침내 왕위에 오르니 즉위 당시 그의 나이 마흔넷. 고려의 마지막 왕이 될 비극적 운명을 예감이라도 한 듯 그는 울면서 왕위에 올랐다고 전한다.

　공양왕은 이성계와 정도전, 정몽주 등 이른바 구공신九功臣에 의해 왕위에 올랐지만 신하들에게 고마운 마음은 조금도 갖지 않았다. 그보다는 어떻게 하면 공신들의 세력에 맞서 왕실을 지키고 목숨을 보존할 수 있을까 고민이 깊었다. 이성계와 정도전은 이런 그를 만만하게 보았다가 최대의 위기를 맞는다.

14

이번에야말로 아버지가 왕위에 오를 기회라고 생각한 방원은 또다시 정창군이 등극해 고려왕조가 목숨을 이어가자 크게 실망했다. 답답한 마음에 부인 민씨가 만나기를 권하던 하윤과의 자리를 만들었다.

하윤과 안면이 있던 장인 민제가 자기 집에서 모임을 준비했다.

"인사들 나누시게. 이 사람은 우리 사위이고, 이분은 하윤 대감이시네."

"말씀 많이 들었습니다. 이방원이라고 합니다."

하윤은 인사도 나누기 전에 혼잣말로 중얼거렸다.

"역시……."

민제가 물었다.

"왜 그러십니까?"

하윤은 에둘러 말하지 않았다. 유배지에서 도참서를 읽으며 천기를 공부해온 지난 시간, 방원과의 만남에 그는 모든 것을 걸었다. 마치 이성계에게 자신의 운명을 걸었던 정도전처럼.

"제 눈이 틀리지 않았습니다. 혼례식 때 잠깐 보고 왕이 될 재목이라 생각했는데 그 기가 더 강성해졌습니다."

놀란 사람은 오히려 장인 민제였다.

"왕이 될 재목이라고요?"

"그렇습니다."

"어르신, 저는 관직에 오른 지 얼마 안 되는 벼슬아치일 뿐입니다. 전국 팔도에 무공을 떨치신 아버님 덕분에 제 이름도 덩달아 오르내리긴 했지만 왕이 될 재목이라니요, 당치도 않습니다."

"그럼 아버님은 어떻습니까?"

방원은 말문이 막혔다. 아버지가 군왕의 재목이라는 것은 조선 팔도가 다 아는 얘기였다.

"사람들은 이성계 장군이 위화도에서 회군하여 대군을 이끌고 도성으로 돌아올 때에, 아 이제 명나라 주원장처럼 장군도 왕이 될 것이라 생각했습니다."

"아버님께서는 원치 않으시지만 왕이 되실 자격이 충분하다고, 저는 생각하옵니다."

"그럼 아버님을 왕으로 올리면 될 게 아닙니까? 왕의 아들이면 왕자이고, 다음 왕위를 기약할 수 있으니 왕이 될 재목이라 할 수 있지요."

"회군할 때, 그 기세로 수창궁까지 들이쳐야 했는데 시기를 놓쳤습니다."

방원은 지금도 그 생각만 하면 아쉬웠다.

"때는 기다려야 하고, 기다려도 오지 않으면 만들어야 하는 법!"

"만들어야 한다는 말은……."

"모든 것은 민심에 달렸습니다."

장인 민제가 방원보다 먼저 알아들었다.

"민심을 얻으라는 말씀이렷다?"

"도참서에 목자득국木子得國의 내용이 나오는 걸 아시는지요?"

"목자득국이라고요?"

"목자가 나라를 얻는다. 나무 목木과 자子를 합치면 이李라는 글자가 나오지요. 그러니까 목자득국이란 이씨가 왕이 된다는 얘깁니다."

방원은 목자득국의 해석이 흥미로웠다.

"백성들도 목자득국 이야길 알고 있습니까?"

"모르고 있다면 알려줘야지요. 그 옛날, 백제의 서동은 선화 공주를 얻기 위해 노래를 만들어 불렀습니다."

민제가 무릎을 쳤다.

"「서동요」를 말하는 것인가!"

"서동이 어린애들한테 먹을 것을 주면서 노래를 가르쳐주고 일부러 부르고 다니라며 시킨 것입니다. 그래서 소문이 퍼지고, 그 소문은 역사가 되었지요."

그제야 방원도 하윤이 내놓은 수를 알아들었다.

"어르신을 만나니 천군만마를 얻은 것 같사옵니다. 앞으로 가르침을 청해도 되겠습니까?"

"왕이 될 사람이 누구에게 가르침을 청하겠습니까? 원하는 것을 말씀하시고, 그냥 가지시면 됩니다."

하윤이 가르쳐준 수를 실천에 옮긴 이는 방원의 부인 민씨였다. 집안 하인들 중에 믿을 만한 사람들을 은밀히 모았다.

"다들 모였느냐?"

"예!"

"여종들은 광에서 곶감이랑 약과를 내다가 어린애들에게 나눠주면서 목자득국 노래를 가르쳐라. 남자들은 주막에 모인 사람들에게 술을 사라. 사람들이 취기가 오르거든 목자득국이란 노래를 아느냐고 물어본 뒤 모른다고 하면 가사를 일러주고."

술 마시고 생색내는 것이 해야 할 일이었으니 하인들은 신이 났다.

"너희들이 우리 집 가노들이란 건 비밀로 해야 한다."

"명심하겠사옵니다."

"어서들 가보거라. 내가 그만하라고 할 때까지 매일 나가서 알리도록 하고."

아버지 이성계를 왕으로 만들기 위해 동분서주하며 모든 것을 걸었던 방원 부부. 그러나 정작 이성계와 이방원 부자 사이는 이성계의 향처인 한씨가 쓸쓸하게 죽어갈 때부터 조금씩 틈을 보이기 시작했다. 한씨의 본관은 안변으로 고려 동북 지방 영흥의 한미한 호족 가문 출신이었다. 이성계가 개경에서 두 번째 부인 강씨를 맞은 이후 남편과 함께 살지 못하고 자식들만 키웠다. 조선의 개국을 일 년 앞두고 유명을 달리하여 국모의 영광을 누리지 못한 것이 두고두고 방원의 한이 되었다.

이성계의 주요 조력자였던 방원은 아버지와 어머니, 양쪽 집을 오가며 자식의 도리를 다하면서도 어머니의 외로움을 마음 아파하던 터였다. 그러던 중 한씨가 중병으로 눕게 되었다.

"어머님, 조금만 참으세요. 아버지가 곧 오실 거예요."

"방원아."

"어머니!"

"내가⋯⋯ 너무 힘이 드는구나."

방원의 눈에 물기가 어렸다.

"약해지시면 아니 됩니다. 아버님을 보셔야지요. 이렇게 보내드릴 수는 없습니다."

"평생을 기다리게 한 양반이 아니냐. 마지막 가는 길마저도 결국 나를 이리 기다리게 하는구나."

방원이 울컥하며 밖을 향해 소리 질렀다.

"여봐라! 문학동에선 아직 아무 전갈도 없느냐! 아버님은 어디쯤 오고 계시다더냐!"

민씨가 문을 열고 들어왔다. 모든 것이 자기 잘못인 양 눈치를 보고 있었다. 앓아누운 시어머니보다 화를 내고 있는 남편이 더 걱정이었다.

"사람을 계속해서 보내고 있습니다. 그런데 아무 소식이 없으시니."

"그 여자가…… 그 여자가 가로막는 게 틀림없소! 아버님을 독차지하고 산 것도 모자라 어머님 마지막 가는 길마저 한을 남기려고 가로막다니."

"서방님."

"밖에 누구 없느냐? 가서 억지로라도 아버님을 모셔오너라. 시간이 없다! 빨리!"

한씨가 실낱같은 목소리로 다시 아들의 이름을 불렀다.

"방원아……."

"예, 어머니."

"이 어미는 맏이보다 네가 더 믿음직하고 의지가 됐었느니라. 네 아버지가 새장가를 가서 경처를 두고, 이렇게 병든 뒤로는 나는 자식들만 보고 살았어."

"압니다, 알아요, 어머니! 기운을 아끼세요. 말씀은 그만하세요."

어느새 며느리 민씨도 울고 있었다.

"부탁한다, 아버님과 형들을…… 집안을 잘 보살펴……."

유언을 채 맺지도 못하고, 한씨는 숨을 거두었다. 곧바로 방원과 민씨 부부의 통곡이 쏟아졌다.

"안 돼, 안 돼…… 안 돼요, 어머니! 이렇게 가시면 안 돼요! 이렇게 한을 품고 가시면 남은 자식들은 어쩌라고요, 어머니!"

이방원의 생모였던 한씨는 조선 개국을 일 년 앞두고 숨을 거두었는데, 지아비였던 이성계는 임종을 지키지 못했다. 그때부터 아들 방원의 가슴에는 원망과 한이 자리 잡기 시작했다.

"아이고, 형님! 세상에 이렇게 가시다니……."

경처 강씨의 때늦은 문상에 방원은 차갑게 반감을 드러냈다.

"어디서 곡을 하시는 겁니까. 어머님께서는 작은어머니의 문상을 바라지 않으실 겝니다."

이성계는 아내의 임종을 지키지 못해 죄책감을 느끼고 있었으나 아들의 버릇없는 행동을 그대로 두고 보지 않았다.

"어디서 배운 말버릇이냐! 아무리 모친상으로 마음이 상했다곤 해도 이 사람 역시 너의 또 다른 어미야!"
"제 어머니는 돌아가신 어머니, 단 한 분뿐입니다!"
"어허!"
강씨는 사태가 커지는 것을 원치 않았다.
"그만하십시오. 오죽 속이 상하면 저러겠습니까."
"어머님이 위독하시다고 몇 번이나 사람을 보냈거늘 중간에서 가로막은 걸 내가 모를 줄 아십니까? 마지막 가시는 길조차 아버님 얼굴도 못 보고 가셨습니다!"
강씨는 당황했다.
"그건 오해다. 아버님께서 요즘 워낙 바쁘고 경황이 없으셔서……."
"네 어미가 하루 이틀 앓은 것도 아니어서 또 그러려니 하고 넘어간 모양이다. 임종을 못 지킨 것은 가슴 아픈 일이나 이 사람을 너무 허물하지 마라, 다 아비 탓이다."
방원은 이해할 수 없었다.
"위독이라 했습니다. 위독하다고요! 그저 아버님이 보고 싶어서 거짓말이라도 한 줄 아셨습니까! 사람 목숨을 두고 장난이라도 치는 줄 아셨어요!"
"그만하라는데도! 다 이 아비의 잘못이라 하지 않았더냐!"
"어머니께서는 피눈물을 흘리셨습니다. 기다리고 또 기다리며…… 작별 인사를 못해 눈도 제대로 감지 못하셨습니다!"

보다 못한 민씨가 남편을 말리려고 나섰다.

"서방님, 그만하세요. 다른 사람들 모두 슬퍼하고 있지 않습니까. 저세상에 계신 어머님께서도 바라는 바가 아니실 겁니다."

"잊지 않겠습니다! 불쌍한 어머니께서 어떻게 가셨는지 절대 잊지 않을 거라고요!"

그로부터 열 달 뒤, 태조 이성계가 공양왕을 폐하고 왕위에 오르니 오백 년 사직의 고려왕조가 멸망하고 새로운 나라 조선이 문을 열었다. 일 년만 더 살았어도 새 나라의 국모로서, 지존의 아내로서 살다 갈 수 있었는데……. 방원에게는 어머니 한씨의 죽음이 가슴에 사무쳤다.

15

이성계와 정도전은 개혁을 추진하기 위해 정창군 요瑤를 새 왕으로 즉위시켰지만 예상과 달리 협조적이지 않은 공양왕 때문에 골치가 아팠다.

"삼봉, 전하께오서 어찌하여 우리를 멀리하시는지 모르겠소. 백성과 사직을 위해 목숨 걸고 왕위에 올려드렸는데, 우리를 이리 핍박하시니 말이오."

"개혁파의 충정을 믿지 않으시는 것 같습니다. 수구 세력의 보호막이 되어 도리어 정사를 흐리시니 참담합니다."

정몽주만 공양왕의 입장을 이해하고 옹호하는 쪽이었다.

"전하를 너무 몰아가지 마십시오. 전왕들의 최후가 다들 끝이 안 좋아서 늘 불안에 떠시는 분입니다."

정도전은 그의 말이 거슬렸다.

"불안하다니 우리가 누구인가? 바로 전하를 왕위에 올려드린 사람들이 아닌가!"

"올렸으니 끌어내릴 수도 있다고 생각하시는 거겠지."

"포은!"

이성계가 결심한 듯 사직의 뜻을 밝혔다.

"전하를 안심시켜드리지 못하고 도리어 불안하게 만드는 불충을 저지르느니 이만 자리에서 내려가는 게 좋을 듯싶소."

정도전은 강하게 반대했다.

"안 됩니다! 우리가 여기까지 얼마나 힘들게 왔습니까! 우리가 그토록 꿈꾸던 개혁이 코앞에 다가왔는데 이제 와서 물러나신다니요! 지금부터가 시작입니다!"

"솔직히 나는 이런 중앙 정치가 성질에 맞지 않소. 동북면으로 돌아가 내 백성들과 조용히 살고 싶소."

"동북면의 백성들뿐만 아니라 이 나라 온 백성을 생각해주시오! 장군, 돌아가시면 안 됩니다."

그러나 정몽주는 격렬하게 말리는 정도전과는 입장이 달랐다.

"개혁에는 다 때가 있는 법이네. 장군을 너무 밀어붙이지 말고 현실적으로 생각하게."

"현실적으로는 창왕을 끌어내릴 때 장군을 왕위에 올려야 한다는 논의가 있었지만 극구 사양하셨네. 그 결과가 뭔가? 전하의 냉대밖에 더 있는가!"

정몽주는 불쾌한 기색을 숨기지 않았다.

"아무리 전왕들에게 문제가 많았다곤 하지만 왕조를 뒤엎을 수는 없어. 명나라처럼 홍건적이 일어나 도둑 떼에 나라가 먹힌 것도 아닌데 어찌 불경한 언사인가!"

"이 나라는 왕조를 위한 것이 아니라 백성들을 위한 나라여야 해!"

"고려에 충신이 혼자밖에 없나? 자네 혼자만 백성을 위한다는 착각은 버리시게!"

두 사람의 반목을 보다 못한 이성계가 나섰다.

"두 분 다 그만들 하시지요. 삼봉은 앞으로 할 일이 많으니 차분하게 준비하시고, 포은도 그동안 공신들 사이에서 소원해진 것은 사실이니 좀 더 자주 만나 의논합시다. 우리가 이러려고 결의한 것은 아니지 않소? 서로 도와가며 합시다."

그러나 분열은 이미 돌이킬 수 없는 일이었다. 고려라는 틀을 유지하면서 온건한 개혁을 원하는 정몽주와 새 술은 새 부대에 담고 싶어 하는 정도전의 대망은 충돌할 수밖에 없었다. 공양왕은 이 틈을 놓치지 않았다. 정몽주밖에 기댈 데가 없다고 생각해 은밀히 독대를 청하니 고려 왕실의 마지막 몸부림이 시작되고 있었다.

"포은! 과인이 듣건대 경이 의종 임금의 충신인 정습명의 후손이라지?"

"그러하옵니다, 전하."

"정습명은 태자를 지키라는 선왕의 고명을 받은 대신이 아니었소?"

"그러하옵니다."

"태자가 왕위에 오른 후 고명대신을 꺼리자 독약을 먹고 자살했다던데……."

"죽음으로써 왕을 일깨우려 한 극단적인 선택이었다고 하옵니다."

"음, 의종 임금께서 정습명의 충언에 귀를 기울이셨더라면 무신의 난과 같은 화는 없었을 것 아닌가?"

"역사엔 가정이 없으니 알 수 없는 일이옵니다. 허나 주군 곁에 충신들이 있다면 우환은 줄어들 것이라 사료되옵니다."

"과인의 곁에도 그런 충신들이 필요하오. 불민한 사람이 지존의 자리에 올라 하루도 마음 편한 날이 없으니 경이 나를 좀 이끌어주겠소?"

"신이 어찌 감히 선대의 모범을 따를 만한 재목이겠습니까. 허나 충절 깊은 선조의 후손이라는 자부심만은 늘 잊지 않고 있사옵니다."

"원치 않는 왕위에 올라 늘 마음이 불안하고 힘드오. 허나 왕노릇은 큰 나라든 작은 나라든 하늘이 내리는 것이라고 들었소."

"자부심을 가지소서. 문무백관이 왕실의 여러 후보들 중에서 만장일치로 추대해 올린 전하이십니다. 그러니 이제 그만 마음을 편히 하시고 정사를 돌보시옵소서."

"고맙구려. 그대의 말이 참으로 갸륵하오."

"성은이 망극하옵니다."

"경들의 도움으로 하늘의 뜻을 받았으니, 이제 선정으로 나라를 안정시키려 하오. 경이 과인을 도와줄 수 있겠소?"

"충심을 다해 전하를 보필하겠나이다."

그제야 공양왕은 자신의 속내를 내비쳤다.

"한데 공신들이 너무 강성하여 무엇 하나 뜻대로 하기가 어렵소. 변방의 호족이었던 이성계 장군이 정도전과 포은 그대를 얻어 중앙의 최고 권력자가 되었다 하니 이제는 경이 과인을 도와 정사를 펴나가는 것이 어떻소?"

정몽주는 고개를 들어 공양왕을 바라보았다. 선대의 그 어떤 왕도 자신과 독대하여 이런 부탁을 한 적이 없었다. 공양왕의 제일 신하가 되어 남아로서 품은 뜻을 펼쳐 보이는 것.

이성계의 옆자리에는 이미 정도전이 있었고, 그들 사이에서 자신은 이인자밖에 될 수 없는 현실이었다. 정몽주는 결심했다. 이성계가 아닌 공양왕을 선택하기로. 불온하게 퍼지는 역성혁명의 기운 대신 고려왕조의 충신이 되어 남기로.

"성심을 다해 보필하겠사옵니다."

"병권을 쥔 이성계 장군이 아무래도 불안하오. 신하가 강성하면 임금이 눈치를 보게 되는데, 이는 정상적인 모양새가 아니오."

"이성계의 정책과 언사는 모두 정도전의 머리에서 나오는 것입니다. 따라서 이성계를 누르려면 정도전부터 치셔야 할 줄 아옵니다."

"경이 부디 과인의 오른팔이 되어주구려."

어제의 동지는 내일의 적! 삼봉 정도전과 포은 정몽주는 이성계와 공양왕이라는 서로 다른 주군을 택해 결사 항전을 벌인다.

정몽주는 이성계를 무력화시키기 위해 정도전부터 탄핵했다.

"정도전은 일찍이 미천한 신분으로 출세해 우연히 공신의 반열에 들었사온대, 그 속에 늘 간악한 마음을 품고 있으니 마땅히 그의 죄를 다스리지 않을 수 없사옵니다."

이성계는 기가 막혔다.

"미천한 신분은 무엇이고 또 간악한 마음은 무엇이오! 세상에 그런 게 죄가 될 수 있습니까? 전하께오서 왕위에 오르시며 아홉 공신을 향해 했던 맹세가 먹물도 채 안 말랐소! 황하가 말라 띠처럼 가늘어지고 태산이 닳아 숫돌처럼 작아질 때까지 세세토록 함께하며, 설사 죄를 지어 그 죄가 왕실을 범한다 해도 용서하겠노라던 전하의 약속은 대체 어디로 간 것입니까!"

공양왕은 아무 말도 하지 못했다. 그러자 정몽주가 대신 정치적 살수殺手가 되어 공격에 박차를 가했다.

"정도전의 외가는 본디 노비 출신이오. 천자수모법賤者隨母法을 따르자면, 그 집안의 노비가 되었어야 할 인물이 지금 조정 대신이 되었으니 이는 엄히 다스려야 할 죄요."

정도전은 피눈물이 났다. 자신은 알지도 못할뿐더러 기억조차 나지 않는 선대의 어느 누가 첩실로 들인 노비의 핏줄 때문에 이제 와서 축출당해야 하다니. 일부러 명나라 사행 길에 동행시키며 관직을 다시 열어준 벗이 맞는지 의심스러울 지경이었다. 이성계는 정도전보다 더 심하게 반발했다.

"포은! 어찌하여 지난날을 잊었는가? 포은 역시 집안이 한미하여 실력이 있어도 관직에 오르지 못해 눈물 흘리던 때를 잊었는가? 어지러운 세상을 바로잡자는 동지의 맹세를 저버리고 이처럼 비열한 공격을 하다니 그대가 정녕 삼봉의 친구 맞소?"

"나는 누군가의 친구이기보다 주군의 신하이고자 하오."

"경이 이럴 줄은 몰랐소. 차라리 내가 물러나겠소! 내 자리를 거두시오!"

수구 세력의 총공세가 시작되었다. 정도전은 나주로 유배되고, 두 아들 진과 영은 삭탈관직되었으며 도존과 도복 두 아우 역시 조정에서 쫓겨났다. 이성계는 이에 항의하여 자리를 내놓았고, 불만을 표하던 남은도 유배를 가게 되었다.

풍전등화! 이성계와 정도전의 운명은 한 치 앞도 내다볼 수 없게 되었는데, 설상가상으로 이성계가 말에서 떨어져 크게 다치는 바람에 개혁파는 정권을 잡은 이후 최대의 위기를 맞는다.

멈출 수 없다고, 여기서 멈추면 밀린다고 판단한 정몽주는 공양왕을 압박해 정도전을 제거하고자 총력을 기울였다.

"전하! 유배된 정도전을 극형에 처하시옵소서."

"개혁이니 뭐니 하며 과인을 압박하던 기세만 꺾으면 되었소. 공신들을 더 이상 어찌 핍박하란 말이오."

"정도전은 노비의 핏줄이 흐르는 미천한 신분을 감추기 위해 본래 주인이었던 대신들을 처단하려고 참소를 거듭하여 사달을 일으켰으며 불측한 무리들의 원흉이 되어 성상聖上을 어지럽혔사옵니다."

"그만 되었소. 피바람은 이제 지겹소."

"아니 되옵니다, 전하! 이성계가 물러났다고는 하나 아직 군권이 살아 있어 저들의 세력이 언제 다시 준동할지 모르는 일이옵니다. 이성계와 정도전 일파를 확실히 처단하시어 전하의 안위와 왕실의 번영을 도모하소서!"

"과인이 고려의 왕이 맞소? 과인은 살아 있는 나라의 왕이 아니라 지옥의 염라대왕이 된 기분이오. 왕 노릇이라는 것이 이렇듯 매일 누군가를 죽이고 귀양 보내는 게 전부요? 상소라면 지겹고, 더구나 누굴 죽이자는 상소는 끔찍하기까지 하오! 이제 그만들 두시오!"

"전하! 신은 전하의 밀명을 받고 저들을 몰아냈을 뿐이옵 니다."

"글쎄, 거기까지만입니다! 거기까지가 내 뜻이에요. 과인은 이성계와 정도전을 죽이려 한 게 아니라 과인을 핍박하는 것을 멈추게 하고 싶었던 거요."

"전하! 아니 됩니다! 정도전과 이성계를 죽여야 하옵니다!"

고려를 지키기 위해 친구를 버리고자 했던 정몽주. 국운이 갈리는 역사의 선택 앞에 지나간 세월과 우정은 아무 소용이 없었다.

아버지가 정치적 위기에 처한 것을 알게 된 방원은 어머니의 삼년상을 치르기 위한 여막살이를 거두고 단숨에 달려왔다. 어머니를 잃으면서 소원해진 부자 관계였으나 아비마저 잃을 수는 없었다. 이성계는 병석에 누워 있었고 병세는 위중했다.

"아버님, 소자 방원이옵니다."

"너는 지금 여막을 지키고 있어야 할 때가 아니냐?"

"돌아가신 어머님의 삼년상도 중요하오나 아버님이 다치셨 는데 어찌 여막에 앉아만 있겠습니까. 더구나 정몽주의 모함으 로 삼봉 어르신까지 위기에 처하셨는데……."

"아비가 이리 누워 있으니 달리 방도가 없구나."

"삼봉 어르신을 희생시킬 순 없습니다."

이성계는 가슴이 답답했다. 달리 방법이 없었기 때문이다.

"옥이라도 부수려느냐?"

"필요하다면 해야지요."

"악법도 법이다. 억울하기는 하지만 왕명으로 귀양을 간 것이야."

"지난날 아버님께서도 왕명을 어기고 위화도에서 회군을 단행하지 않으셨습니까?"

"그때는 그것이 순리였어. 비록 왕명을 거역하기는 했어도 궁극적으로 나라를 위한 일이라는 확신이 있었다."

"지금도 마찬가집니다. 아버님의 도움으로 왕위에 오르고도 오히려 아버님을 핍박하는 전하를 일깨우려 하는 것이지요."

"그래서 무엇을 어쩌자는 말이냐? 삼봉은 유배지에 있고, 나는 이리 몸을 다쳐 누워 있는데."

"정몽주를 만나보겠습니다."

"이미 우리를 떠난 사람이다. 구차하게 무엇을 구하겠느냐!"

"함께 새로운 세상을 열어가자던 옛 마음을 일깨워 우리를 향한 공격을 멈추게 해야지요."

"들을 사람 같으면 애초에 이런 사달을 벌이지도 않았다."

"치지 않으면 우리가 당합니다. 소자가 선수를 치겠습니다."

"그만두어라."

"아버님!"

"네가 나설 일이 아니다!"

"아버님이 다치신 바로 다음 날부터 정도전 대감을 죽여야 한다고 연일 상소가 올라옵니다. 그다음엔 누굴 노리겠습니까? 이대로 당하고 있을 수는 없습니다!"

"여기는 전쟁터가 아니다. 어제의 동지였던 사람을 어찌 내 손으로 죽인단 말이냐!"

"허물은 제가 다 덮어쓰겠습니다."

"이 아비가 후환이 두려워서 이러는 줄 아느냐? 경거망동하지 말고 여막으로 돌아가라!"

정몽주를 치겠다는 아들을 말리느라 옥신각신하던 그 순간, 하인이 정몽주가 찾아왔다고 알렸다. 방원은 대로했다.

"이런 고얀! 여기가 어디라고 발길을! 아버님! 저 배은망덕한 인사가 제 죽을 자리로 걸어 들어온 게 아닙니까!"

16

 방원은 아버지 대신 나가서 정몽주를 맞았다. 그러나 마음속에 울분이 끓어올라 제대로 예를 차릴 수가 없었다.
 "포은 대감! 참으로 용기가 가상하십니다. 스스로 적을 만들어버린 이 집에 단신으로 찾아오다니."
 그러나 정몽주는 방원의 비아냥에도 차분했다.
 "내 자네 아버님과 할 이야기가 있네."
 "왜요? 곧 사약이라도 내려온답니까?"
 밖에서 벌이는 수작을 들은 이성계가 방 안에서 호통을 쳤다.
 "무슨 버릇없는 짓이냐. 아비를 찾아온 손님에게 무례하기 짝이 없구나!"
 방원은 속이 터졌다.

"아버님!"

"어서 안으로 모시지 못할까!"

포은 정몽주, 그가 왜 이성계를 만나러 온 것일까. 정적으로 돌아선 이성계의 집이었다. 사병들이 가득한 적진이었고, 생사를 건 대치 상태였다. 정세를 판단할 줄 모르는 공양왕과의 연대에서 위기감을 느낀 것일까. 정몽주는 차라리 이성계 쪽을 설득하려 했다.

"문병이 늦었습니다. 천하의 맹장이 낙마가 웬일입니까?"

이성계의 대답이 의미심장했다.

"사람을 제대로 가릴 줄 모르니 말도 제 주인을 떨어뜨리는 게지요."

"제가 원망스러우시지요?"

"아직은 원망도 못하겠습니다. 포은이 이해되지 않아서요. 삼봉과 포은은 서로 둘도 없는 친구가 아닙니까?"

"장군."

"나는…… 그래요, 포은이 나는 버릴 수도 있습니다. 하지만 삼봉은, 두 사람은 그래선 아니 되는 친구들 아닙니까?"

"지금 도성에 유행하는 노래를 들어보셨습니까?"

"무슨 노래 말입니까?"

"왕씨 임금이 도성을 버렸으니 장차 목자가 나라를 얻겠네."

『고려사』에 전하는 노래 「목자득국」. 고려 말의 혼란으로 왕조가 바뀐다는 예언적 노래가 소문으로 드러난 것이었다. 어쩌면 역성혁명의 정치적 목적을 가진 세력이 여론을 주도하기 위해 일부러 퍼뜨린 것일 수도 있었다.

"목자득국은 도참설에 나오는 내용이 아닙니까?"

"그렇지요. 왕씨가 망하고 이씨가 나라를 얻는다는데 지금 고려에 왕이 될 만한 이씨가 누가 있습니까?"

"저잣거리에 뜻 없이 유행하는 노래 때문에 나와 삼봉을 버리신 것이오?"

"일찍이 삼봉은 『맹자』를 읽고 역성혁명의 사상을 받아들였습니다. 우왕과 창왕. 폐가입진의 명분이 있다고는 하지만 장군은 두 분의 왕을 끌어내리셨고, 이제 막 왕위에 오른 전하는, 사실 그 누구라도 장군을 두려워할 수밖에 없습니다. 저는 택해야 했습니다. 고려와 친구 둘 중에서."

"고려를 택하는 것이 친구를 저버리는 길이오?"

"나라와 우정, 이 두 가지는 무엇을 버리고 말고 그럴 수 있는 게 아니질 않습니까? 저는 그냥 고려를 택할 수밖에 없었던 겁니다."

"그대가 택한 고려는 누구의 나라요? 왕씨의 나라요, 백성의 나라요?"

"왕씨의 나라를 백성의 나라로 만드는 것, 그것이 제가 원하는 길입니다."

두 사람 사이에 한동안 침묵이 흘렀다. 이윽고 정몽주가 찾아온 뜻을 밝혔다.

"장군, 저를 도와주십시오. 고려의 충신으로 남아 전하를 보필해주십시오."

"내가 전하를 버린 게 아니라 전하가 나를 버리신 것이오."

"무릇 신하란…… 충신이란 그런 게 아닙니까? 제 선조이신 정습명 어른은 왕의 오해와 핍박에도 굴하지 않고 죽음으로 충성을 증명해 보였습니다."

그 말에 이성계가 진노했다.

"지금 날더러 자진이라도 하라는 것입니까!"

"전하의 신하로 돌아와달라는 것입니다."

"나는 이제 늙었소. 삼십여 년을 전장에서 살았고, 비록 짧은 기간이지만 최고 재상의 자리에도 올라봤소. 이제 낙마로 몸을 다쳐 오늘내일 생사를 헤매는데, 무슨 염소이 남아 있겠소. 고향으로 돌아가 남은 생을 조용히 살 터이니 삼봉은, 정도전은 살려주시오."

"장군……."

"내가 없으면 삼봉이 무슨 일을 도모하겠소? 지난날의 정리를 생각해서라도 자기 손으로 벗을 죽이는 오명은 쓰지 마시오. 최영 장군을 보내면서 내 마음이 어땠는 줄 아시오? 두 번 다시 겪고 싶지 않은 일이었소이다."

"장군의 뜻은 잘 알았습니다."
"포은에게 그런 상처는 없었으면 하오."
"몸조리 잘하십시오."

정몽주가 돌아가는 길, 이날 밤 이후 선죽교善竹橋라 불리게 될 자남산 동쪽 기슭의 작은 개울을 가로지르는 돌다리 선지교善地橋에는 이방원 일행이 미리 가서 기다리고 있었다. 수상한 사내들의 낌새에 정몽주는 가던 길을 멈추었다.
"게 누구냐!"
"방원이올시다. 천하 맹장 이성계 장군의 아들 방원이오!"
"한밤중에 무엄하구먼. 길을 비키시게!"
그러나 방원이 풍기는 분위기는 이미 위협조였다.
"말에서 내리시지요. 제가 대감과 할 말이 있어서요."
정몽주가 말에서 내렸다. 주인을 내려놓은 말이 불안한 듯 길게 울었다.
"대감이 어찌 우리에게 이러실 수 있소? 어찌하여 일신의 권세를 위해 아버님과 정도전 대감, 두 분 동지를 사지로 몰아넣는 것이오!"
"나는 고려의 신하일세. 그 길이 때로 동지들과 다르다 해도 왕조에 대한 충성을 저버릴 순 없지 않겠나?"

"고려는 이미 기울었습니다. 창왕을 끌어내릴 때 벌써 민심이 떠났지요. 대감이 아무리 혼자서 왕조의 끝자락을 움켜잡고 몸부림친들 대세를 거스를 수 있다 보십니까?"

"이보시게! 아버님도 삼봉도 차마 나한테 그런 위험한 언사는 보이지 않았네. 어찌하여 함부로 역심을 드러내는가?"

"한때는 아버님의 동지였기에 마지막으로 기회를 드리겠습니다. 왕실의 개가 되어 우리를 물지 말고 예전처럼 한 식구로 돌아와주십시오."

"세상에는 돌아올 수 없는 강이라는 게 있네. 나는 이미 돌아올 수 없는 강을 건넜고, 이 세상에서 우리는 이제 공존할 수 없다네."

"제가 감히 시 한 수를 올려도 될는지요?"

"……."

"이런들 어떠하리 저런들 어떠하리 / 만수산 드렁칡이 얽힌들 어떠하리 / 우리도 이와 같이 천년만년 살아보세."

잠시 사이를 두었다가 정몽주의 답가가 터져나왔다.

"이 몸이 죽고 죽어 일백 번 고쳐 죽어 / 백골이 진토되어 넋이라도 있고 없고 / 임 향한 일편단심이야 가실 줄이 있으랴."

방원의 「하여가」와 정몽주가 답가로 보낸 「단심가」. 포은 정몽주가 이성계를 회유하려 했던 것처럼 방원은 거꾸로 포은을 회유하려 했다. 하지만 그 누구도 상대방의 진영으로 넘어가지 않았고, 그들은 그렇게 평행선을 그을 수밖에 없었다.
 "대감! 정녕 다른 길은 없겠습니까?"
 "나는 역적의 후예로 살기보다는 고려의 신하로 죽기를 원하네."
 "누가 역적이고 누가 충신인지는 후세가, 역사가 평가할 것입니다. 대감의 마음은 이미 정해진 것! 스스로 택한 길이오니 저를 원망치 마시옵소서!"
 방원의 수하들이 정몽주가 타고 온 말 등에 칼을 꽂았다. 단말마의 비명이 하늘을 찢고, 둔중한 쇠망치가 퍽! 정몽주의 뒤통수를 내리치니 이것이 고려의 충신으로 후세에 길이 남은 포은 정몽주의 최후였다.
 처음에는 이성계, 정도전과 뜻을 같이하여 공양왕을 세우고 아홉 공신에 봉해졌으며 학문으로는 정도전과 함께 이정二鄭이라 불릴 정도로 당대에 명성을 떨쳤던 정몽주. 향년 쉰다섯을 끝으로 죽음을 맞으니 선죽교에 뿌려진 붉은 피는 고려의 충절로 아로새겨졌다.
 방원의 돌출 행동은 아버지의 분노를 샀다.
 "이놈아! 어쩌자고 네가 왕의 허락도 없이 대신을 죽이느냐! 그건 의거도 뭣도 아닌, 살인이야!"
 "어쩔 수 없었습니다."
 "어쩔 수 없었다니! 어쩔 수 없었다니! 나라의 재상을 죽여

놓고 그게 할 말이냐!"

하지만 자신의 행동에 확신을 품었던 이방원은 아버지에게 반항적이었다.

"포은을 제거하지 않으면 정도전 대감과 아버님이 당하게 되어 있습니다. 그걸 지켜보고만 있으란 말입니까!"

"네 손으로 포은을 죽였으니 세상은 모두 이 아비가 시킨 줄 알 것이다. 아비에게 그런 누명을 씌우고, 네놈이 그러고도 자식이냐!"

17

 이방원은 자중하라는 아버지의 명을 어기고 선죽교에서 정몽주를 철퇴로 죽여 이성계의 진노를 사지만, 이 일은 개혁파에게 반전의 계기가 되었다. 정몽주를 잃고 수세로 돌아선 공양왕이 위기감에 군신 동맹을 제안했던 것이다. 군신 동맹. 자신의 안위를 위협하지 말라는 애원이나 다름없었다. 군왕의 위엄이 말이 아니었다.
 유배지에서 돌아온 정도전은 왕답지 못한 공양왕의 행태에 마지막 희망마저 버렸다. 그는 공양왕의 제안에 대답도 하지 않고 대비전에 들어가 국새를 청했다. 이미 몇 번이나 국새를 내주었던 대비 안씨는 멸망해가는 고려왕조의 기운을 온몸으로 느끼며 부들부들 떨었다.

"나를…… 나를 이리도 몰아대면 어쩌자는 게요."

죽음 앞에서 살아 돌아온 정도전은 더 이상 흔들리지 않았다. 고려의 신하로는, 왕씨와 손잡고서는 아무 일도 할 수 없다는 것이 밝혀진 지 오래였다.

"대비마마! 만백성이 원하는 일이옵니다."

"태조 대왕께서 삼한을 얻으신 후 오백 년 동안 이어온 왕업이오. 나더러 국새를 내놓으라니."

"통촉하여 주시옵소서."

"어찌 이리들 잔인한가! 오백 년 사직을 내 손으로 닫으라니 나에게 어찌 이리 무거운 짐을 지우시는 거요!"

급기야 대비 안씨가 울음을 터뜨렸다.

"너무들 하오! 경들이 원하는 대로 다 해주지 않았소? 왕을 내리라면 내리고, 다시 세우라면 세웠소! 한데 이제 와서 고려 왕조를 닫으라니. 차라리 나를 죽이고 가져가시오!"

대비 안씨는 공양왕의 폐위를 주청하는 대신들에게 맞섰다. 그러나 대세는 기울었고 왕실에 홀로 남은 여인은 오래 버틸 수가 없었다. 결국 눈물 흘리며 국새를 내주었고, 대신들은 공양왕을 폐했다.

"이놈들! 내가 그리도 싫다 했거늘, 네놈들이 억지로 들이민 왕좌가 아니냐! 오백 년 왕업을 내 손으로 끊게 하다니. 나를 열성조의 죄인으로 만들고 네놈들은 무사할 줄 아느냐!"

왕위에 오른 지 이 년 구 개월. 짧은 영광 끝에 영원한 치욕이었다. 공양왕은 폐위된 그날로 왕비 노씨, 세자 석과 함께 원주로 추방되었고 공양왕의 사위들은 장인의 폐위에 반대하다 참수를 당했다.

사흘 후, 정도전을 비롯한 오십여 명의 신하들이 고려의 국새를 들고 이성계의 사저로 나아가니 실록은 그때의 일을 다음과 같이 적고 있다.

"이때 마침 태조는 강비와 더불어 밥을 물에 말아 먹고 있었는데 신하들이 국새를 들고 몰려오자 당황하여 대문을 닫아걸고 아무도 들어오지 못하게 했다.

해 질 무렵 배극렴 등이 문을 밀치고 내정으로 들어와 국새를 놓으니 태조가 두려워했다. 백관이 늘어서 절하고 북을 치면서 만세를 불렀으나 태조가 거절하며 말하기를, '예부터 제왕이 일어나는 것은 천명이 있지 않으면 안 되는데 나는 실로 덕이 없어 이를 감당할 수가 없노라.'"

이성계는 옥새를 들고 온 신하들을 간곡히 물리치지만 결국 수창궁으로 거동하여 왕위를 받아들인다. 세계사에 유례가 없는 평화적인 왕조 교체였다.

"삼봉!"

"예, 전하."

"전하 소리가 민망하기 그지없소. 내 것이 아닌 듯 낯설기만 하구려."

"차차 익숙해지실 것이옵니다."

"하루아침에 지존의 자리에 올랐으나 이것이 과연 옳은 일인지, 우리가 가야 할 길이 맞는지 도무지 모르겠소."

"전하! 심지를 굳건히 하소서."

"역사가 나를 어떻게 평가할지 괴로운 심회가 좀처럼 진정되질 않는구려. 백성들은 왕조 교체를 어찌 생각하고 있소?"

"전하! 이것은 혁명이옵니다."

"그대가 꿈꾸던 역성혁명을 말하는 것이오?"

"역성혁명이면서 동시에 무혈혁명이었습니다. 대소 신하들은 전하가 무서워서, 누군가 칼로 위협해서 옥새를 들고 간 것이 아닙니다."

"그대가 주도한 정국이니……."

"아닙니다. 굳이 소신이 주도하지 않았더라도 고려가 아닌 새로운 나라를 원하는 분위기가 팽배해 있었사옵니다. 그것이 신하들만의 희망이었겠습니까! 이 나라 온 백성의 소망이었습니다."

"백성의 뜻이, 민의가 정말 그러했던 것이오?"

"전하! 우리가 뜻을 모은 것이 언제입니까? 삼한 이래 그 어떤 나라에서도 피 한 방울 흘리지 않고 왕조 교체가 이루어진 경우는 없었습니다. 그것이 무슨 뜻이겠습니까?"

"민심이 우리에게 있었다고…… 그리 믿어도 되겠소?"

"민심이 전하에게 있지 않았다면 우리 역시 다른 창업자들처럼 강토를 피로 물들이며 새로운 왕업을 시작해야 했을 것입니다. 믿으시옵소서. 백성들은 전하를 원하옵니다!"

"어제까지 신하였던 자가 왕을 내몰고 그 자리에 앉아 오백년 고려왕조를 갈아엎었는데 민심이 어찌 하루아침에 돌아서겠소. 아마 고려 왕실을 가엾게 여기는 사람들도 많을 것이오. 조심 또 조심, 민의를 살펴가며 하십시다."

"전하께서 민심을 이토록 두려워하시니 이는 이 나라 백성들의 홍복이옵니다."

"경이 없었다면 내 어찌 오늘날의 광영을 누릴 수 있었겠소. 언제까지나 곁을 떠나지 말고 나를 보필해 우리가 꿈꾸던 나라를 건설합시다!"

이성계가 처음 왕위에 올랐을 때는 고려의 국호를 그대로 사용하고 의장과 법제도 고려의 것을 유지하겠다고 했다. 그러나 오래지 않아 새 왕조의 기틀을 갖추고자 하는 정도전의 건의를 받아들여 새로 국호를 정하니 그 이름이 바로 '조선'이었다.

조선의 태조가 된 이성계는 개국공신들을 우대하고 왕족이 된 자식들에게는 소홀한 듯한 모양새를 취한다. 왕실부터 모범을 보이려는 의도였지만 누구보다 개국에 공이 컸던 왕자들은 서운한 마음이 들 수밖에 없었다.

"방과 형님! 기쁘십니까?"

"아버님이 왕위에 오르신 것 말인가?"

"아니, 형님이 기쁘시냐고요. 아바마마야 당연히 기쁘시겠죠. 천하를 호령하는 지존이 되셨는데!"

방과가 방원의 잔에 술을 따라주며 살인자의 오명을 무릅쓰고 아버지를 도운 동생의 속내를 헤아렸다.

"서운하냐?"

"전주 이씨 집안은 왕족이 되었지만 자식들을 찬밥 취급하니 우리 처지가 달라진 게 뭐가 있습니까? 차라리 왕자가 되기 전보다 못하면 못했지 나아진 게 없습니다."

"다른 형제들이야 그렇다 쳐도 방원이 너를 개국공신에서 제쳐놓은 건 좀 너무하신 처사가 아닌가 싶다."

"정몽주를 제거해서 창업의 길을 탄탄히 닦았는데도 아버님은 그 일로 아직까지 저를 죄인 취급하십니다."

"아버님은 새 왕조 창업의 기쁨보다 고려왕조를 멸한 죄책감이 더 깊으신 분이야. 백성들이 아직 고려의 기억에서 벗어나지 못했으니 왕실의 언행을 조심시키려 하시는 게다."

"제가 꿈꾼 건 이런 게 아니었습니다. 이게 뭡니까? 고려 때는 적어도 도당에 나가 정사를 논할 수 있었습니다. 그런데 새 나라에서는 아무것도 하지 말고 그저 왕실의 체통을 지켜 몸을 삼가라고만 하니……."

"네가 많이 답답한 게로구나."

"왕족이 이런 건 줄 알았으면 죽기 살기로 아버님을 밀어드리지도 않았을 겁니다."

"좀 더 기다려보자. 분위기가 달라지지 않겠느냐?"

"아버님은 자식들과 일을 해나가는 게 아니라 오로지 재상들만 상대하시니 그게 서운하고 또 서운합니다."

자식들의 서운함과 울분을 아는지 모르는지 이성계는 여전히 정도전에 대한 절대적인 신임을 보이며 그에게 새로운 도읍지의 건설 책임을 맡겼다.

"삼봉! 경이 편찬한 『조선경국전』을 비롯해 새 나라의 법과 제도들이 완비되어가고 있소."

"아직 미비한 것들이 많사옵니다. 앞으로 하나하나 보완해 전하의 성덕을 만세에 알리고자 합니다."

"과인이 고려왕조의 망령이 살아 있는 개경이 편치 않아 천도를 결정했지만 도읍을 옮기는 게 쉬운 일은 아니지 않소?"

"궁궐을 세우고 길을 닦고 시설들이 자리를 잡으려면 오랜 시일이 필요할 것으로 사료되옵니다."

"개국의 시초를 경이 열고 도읍도 경이 정했으니, 수도를 건설하는 일도 맡아줘야겠소. 경이 아니면 할 사람이 없구려."

"기쁜 마음으로 받들겠사옵니다. 새 나라 조선의 도읍을 건설하는 일이옵니다. 역사에 길이 남을 대업인데, 부족한 신에게 넘치는 광영이 아니겠습니까?"

3부 수성

18

고려 말의 신진 사대부로서 백성을 위한 개혁을 꿈꾸던 정도전. 십 년간 유배지를 떠돌며 고생하던 그는 새로운 세상의 지도자로 북방의 맹장 이성계를 택하고 우왕과 창왕, 공양왕 등 고려의 왕들을 차례로 끌어내린 뒤 새로운 나라를 열었다.

건국 초기, 일할 사람이 많이 필요했던 이성계는 고려의 유신遺臣들을 불러올렸다. 지나간 세월이 만들어놓은 인재들을 썩히고 싶지 않았기 때문이다. 하여 고려 말의 대표적 수구 세력이었던 목은 이색을 조정으로 불렀다.

"목은, 오랜만이오. 우리가 비록 전 왕조에서는 다른 입장으로 반목했지만 과거는 흘러간 일. 이제 지난날은 잊고 새로운 세상을 위해 다시 일해봅시다. 과인이 내미는 손을 잡아주지 않겠소?"

목은 이색. 작은 키의 그는 전혀 위축되지 않고 예도 올리지 않은 채 엄격하고 차가운 눈으로 이성계의 얼굴을 쳐다보았다.

"나는 옛 벗이 보자 하기에 그저 얼굴이나 보러 왔소. 허나 친구는 간데없고 거짓 임금이 왕의 자리에 앉아 있구려."

신하들은 경악했고, 정도전이 주군을 위해 일어섰다.

"무엄하십니다! 아무리 고려의 신하였다 하지만 이제 엄연히 지존이신 전하 앞에 이 무슨 망발이십니까!"

"망국의 사대부는 그저 고향 뒷산에 뼈를 묻을 뿐, 타협은 없소!"

"대체 언제까지 고려에 대한 충절을 빙자해 전하를 모욕할 셈이십니까! 지난날 어깨를 겨루던 벗이 지존의 자리에 오른 것을 인정할 수 없다는 겁니까! 그것은 충정이 아니라 용렬함입니다!"

"삼봉, 그대야말로 천한 신분에서 새 나라의 공신이 되었다고 눈에 뵈는 게 없구려."

천한 신분, 노비의 핏줄이라는 억지스러운 빌미로 자신을 죽음 직전까지 몰고 간 사람들이었다. 정도전은 채 삭이지 못한 분노가 다시 솟구쳐 오르는 걸 느꼈다.

"천한 신분? 아직도 나를 능멸하려 하다니……."

"내가 그대의 스승이었음을 잊었는가! 왕좌를 훔치기 위해 동문수학한 친구마저 죽이더니 이제는 스승도 몰라보고 유가를 논하는군. 그것이 너희들이 말하는 덕치의 나라, 유가의 나라인가!"

"정말 끝까지 이러실 겁니까!"

"다시는 오라 가라 하지 마시오. 내 이 말을 하러 온 거요."

이성계는 정도전이나 이색처럼 직설적으로 반응할 수 없었다. 그는 모욕감을 억누르며 지존답게 품위를 지키려고 애썼다.

"그대의 뜻은 잘 알았소. 과인이 그대의 심정을 헤아리지 못하고 옛 인연만 귀히 여겨 살가운 재회를 꿈꾸었소. 조정이 싫다면 여전히 많은 후학들이 그대의 문하에 있으니 인재를 기르는 데 힘써주시오. 과인은 그대의 제자들을 기다리고 있겠소."

이날의 고통스러운 대면 이후 얼마 안 있어 목은 이색은 세상을 떠났다. 제자들과 함께 신륵사에 유람을 갔다가 급병으로 사망했다는 기록이 있으나, 야사에는 태조가 내린 술을 마시고 죽었다는 풍문이 돌았다. 진위는 알 수 없지만 스승의 죽음에 격분한 이색의 제자들은 과거 시험장에 나아가 이성계를 향한 복수극을 준비한다.

"주상 전하 납시오!"

징 소리와 함께 지존의 출현을 알리자 시험장의 시생試生들이 모두 바닥에 엎드렸다. 군왕을 모시고 시험장에 나온 정도전은 뿌듯한 마음으로 몰려온 시생들을 바라보았다.

"전하! 시생들이 구름처럼 몰려왔습니다. 저 수많은 시생들이 무엇을 의미하겠습니까? 전하를 우러러 뫼시고자 하는 조선의 젊은이들이 그만큼 많다는 것 아니겠습니까? 고려왕조의 유신들에게 매달려 새로운 기운, 새로운 바람을 보지 못했습니다."

"참으로 고마운 일이오, 참으로."

"전하! 이제 시제試題를 걸겠습니다."

다시 한 번 징이 울리고 현판에 걸린 두루마리가 주르륵 풀렸다.

"시제는 '요지일월堯之日月'이요, '순지건곤舜之乾坤'이라. 포악한 왕씨들을 제압하고 백성들을 도탄에서 구하신 주상 전하를 요순시대에 비교하여 글을 짓는 것이다. 필묵이 준비되었으면 어서 시작하라!"

그런데 시제가 나가자 시험장 분위기가 뒤숭숭해지더니 여기저기서 쑥덕거리는 소리가 들렸다. 제일 먼저 한 시생이 벌떡 일어나 응시 포기를 선언했다.

"나는 시험을 치르지 않겠소!"

"뭐 하는 짓이냐! 시생은 자리에 앉으라!"

"시제가 잘못되었소이다."

"나라에서 건 시제다. 무엄하구나!"

"이씨 왕조가 어찌 감히 요순시대를 운운한단 말이오. 이는 유생들을 우롱하는 처사가 아닙니까! 우리는 이따위 시제엔 응

시를 못하겠소. 자, 다들 나갑시다!"

뜻밖에도 여기저기서 동조자가 나왔다.

"선비란 무릇 절개에 살고 절개에 죽는 것! 시지試紙를 찢고 모두 나갑시다!"

여기저기서 종이 찢는 소리가 들렸다. 이성계는 당황했다.

"나장들은 뭘 하는 게냐! 저 불순한 무리들을 모조리 포박하라!"

시생들은 끌려가면서도 반항을 멈추지 않았다.

"놔라! 놔라, 이놈들!"

정도전은 이성계에게 이런 광경을 보이고 싶지 않았다.

"전하, 그만 안으로 드시옵소서! 이색의 잔당들이 시험장을 어지럽힐 심산으로 모사를 꾸민 것이옵니다."

이성계는 참담했다.

"이 모든 것이 과인의 부덕이니…… 다 우리 잘못이오!"

정도전은 주군의 상심에 어쩔 줄 몰라 했다.

"전하! 망극하옵니다!"

시험장에서 소동을 피운 유생들은 현릉*으로 모여들었다.

"나는 억울하게 돌아가신 목은 선생의 제자 임선미라고 하오. 모두 알고 계시겠지만, 이미 많은 선비들이 현릉 주변에서

*고려 태조인 왕건 대왕의 무덤.

고려의 절개를 지키며 살아가고 있소이다! 오늘 시험장에서 보여준 결행으로 역적 이성계도 고려의 의기가 살아 있음을 알았을 터! 이제 이 더럽고 추한 새 왕조의 세상을 떠나 한평생 지조를 지키며 살고자 하는데 여러분은 어떻습니까?"

"조의생이라 하오. 나 역시 목은 선생의 문하였소. 역적이 왕 노릇 하는 세상에선 하루도 살기 싫소이다! 들어가겠소."

"세상을 등지고 가는 사람들이 의관을 갖출 까닭이 있소이까? 도포와 갓을 이 나무에 걸어 우리가 새 왕실을 확실히 버렸다는 것을 보여줍시다."

"좋은 생각입니다! 선비들의 의기가 어떤 것인지 똑똑히 알게 될 거요!"

"우리는 나라를 지키지 못한 죄인들입니다. 죄인들답게 갓 대신 패랭이를 쓰고 들어갑시다."

두문동杜門洞 칠십이현七十二賢. 새로운 왕조를 거부하고 산 속으로 들어간 고려의 신하들. 이때 앞장섰던 무리가 이색의 제자들이었으며 외부와 연락을 끊고 두문불출杜門不出한다 하여 그들이 모여 살았던 만수산* 기슭을 두문동이라 부르게 되었다고 한다.

새 나라의 조정에서는 옛 나라 고려를 향한 충절의 상징인

*개성 송악산의 다른 이름

두문동을 그냥 둘 수가 없었다. 분기탱천한 방원이 정도전을 찾아왔다.

"대감! 두문동에 숨어 있는 역적의 무리들을 그냥 보고만 계실 겁니까!"

"전하께오서 지조 있는 선비들을 다 죽일 수는 없다며 그냥 두라 하시네."

"망국을 향한 지조도 지조랍디까! 두문동 칠십이현이라는 놈들이 매일 아침마다 고려의 태조 무덤에 절을 올리고 공양군 부자가 사는 곳을 향해 절을 올린답니다. 조선의 선비가 되기를 거부하는 건 그래, 좋다 칩시다! 그거야 자기들 자유니까! 하지만 고려왕조를 향해 절하며 사는 건 아바마마의 얼굴에 침을 뱉는 행위가 아닙니까!"

"민심이 그들을 동정하고 있네."

"압니다. 저잣거리에 그놈들을 칭송하는 노래가 판을 치니까! 그래서 더 문제라는 거지요. 그냥 두었다간 더 큰 화를 불러올 테니 당장 없애버려야 합니다."

"두문동에 모여 사는 선비들은 수가 많네. 해산하려면 군사를 동원해야 하고 그러면 또 피를 봐야 하는데, 그건 전하께서 가장 피하시는 일. 일단 도승지를 보내 각자의 고향으로 낙향을 권유해보겠네."

"새 술은 새 부대에 담아야 하고, 썩은 고목은 뿌리째 뽑아야 새 나무를 심을 수 있습니다. 온정은 이제 베풀 만큼 베풀었으니 단호한 대처가 필요합니다."

"전하께선 옛사람들이 그리워 눈물 흘리시고, 갈 길은 먼데 걸림돌이 많으니······."

"대감, 저와 함께 가서 두문동을 쓸어버립시다!"

산을 불태워 끝까지 절개와 고집을 꺾지 않은 고려의 숨은 선비들을 태워 죽인 두문동 진압 작전. 실록에서는 두문동의 최후를 기록하고 있지 않지만 이 무자비한 진압은 사람들에게 정신적 충격을 가했고, 새 왕조의 정당성에도 타격을 입혔다.

이성계는 또다시 아들에게 분노했다.

"방원이 네 이놈! 그리고 삼봉! 도대체 그 수많은 사람들이 불에 타 죽어갈 때 그들을 구하지 않고 거기서 뭘 하고 계시었소?"

"아바마마! 그들은 망국의 귀신이었사옵니다. 스스로 타 죽기를 원해 산에서 나오질 않은 것입니다."

"그걸 지금 말이라고 하는 게냐? 불을 질러놓고 그들이 원해서 타 죽었다고?"

정도전이 방원을 옹호했다.

"전하, 왕실을 욕되게 하고 호시탐탐 고려의 복권을 노리는 그들을 더 이상 좌시할 수 없었사옵니다."

"도대체 얼마나 더 죽여야 이 땅이 고려의 것이 아니라 조선의 것임을 온 백성들이 인정하게 된다는 거요. 얼마나 더!"

"전하, 그동안 전하께오서 뜨거운 애민으로 그들을 끌어안으려 애쓰셨지만 그것은 전하의 짝사랑일 뿐이옵니다. 유화책은 아무 효과가 없었습니다. 이제는 당근이 아닌 채찍을 들 때입니다."

"결국 피를 흘려야 한다는 것이오?"

"파란이 뻔히 보이는데 대책을 안 세울 수 없습니다, 아바마마! 전국 곳곳에 퍼져 있는 왕씨들이 민심을 동요시키는 주범이옵니다."

"그래서 어쩌자는 것이냐?"

"그들을 격리시켜야 합니다. 한데 모아서 외딴섬으로 보내든가 방법을 찾아야 하옵니다."

"이 땅은 오백 년 동안 왕씨가 다스린 나라입니다. 왕씨라는 성만 들어도 허리를 굽히는 것이 이 나라 백성들이지요."

"습관이란 무서운 것입니다. 왕씨를 영원히 추방하지 않고서는 새 왕조가 뿌리내릴 수 없사옵니다."

"왕씨들이 건재하는 한, 제이의 두문동, 제삼 제사의 두문동이 계속 나올 것이고, 그 가운데 반란과 복위를 도모할 것입니다."

"어차피 부를 피라면, 우리가 선수를 쳐야지요."

이성계는 안타까웠다.

"그들도 과인의 백성이다. 과인을 싫어하는 사람들도 우리

백성이야. 백성들을 내 손으로 죽여가면서 태평성대를 언제 만들 수 있단 말이냐."

"전하! 심지를 굳건히 하소서. 천년을 꽃피울 거목의 뿌리를 만드는 일이옵니다. 그러기 위해서는 거름과 희생이 필요하옵니다."

이성계는 울부짖었다.

"왕의 자리가 이런 것이었소? 삼봉! 그대가 이렇게 고통스러운 자리로 나를 밀어 넣은 것이오!"

19

 두문동 사태로 또다시 부왕의 진노를 산 방원은 황해도 여막으로 돌아갔다. 아버지는 왕이 되었지만 어머니는 무덤 속에 있었다. 방원의 가슴은 서럽고 쓸쓸했다.
 "세상은 참 무심도 하지. 어머니가 돌아가신 지 일 년도 안 되었는데 무덤가의 풀들은 이리 무성하고, 왕이 되신 아버님과 중궁전에만 앞다투어 하례드릴 뿐 왕비의 자리에 올라보지도 못하고 돌아가신 어머니는 어느 누구도 찾질 않는구나. 어머님! 눈도 못 감고 돌아가신 어머님의 한을 제가 어찌 잊겠습니까. 언젠가는…… 언젠가는 반드시 어머님의 한을 풀어드리고야 말겠습니다."
 "나리!"

| 3부 수성 |

돌아보니 하윤이었다. 일찍이 방원에게 왕기가 서려 있다고 예언한 그가 여막까지 찾아온 것이다.

"언제까지 이렇게 허송세월하고 계실 참입니까! 이제 보통 사람 이방원이 아니라 당당한 왕자의 한 사람으로서 정안군이라는 군호君號까지 받으셨는데."

"허송세월이라, 대감의 눈에는 제가 그리 보이십니까?"

"어수선한 개국 초라 왕실에서 할 일이 허다한데 언제까지 상심만 하고 계실 건가, 이 말입니다! 곧 세자가 정해질 겝니다. 평화로운 때는 장자가 왕위를 잇고 난세엔 공을 세운 이가 후사를 잇는 법! 지금이 평화로운 시절은 아니지 않습니까!"

"그러나 아바마마께서는 제가 정몽주를 죽이고 두문동을 진압했다며 오히려 화만 내고 계십니다."

"하지만 그 공까지 버리지는 않으셨습니다."

"그게 무슨 말인지……."

"화는 내셨지만 정안군의 공까지 부인하진 않으셨다는 말입니다."

무언가 희망이 보이는 것도 같았다.

"앞으로 더 많은 일을 하고 공을 세워 정안군 쪽으로 민심을 몰아가야 합니다. 이미 정안군께서 세자의 재목이라는 것은 많은 사람들이 인정하고 있습니다. 허나 더 이상 아버님과의 사이가 멀어져서는 안 됩니다. 부지런히 궁을 출입해 부자 사이를 돈독히 하셔야 합니다."

"내 그동안 감상에 빠져 정작 중요한 일들은 놓치고 있었던 것 같습니다."

"정안군의 효심은 갸륵하기 짝이 없습니다. 하지만 돌아가신 어머님께 효도하려고 살아 계신 주상 전하께 불효한다면, 그것이 누구를 위한 효심이며 이제 와서 무슨 득이 되겠습니까. 부디 자중자애하시고 시야를 멀리 두십시오."

"고맙습니다. 하윤 대감이 없었으면, 제 방황이 너무 길어질 뻔했습니다. 대감의 충언, 가슴 깊이 새기겠소."

"당연히 해야 할 말을 했을 뿐입니다. 앞으로 궂은일도 많을 터인데 도움 될 사람이 있어 추천해드리고자 합니다."

"그게 누굽니까?"

방원을 데리고 개경으로 돌아온 하윤은 이숙번李叔蕃을 소개했다. 그들의 첫 만남이 이루어진 곳은 습사장習射場. 이것이 일종의 시험이라는 것을 아는 이숙번은 백발백중 명사수의 솜씨로 방원을 사로잡았다.

"만나뵙게 되어 영광이옵니다! 정안군의 명성은 익히 들어 알고 있사옵니다."

"하윤 대감께서 꼭 추천할 인재가 있다 하시기에 나와봤네. 활 솜씨가 좋은 걸 보니 무관이로구먼?"

"하하, 아닙니다. 숙번 이 사람은 조선의 첫 번째 과거에서 급제한 문인이옵니다."

방원은 크게 놀랐다.

"과거에 급제한 인재가 무예까지 이리 출중하다니!"

"사냥이나 다니던 아둔한 놈을 대감께오서 가르쳐주신 덕에 새 나라의 광영을 입게 되었사옵니다."

"용하십니다. 참으로 용하십니다그려."

"앞으로 궂은일, 어려운 일이 많을 터인데 저 같은 중늙은이가 무슨 도움이 되겠습니까! 저 혼자선 안 될 일도 있겠다 싶어 젊고 패기 있는 친구를 찾아봤습니다. 거두어 두시지요."

"하윤 대감, 대감이야말로 제 장자방이 아닙니까! 그런 소리는 하지 마십시오."

"저 역시 하윤 대감을 만나지 못했더라면 그저 짐승이나 잡으러 다니는 무지렁이로 남을 뻔했지요. 두 분께 제 목숨과 평생을 바치겠습니다. 무슨 일이든 좋으니 분부만 내리십시오!"

"고맙습니다. 뒤에는 하윤 대감이 계시고 앞에는 충성을 바치는 이숙번 같은 사람이 있다면, 이 나라에서 못할 일이 무엇이겠습니까! 천하를 얻은 것처럼 든든합니다."

조선 초기의 문신 이숙번. 본관은 안성이고 조선 시대 최초의 과거 시험에 합격한 서른세 명의 급제자 중 하나였다. 방원은 천기를 읽는 천하의 책사 하윤과 군사력을 동원할 수 있는 안산군지사 이숙번을 얻음으로써 가히 대업에 도전할 진용을 조금씩 갖춰가고 있었다.

"유비, 관우, 장비의 도원결의에도 한 잔의 술이 있었습니다. 장부들의 만남에 여흥이 빠질 수야 없지요. 오늘 같은 날은 취해 쓰러져도 여한이 없으니 하윤 대감과 숙번, 두 분 다 오늘은 술잔을 거절하지 마십시오!"

"싫습니다!"

이숙번의 무례한 대답에 하윤이 놀라 쳐다보았다.

"갓난애 주먹만 한 잔에다 술을 얼마나 마신다고…… 사내대장부들이 쩨쩨하게 그러지 말고 통 크게 노십시다. 얘들아, 가서 큰 사발 몇 개 가져오너라."

"하하하! 하윤 대감! 숙번 이 사람, 사나이 중의 사나이 아닙니까! 호기가 자못 마음에 듭니다그려!"

호탕한 웃음 속에 분위기가 무르익었다. 그러나 새 나라의 왕자가 주도하는 술자리였다. 시국에 대한 걱정이 화제에 안 오를 리가 없었다.

"그나저나 걱정입니다. 남아 있는 고려 유신들의 반발이 만만찮은 터에 왕씨들 문제가……."

"두고두고 후환이 되리라 보십니까?"

"평화적으로 왕조가 교체된 것은 좋은 일이지만 흘린 피가 없으니 새 왕조를 두려워하는 이가 없습니다."

그 점은 이숙번도 공감하는 바였다.

"맞습니다. 역성혁명이 눈앞에서 성공했으니 조금 힘이 있다 싶으면 왕후장상의 씨가 따로 있느냐, 우리도 거사를 일으켜 왕이 될 수도 있지…… 그런 생각들을 하는 것 같습니다."

"거사에는 명분이 필요한데 이 시국에 가장 큰 명분은 고려의 복권입니다. 그럴듯한 왕씨 하나만 있으면 세를 모으기가 쉽지요. 왕씨의 후예들이 살아 있는 한 계속해서 반란이 일어날 겁니다."

"뭐가 문젭니까! 왕씨의 잔당들을 한데 몰아 쓸어버리면 되지요. 남아 있는 왕씨들을 섬에 모여 살게 한다면서요? 잘됐습니다. 배에 올라탔을 때, 처리하면 될 것입니다."

하윤이 경고를 주었다.

"경거망동하지 마시게. 그렇게 쉽게 생각할 일이 아니야!"

숙번 못지않게 방원도 답답했다.

"그럼 어떻게 해야 합니까?"

"기다려야 합니다. 왕씨들 스스로 빌미를 줄 때까지. 우리가 먼저 치지 않아도 조만간 무슨 사태가 일어날 것이고, 그때 비로소 가차 없이 몰아쳐야 합니다. 한 번의 빌미! 우리에겐 그게 필요하지요."

하윤의 사태 분석은 노련했지만, 이숙번은 성질이 급했다. 게다가 왕자에게 잘 보이고 싶었던 숙번은 연회를 마치고 돌아가는 길에 방원을 수행하며 자신의 생각을 알렸다.

"정안군 나리, 명령만 내려주십시오."

"좋은 계책이라도 있는가?"

"하윤 대감이야 점잖은 양반이라 그저 기다리라고 하시지만, 제게는 병사들이 있고 제 뒤엔 왕자님이 계십니다. 명령만 내려주시면 제가 왕씨 잔당들을 한꺼번에 해결하겠습니다."

"자신 있는가?"

"평지에서 싸우는 것도 아니고 한배에 모여 탄 놈들입니다. 배 밑창만 깨면 섬에 닿기도 전에 모조리 수장될 것입니다."

방원은 고민했다. 부왕에게 명을 받은 바가 아니었기 때문에.

"풍랑을 만나 그리되었다 하면 조정에서도 어쩔 도리가 없지 않겠습니까? 백성들도 그저 왕씨의 불운한 운명이려니 생각할 것입니다. 왕씨들이 섬으로 들어가면, 그 뒤엔 무슨 수로 수백 명이나 되는 사람들을 한꺼번에 해치우겠습니까? 기회는 지금밖에 없습니다."

"듣고 보니 자네 말이 옳은 것 같군. 전권을 줄 테니 처리하게. 왕씨들 문제를 해결해서 공을 세우면 아바마마께서도 나를 신임하실 게야."

20

이성계가 왕이 되어 조선을 개국한 뒤, 남아 있는 고려의 왕족들 처리 문제가 최대 이슈로 떠올랐다. 새 조정에서는 왕씨들을 거제도와 강화도에 모여 살도록 조처하고 배를 띄웠다.

배 안에 모인 고려의 왕족들은 하나같이 불안해했다. 혈기 왕성한 젊은이들은 분노를 터뜨리기도 했다.

"천하의 도둑놈들 같으니라고. 오백 년 고려의 사직을 훔쳐 가고, 우리 왕족들을 이리 핍박할 수 있다더냐!"

나이 지긋한 원로들이 젊은이들을 나무랐다.

"조용히 못할까! 사직을 지키지 못한 죄는 우리에게 있거늘, 책임을 통감하고 자결은 못할망정 이제 와 무슨 불평인가."

"억울하옵니다. 변방의 야만인이 감히 고려의 왕실을……."

여기저기서 억울하고 불안해하는 눈물이 터져나왔다.
"거제도로 가면 목숨은 부지할 수 있는지요?"
여인들은 무엇보다 아이들을 걱정했다.
"아이들은 어찌 되는 것입니까? 앞으로 천민으로 살아야 합니까?"
"관직 진출이 금지되었으니 숨죽이고 살아야겠지. 하지만 고려 왕실의 후예라는 자부심은 누가 빼앗아가거나 금지할 수 있는 게 아니네."
"한평생 왕족으로 호사만 누리고 살다가 이제 농사짓고 고기 잡으며 끼니를 연명해야 할 처지라니요."
"그게 우리가 받아야 할 벌일세. 새 나라 조정이 우리를 벌주는 것이 아니라, 고려의 백성들이 주는 벌이야. 나라를 망하게 했으니 고통받는 처지가 되어 백성들의 살림을 알라는……."
"하지만 애들은 무슨 잘못이 있습니까? 애들이 불쌍합니다."
하루아침에 왕족에서 죄인이 되어 섬으로 쫓겨가는 그들은 무엇보다 자식들의 앞날을 걱정했다. 그때였다.
"어어! 바닥이 샙니다. 사방에서 물이 들어와요!"
배 바닥을 뚫고 물이 차오르기 시작했다. 배 안은 순식간에 아수라장이 되었다. 점점 밀려드는 바닷물의 기세를 이기지 못하고 우지끈 소리를 내며 무언가 부서져나갔다. 고려 왕족들의 울부짖음이 파도와 뒤섞였다.

"속았어! 우릴 속인 거야! 이놈들이 한꺼번에 수장시키려고 우릴 배에 태웠던 거야!"

"다들 조용히 못할까!"

원로 한 사람이 소리쳤다. 그러나 배에 올라탄 사람들의 흐느낌은 좀처럼 멈추지 않았다.

"오백 년 고려의 사직이 무너질 때, 우리는 어차피 죽은 목숨이었소. 죽음을 피할 길이 없다면 왕실의 종친으로서 체통을 잃지 맙시다. 목숨을 구걸하는 필부로 죽지 말고, 고려의 마지막 왕족으로서 위엄을 보이시오."

하지만 죽음의 공포 앞에서 왕족의 위엄은 사라졌다. 사람 살리라는 외침과 죄 없는 아이들의 울음소리, 다친 사람들의 고통에 찬 비명으로 배 안은 이미 아비규환이었다.

멀쩡한 다른 배 한 척이 저만치 떠 있었다. 그 배에서는 이숙번이 왕씨들의 마지막 운명을 지켜보고 있었다.

"배 밑창을 깨고 돌아오는 병사들을 구해내라. 헤엄쳐 오는 왕씨의 잔당들은 모조리 죽여버리라. 단 한 사람도, 살아남은 왕씨가 있어선 안 된다. 오늘의 일은 우리만 아는 비밀로 남아야 한다."

조선 조정은 왕씨들을 강화도와 거제도에서 서민으로 살게 해주겠다며 배에 태운 뒤 바다로 내보내 수장시켰다고 한다. 침몰하는 배에서 용케 헤엄쳐 나온 몇몇 왕씨들도 뭍에서 기다리는 관군에 붙잡혀 무참하게 살해되었다. 조선조 태조 3년 갑술년 여름에 모든 왕씨를 바다 한가운데 빠뜨려 죽였다는 기록이 있는데, 이날의 참사 이후 대대적인 왕씨 색출 작업이 전국적으로 진행되어 '모두 목을 베었다'고 쓰여 있다. 심지어 왕씨의 서얼들까지 잡히는 대로 참수하는 바람에 살아남은 사람들은 어머니 쪽 성으로 바꾸거나 옥玉씨, 전全씨와 같은 비슷한 성을 만들어 겨우겨우 후사를 이어갔다.

하윤은 방원을 충동질한 이숙번을 찾아갔다.

"숙번 네 이놈!"

숙번이 사랑문을 열고 뛰어나왔다.

"아이고, 대감께서 예까지 오셨습니까!"

"경거망동하지 말라고 그토록 주의를 주었거늘! 네가 무슨 짓을 저질렀는지 알기나 하느냐!"

"왕씨들 수몰시킨 일로 그러시는 겝니까?"

"정안군을 힘껏 보필하라 했더니, 거꾸로 왕자의 앞날을 망쳐!"

그러나 할 일을 했다고 생각한 숙번은 당당하기만 했다.

"어차피 누가 해도 할 일이었습니다."

"그걸 왜 정안군이 뒤집어쓰게 해! 결국 누군가 나서서 악역을 맡았을 텐데, 왜 왕자가 욕을 먹게 만드느냐고, 이놈아!"

"정안군께서 공을 세우면 좋은 것 아닙니까!"

"집단 학살이 공이라고 누가 그러더냐!"

"그게 왜 학살입니까! 새 왕조의 초석을 닦기 위한 당연한 수순이지요!"

"빌미가 필요하다고 하지 않았느냐! 왕씨들이 섬에서 살다 보면 누군가 역모를 도모할 것이고, 그때 법대로 명분을 내세워 처리해야지 이따위로 수몰시키면 민심이 떠난단 말이다!"

숙번은 그제야 크게 당황하는 모습을 보였다.

"죄송합니다. 거기까지는 미처……."

"새 왕조가 잔인해 보이면 민심은 고려를 불쌍히 여기게 돼. 전하께오서 민심을 떠나게 만든 방원 왕자를 퍽이나 기특하게 여기겠구나!"

"소인의 생각이 짧았사옵니다!"

"그 경솔함이 언젠가는 자네를 망치고 말 것이야!"

하윤의 예상대로 이성계는 진노했다. 선죽교 사건부터 자꾸만 앞서 나가는 아들이 마음에 들지 않았던 것이다.

"대체 방원이 네가 무엇이관대 이 아비가 시키지도 않은 짓을 하여, 백성들에게 새 왕조를 욕 먹이느냐!"

"아바마마! 억울하옵니다. 소자는 오로지 조선의 안정과 새로운 왕실의 번영을 위해……."

"닥쳐라! 나설 일이 아니라고 그토록 말렸거늘! 포은을 죽이고 두문동에 들어간 고려의 선비들을 불태워 죽이더니, 이젠 왕씨들을 모조리 수장시켜? 네가 사람이냐 저승사자냐!"
"아바마마, 적들까지 이 땅의 백성으로 품어 안으시려는 은혜, 성은이 망극하오나 새 나라 창업에는 어쩔 수 없는 희생이 필요하옵니다. 통촉하여 주시옵소서!"
"그 희생과 정치적 결단을 왜 번번이 네가 하려 드느냐?"
가슴에서 무언가 쿵 내려앉는 기분이었다. 방원은 그제야 자신의 무엇이 아버지를 거슬리게 했는지 알 것만 같았다.
"아바마마!"
"네가 왕이냐?"
방원은 대답하지 못했다.
"그렇게 왕 노릇을 하고 싶으냐?"
"그것이 아니오라……."
"아비이자 주상인 내가 있고 수많은 중신들이 있는데 왜 언제나 네가 먼저 나서느냐? 네놈이 대체 무엇인데? 무엇이 되고 싶은데!"
불길했다. 무언가 부왕과 자기 사이가 자꾸만 어그러져가는 느낌이었다. 어전을 물러나오는 방원에게 정도전이 충고를 주었다.
"당분간은 자숙하시는 게 좋을 듯허이."
"아바마마께 잘 좀 말씀드려주십시오. 모두 충심의 발로였을 뿐인데 뭔가 오해하시는 것 같습니다."

"곧 있으면 세자 책봉이 있을 텐데 신임을 쌓아도 모자랄 판국에 나날이 주상 전하의 노여움을 사셔야 되겠는가."

"대감만 믿겠습니다. 아바마마께서 가장 신임하는 분이 아니십니까."

"대업을 이어가실 분이 너무 많은 피를 묻히셨네. 백성들을 평안케 해야지 두려워하게 해선 아니 될 일이네."

"허나 아직은 시국이 어수선하질 않습니까? 새 나라를 안정시키려면 삼십 년이 걸린다 하더이다. 처음 십 년간은 칼바람, 피바람이 멈추지 않는 것이 고금의 예가 아닙니까."

"정안군은 마음이 너무 급하신 게 문제야. 주상 전하께오서 결심하고 실행할 때를 기다리지 않고 늘 먼저 행동하시니 말일세. 전하께오선 그 점이 언짢으신 것이네."

"명심하지요. 앞으로는 자중하겠습니다."

정도전에게 핀잔을 들은 방원은 무거운 마음으로 하윤을 만났다. 하지만 그는 의외로 담담했다.

"대감의 말을 듣지 않고 어리석게 나섰다가 아바마마의 진노를 샀습니다."

"이미 엎어진 물입니다. 주워 담을 수도 없는 일에 연연하지 말고, 새 그릇을 만들어 물을 다시 부어야 합니다."

"어찌하면 좋겠소?"

"세자 책봉이 관건입니다. 주상 전하의 신임을 잠시 잃었다곤 하지만 온 나라가 정안군이 세자감이라는 데는 이견이 없으니까요."

"내가 세자가 될 수 있겠소?"

"중궁전에서 어떻게 나올지에 달려 있습니다."

"중궁전 소생의 두 동생은 너무 어리지 않습니까?"

"주상 전하께서 강건하십니다. 두 분 마마께오서 천수를 누리신다면 어린 왕자님들도 성년이 될 것입니다."

"하지만 찬성할 대신들이 얼마나 되겠소? 정국을 주도하는 것은 정도전 대감인데, 그 사람은 나와 혁명 동지요."

"허나……."

"왜 그러십니까?"

"정도전 대감은 주상 전하의 신하이지 정안군의 신하가 아닙니다. 주상 전하의 뜻이 다른 데 있다면, 정도전 대감도 그 뜻을 거스르면서까지 정안군의 편을 들지는 않을 겁니다."

"중궁전에서 욕심만 내지 않는다면 아바마마도 무리수를 두지는 않으실 텐데."

"중전마마께오선 주상 전하보다 스무 살이나 어리시니 앞날을 당신 뜻대로 펼쳐가려 하실 겁니다."

방원은 다시 한 번 안타까웠다.

"어머님만, 어머님만 살아 계셨어도!"

| 3부 수성 |

21

 정도전과 함께 조선왕조 창업이라는 거대한 과제를 이뤄낸 태조 이성계. 영광의 왕좌에 올랐지만 고려의 유신들이 남긴 상처는 그에게 깊은 회한을 안겨주었다. 여느 부부가 다 그렇듯한 인간으로서, 한 남자로서 그의 상처를 어루만져준 것은 아내 강비였다.
 강비는 늘 지아비가 공무 끝내기를 기다리며 내전 뜰에서 군왕을 맞이했다.
 "오늘도 격무에 고생이 많으셨습니다."
 "중전, 사가의 여인도 아닌데 이제 밖에 나와 기다리는 일은 그만두시오."
 "전하께오서 큰일을 하시는데 신첩이 마중도 못하겠습니까. 왕업을 이루시는 데 내조가 부족해 민망하기 짝이 없사옵니다."

"무슨 소리요! 과인이 포기하고 싶을 때마다 힘을 준 사람이 중전이고, 과인을 위기에서 구해준 사람도 중전이란 걸 모르시오?"

"부족한 신첩을 이리 귀히 여기고 아껴주시니 몸 둘 바를 모르겠사옵니다."

강비가 지아비의 원기 회복을 위해 준비한 이화주를 상 위에 올려놓았다.

"빛깔이 곱고 향기로운데, 이것이 무슨 술이오?"

"이화주라 하옵니다."

"이화주라……."

"봄의 배꽃으로 담근 술이옵니다. 정신을 맑게 해주고, 피로 회복의 효과가 있다 하옵니다."

"한잔의 술도 몸에 좋은 것으로 들게 하려는 중전의 마음이 느껴지는구려. 고맙소."

"사소한 일에도 정성을 알아주시니 신첩의 마음 또한 애틋해지옵니다."

"이 좋은 걸 혼자 마실 수는 없지. 중전도 한잔 받으시오."

강비는 태조에게 할 말이 있었다. 오늘의 한마디를 위해 숱한 밤을 기다려왔던 것이다.

"전하……."

"왜 그러시오, 중전."

"개국 교서가 반포되고 문무백관의 관제도 정비되었는데 가장 중요한 일이 아직 결정되지 않았사옵니다."

"세자 책봉을 말하는 것이오?"

"다행히 여러 왕자들이 있사오니 이는 왕실의 축복이옵니다. 세자의 자리에는 어느 아들을 올릴 생각이시온지……."

"그게 고민이오. 세자를 세우는 일은 나라의 근본을 튼튼히 하는 막중한 대사가 아니오? 잠시라도 늦출 수 없는 일이지만 장남 방우가 이 아비의 혁명을 인정하지 않고 술만 마시고 있으니 어찌하면 좋을지."

"하오나 장자 상속을 분명히 하지 않으면 형제들 사이에 골육상쟁이 일어날 수도 있는 일 아니오니까?"

"왕족으로 신분이 오른 것만도 누리기 힘든 복인데 설마 그렇게까지 욕심을 내기야 하겠소."

"그럼 맏이 대신 누굴 생각하시는지요?"

"중전!"

"예, 전하."

"중전의 생각은 어떠시오?"

강비는 아직 속내를 터놓을 때가 아님을 알고 있었다. 오히려 이편에서 남편의 마음을 떠보았다.

"대신들의 생각은 어떻습니까?"

"장남 방우가 왕의 재목이 아니라는 데는 모두들 생각이 일치하는 것 같고, 다른 왕자들 중에서는 개국의 공을 생각해서 방원이 가장 적당하다고 여기는 듯싶소."

예상대로였다. 강비의 마음이 무거웠다.

"다섯째가 왕자들 중에서 공이 제일 크긴 하지요."

"한데……."

"염려되는 것이라도 있으십니까?"

"정몽주를 길에서 죽일 만큼 잔혹한 성품에 두문동에 불을 지르는가 하면, 왕씨를 한데 몰아 수장시키고……."

"그거야 다 전하를 위해서였지 않습니까?"

"아무리 그렇다 해도 사람 목숨을 너무 쉽게 생각하는 게 마음에 걸리오. 전장에서 적을 죽이는 것이야 어쩔 수 없는 일이지만 전장이 아닌 곳에서 함부로 사람을 죽이는 건 아무나 할 수 있는 일이 아니오. 만백성을 어루만져야 할 일국의 왕, 지존의 품성으로는 아무래도 염려되는 게 사실이오."

"신첩, 전하의 심려를 알겠사옵니다."

"고려왕조를 폐했을 때 얼마나 많은 사람들이 과인에게 원망을 품었소? 원한은 여기서 그치고 다음 대에서는 우리 왕실이 백성들의 신망을 받아야 할 터인데, 고려를 패망시키는 데 앞장섰던 방원이 왕이 된다면 그 원한이 계속 이어질 듯싶소."

"그럼 어찌하고 싶으십니까?"

"오랫동안 고민해왔으나……."

강비의 심장이 점점 더 요동치면서 긴장이 극에 달했다.

"어린 아들을 골라 지금부터라도 제대로 교육을 시키고 싶소. 장성한 아들들은 모두 무관이오. 아무래도 과인이 무장으로 고려의 왕실을 무너뜨렸으니 그 자책감을 떨칠 수가 없소. 화가위국化家爲國. 집안을 변화시켜 나라를 이루었지만 왕실의 반열에 오른 것도 얼마 되지 않소."

"우리 가문이 새로 태어난 왕실이라는 점이 걸리십니까?"

"그렇소. 우리 집안이 이리될 줄 모르고 그저 아들들을 평범하게 키워왔는데, 왕도를 교육시키는 것은 오랫동안 공들여 해야 하는 일이 아닌가 하오. 중전의 생각은 어떻소?"

강비는 떨리는 목소리를 진정시켰다. 여기서 경거망동은 안 되었다. 우아하게 지아비의 뜻을 받드는 모양새가 되어야 했다.

"막중한 대사에 신첩이 무얼 알겠습니까만은 전하의 생각과 걱정하시는 바가 어렴풋이 느껴지기는 하옵니다. 부디 뜻대로 하옵소서."

"장자 상속은 힘든 일이오. 조선의 왕자로 살기보다 고려의 신하가 되고자 하는 큰아이에게 억지로 떠안길 수도 없고, 다 자란 아들들보다는 똑똑한 막내를 잘 교육시켜 왕업을 이어가게 할까 하오."

"다른 왕자들이 반발하지 않을는지요?"

"반발이 있겠지. 허나 막내가 성인이 될 때까지 중전과 내가 잘 보살핀다면 별일 없을 거요."

"어전회의에서 대신들의 반대가 있을지도 모르옵니다."

"과인이 논의를 잘 이끌어보겠소."

"전하, 신첩에게 청이 하나 있사옵니다."

"말해보시오. 중전의 청이라면 내 무엇이든 들어주리다."

"어전회의에서 세자 책봉 이야기가 어디로 흘러갈지 궁금하기 짝이 없사옵니다. 제가 회의를 구경해도 되겠습니까?"

"내전에서 정사에 참여하겠단 말이오?"

"정사에 참여하겠다는 것이 아닙니다. 그저 무슨 말들이 나오는지 궁금할 따름이옵니다."

"어허, 법도에 없는 일입니다."

"전하! 방금 전에 약조하시질 않았습니까, 신첩의 청이라면 무엇이든 들어주시겠다고요."

"어허, 참…… 이를 어쩐다."

"어전 병풍 뒤에 아무도 모르게 숨어 있겠사옵니다."

"중전의 체모에 그 무슨 해괴한 모양새요."

"누가 알겠사옵니까. 그저 조용히 있다가 몰래 빠져나오면 될 것을요."

이성계는 난감해했지만 결국 중전에게 지고 말았다. 강비의 소생을 세자로 책봉하겠다는 지아비의 약속은 그녀를 행복하게 만들었으나 아직은 안심할 수 없었다. 정도전까지 방원을 세자로 추천하고 있는 형국이었으므로. 어느 누가 보든 장자가 아니라면 다섯째 왕자 방원이 세자의 자리에 가장 적합한 인물이었다. 그러나 중전 강비와 조선왕조의 가장 강력한 실세인 정도전의 후원으로 방원이 아닌 막내 방석이 세자가 된다. 정도전은 왜 방원에서 방석으로 심중의 변화를 일으켰던 것일까.

어전회의가 열리기 전, 강비는 정도전 포섭에 나섰다.

"긴히 의논할 일이 있어 경을 모셨습니다."

"말씀하십시오, 중전마마."

"먼저 한 가지 묻고 싶은 것이 있습니다."

정도전은 조용히 강비의 질문을 기다렸다.

"대감! 그대가 꿈꾸는 나라가 무엇이오?"

"위로는 어진 왕을 모시고 현명한 재상들이 나라를 바로 이끌어가며 백성을 안정시키는 나라이옵니다."

"대감께오선 방원 왕자가 어진 왕이 될 재목이라 보시는지요?"

정도전은 대답하지 않았다. 이 여인이 원하는 것이 무엇인가?

"전하의 성은으로 미천한 아낙이 국모의 영광을 안아 구중궁궐 내전에 앉게 되었지만."

"예, 마마."

"나도 눈이 있고 귀가 있어 세상을 볼 줄 알고 생각할 줄 압니다."

"전하께오서 대업을 이루실 때 중전마마의 현명한 내조가 얼마나 힘이 되었는지 신하들도 모르는 이가 없사옵니다."

"그리 생각해주신다니 고맙습니다. 내 좁은 소견으론 대감이 꿈꾸는 정치라는 게 신하들이 올바른 정사를 펴는 신권정치 아닙니까? 그래서 법전 정비에 그토록 힘을 쓰는 것이고요."

"그것은 전하가 성군이 되시도록, 세세만년 전하의 후예들이 성업을 펴실 수 있도록 기틀을 닦는 일이옵니다."

"알고 있습니다. 고려 말에 보여준 왕들의 행태가 오죽했습니까? 패륜이 판을 치는 지옥도가 따로 없었지요."

"아무리 왕은 부끄러움이 없다지만 고려 왕들이 저지른 패악은 백성들 앞에 얼굴을 들기도 어려웠사옵니다."

"거기 데어버린 대감이 재상 정치를 펼치고자 하는 그 뜻을 내 충분히 이해합니다."

"마마의 혜량하심이 하해와 같사옵니다."

"그런데 말입니다, 대감!"

"예, 마마."

"걸림돌이 되는 정적은 가차 없이 죽여버리는 정안군이 대감이 꿈꾸는 그런 이상적인 신권정치에 동의할까요? 새 나라 조선을 여신 지금의 주상께서는 신하들의 말에 귀 기울일 줄 아는 현군의 성품을 갖추셨지요. 그러나 방원이 세자가 되어 왕위를 잇는다면 대감의 꿈은 물거품이 되고 말 것입니다. 왕자 방원은 누구보다 강력한 왕권을 꿈꾸는 독재적인 왕이 될 테니까요!"

정도전은 다시 말이 없었다.

"대감께서 전하의 마음을 헤아려주세요. 전하는 스스로의 운명을 믿지 못하시는 분입니다. 전하에게 장성한 아들들은 여전히 사가의 아들로만 보일 뿐 세자감이 아닙니다. 가장 어린 방석을 처음부터 제대로 교육시켜 왕자다운 기품과 고귀함을 갖추게 하는 것, 그것이 전하의 간절한 소망입니다."

"전하와 마마의 소망, 새겨듣겠습니다."

"경이 방석의 교육을 맡아주십시오. 경의 신념과 이상, 깊은 학식, 깨끗한 도덕심을 그 아이에게 남김없이 가르쳐주십시오. 그리된다면 저 어린것이 훌륭한 왕으로 자라지 않겠습니까?"

후일 신덕왕후로 추존된 강비. 고려 충혜왕 때 황해도 곡산에서 세도를 떨친 권문세가 강윤성의 딸로, 경순공주와 무안군 방번, 의안군 방석 등 이남 일녀를 낳았다. 젊음과 미모, 귀족 집안에서 갈고닦은 세련된 매너와 정치 감각으로 이성계의 특별한 총애를 받았다. 그가 조선의 왕으로 즉위한 후에도 별다른 후궁을 두지 않았을 정도였다.

하지만 강비는 거기서 만족할 수 없었다. 장군의 두 번째 아내에서 만백성의 어머니인 국모 자리에 올랐지만 왕위를 자신의 핏줄로 잇고 싶었다. 그 소망이 비극의 씨앗이 되리라는 것은 꿈에도 모른 채.

정략결혼으로 맺어질 당시 이성계보다 스무 살이나 어렸던, 지아비의 출세에 든든한 지원군이 되어준 여인. 이성계에겐 동지 같은 아내였지만 방원에게는 생모의 영광을 빼앗아간 것도 모자라 정실 자식들을 핍박한 원수 같은 계모였다.

방원은 자신을 세자의 자리에서 밀어낸 강비에 대한 원한을 잊지 않고 신덕왕후 사후에 그 무덤을 홀대하는 것으로 한풀이를 했다. 성북구 정릉동에 위치한 신덕왕후 강씨의 능은 수백 년간 주인 없는 무덤 취급을 받다가 현종 10년(1669) 송시열의 상소로 비로소 왕후의 무덤으로 보호받기 시작했다. 그러나 사후의 일을 누가 알겠는가. 강비의 인생은 이때가 행복의 절정이었다.

이성계는 세자 책봉을 앞두고 몇몇 중신들을 따로 불러 의향을 물었다.

"중전이 책봉되고 왕자들에게도 군호가 내려져 왕실이 제자리를 잡아가고 있습니다. 허나 가장 중요한 세자의 자리가 비어 있소. 오늘 대신들과 이를 의논하려 하니 경들의 의견을 들려주시오."

개국공신 남은이 원칙부터 읊었다.

"동서고금의 예로는 마땅히 장자가 오르는 것이 옳은 줄 아옵니다."

"누가 그걸 모르겠소? 장자인 진안군 방우가 궁에도 들어오질 않으니 과인이 부덕한 탓에 장자를 세울 수 없는 형편 아니오."

"장자가 마땅치 않을 때는 둘째를 세우는 것이 원칙이고, 시국이 어지러운 때는 공이 많은 아들을 세우셔야 하옵니다."

"그럼 나이로 보자면 진안군 방우 다음은 영안군 방과이고, 공이 많은 아들로 따지면 누가 적임이겠소?"

정도전은 자신의 개인적 견해를 밝히기 전에 신하들 사이의 중론을 전했다. 중궁전의 밀지는 받았으나 아직 주군의 생각을 확인하지 못한 상태였으므로 신중하게 처신했다.

"백성들과 대소 신하들 모두 정안군 방원 왕자를 생각하고 있사옵니다."

역시……. 예상했던 답변에 이성계는 한숨을 내쉬었다.

"왕자들 가운데 유일하게 문과에 급제해 공부가 깊고, 개국 공신으로 그 공이 누구보다 높으니 가히 적임자가 아닌가 싶사옵니다."

신하들 사이에서 방원으로 대세가 굳어지는가 싶던 찰나, 갑자기 어전 병풍 뒤에서 여인의 울음소리가 터져나왔다.

"아이고, 아이고 장차 내 아이들을 어찌할꼬. 살아 있는 중전의 아들이 둘이나 있는데, 신하들이 저리 업수이 여기니 장차 우리 아들들의 목숨을 어찌 보전하려나."

낭패였다. 중전 강비가 어전 병풍 뒤에서 모든 이야기를 들었던 것이다. 신하들은 그제야 주상과 중전의 마음이 어디에 있는가를 눈치챘다. 여기서 입을 잘못 놀려 중전의 미움이라도 산다면 훗날의 안위는 보장받을 길이 없었다.

남은이 서둘러 중재에 나섰다.

"전하, 어차피 장자가 왕위를 이을 수 없다면 신하들의 의견보다는 마땅히 전하의 뜻이 중요한 듯싶사옵니다. 주상 전하와 중전마마의 의중을 말씀해주시지요. 저희들은 그에 따를 것이옵니다."

비로소 이성계가 자신의 의중을 말할 수 있는 분위기가 형성되었다.

"대소 신하들의 의견이 그러하다면…… 과인은 중궁의 소생인 방번과 방석 중에서 정하고 싶소."

신하들 사이에 술렁거림이 일었다.

"모후가 중궁 자리에 있으니 왕도 교육에 힘을 쓸 수 있을 터. 준비된 제왕으로 기르는 것이 과인의 소망이오."

이제 정도전이 나설 차례였다.

"전하! 전하의 뜻이 두 분 왕자님께 있다 하시면 무안군보다 의안군 방석 왕자님이 어떠하올는지요. 방석 왕자님의 명석함은 이미 널리 알려져 있사옵니다."

"오호, 경이 과인의 심기를 헤아려주는구려. 아쉽기는 하지만 막내가 더 총명하고 왕기가 있는 듯싶소."

"하오면 막내 의안군을 세자로 책봉하시어 사직의 안정을 도모하시옵소서."

이복동생인 막내 방석의 세자 책봉에 한씨 소생의 왕자들은 누가 먼저랄 것도 없이 모두 방원의 집으로 모여들었다.

"방석! 그 어린것이 세자로 책봉되다니!"

둘째 방과보다 다혈질인 넷째 방간이 좀 더 직설적으로 속을 털어놓았다.

"이제부터 그 코흘리개한테 절하면서 세자 저하! 이렇게 불러야 한단 말이냐? 생각만 해도 속이 뒤틀린다!"

그러나 누구보다 가장 속상한 사람은 방원이었다.

"모욕을 넘어 치욕적이기까지 합니다."

"방과 형님도 계시고 방원이 너도 있는데, 우리 동복형제는 모두 몰라라 하시다니 어찌 이리 우리 형제들을 박대하신다더냐!"

"지난 세월 우리 형제들이 전장에서 흘린 피가 얼마입니까! 목숨 걸고 아버님의 전공을 세워드렸습니다. 새 왕조 창업도 우리가 없었으면 결코 이루지 못했을 일이에요! 한데 그때 태어나지도 않았던 어린것이 우리들의 자리를 빼앗아가다니!"

"대신들은 무얼 했다더냐! 어머니가 일찍 돌아가셨다고, 외가가 변변치 못하다고 우리 형제들을 업수이 보고 물을 먹인 것 아니냐!"

방원은 이를 갈았다.

"이게 다 중궁전과 정도전 대감이 짜고 벌인 짓입니다."

방과는 정도전의 변심과 그의 선택을 이해할 수 없었다.

"정도전은 원래 너를 세자로 밀었던 사람 아니냐?"

"분명히 중궁전과 밀약이 있었을 것입니다. 방석을 밀어주면 다음 대에도 권세를 누리게 해준다고 했겠지요. 어머님만 살아 계셨어도!"

방간이 아버지를 원망했다.

"아버님이 너무하시는 게야. 왕자들은 홀대하고 대신들만 싸고도시질 않느냐. 핏줄인 우리보다 정도전을 더 챙기시지."

"지금 아버님 뒤에서 이 나라를 움직이듯, 열한 살짜리 어린 애를 세자로 세워놓고 정국을 자기 마음대로 하려는 겁니다. 고려 말의 소년 왕 정국과 다를 게 뭡니까! 그때도 허수아비 왕을 세워놓고 간신들이 나라를 망치지 않았습니까!"

형제들 못지않게 속상한 사람이 방원의 아내 민씨였다.

"아바마마께서 이러실 순 없사옵니다! 천하의 아버님께서 중궁전의 간교에 놀아나다니 성총聖聰이 흐려지셨습니다! 나리께서 오로지 아바마마를 위해 이날 이때까지 목숨을 아끼지 않았거늘, 새 나라 새 왕조는 아버님이 세운 나라가 아니라 나리께서 세운 나라이옵니다. 그 손에 수많은 사람의 피를 묻혀가며, 온갖 악담과 저주를 받아가며 만든 나라입니다! 한데 그렇게 고생한 아들을 어찌 이리 박대하신답니까!"

방원은 버럭 소리를 질렀다.

"밖에 누구 없느냐!"

대령하고 있던 하인 하나가 당장 달려왔다.

"찾아 계시옵니까!"

"가서 하윤 대감을 모셔오너라."

22

 방원은 자신이 왕이 될 거라 예언했던 하윤에게 따지고 싶었다. 세자도 못 되는데 어떻게 왕이 될 수 있는지를!
 "말씀해보십시오. 대감께오선 일찍이 열여섯 홍안의 나를 보고 장차 왕이 될 기상이라 하지 않으셨습니까!"
 "되십니다. 반드시 왕위에 오르십니다."
 "세자는 방석입니다. 그런데 어떻게 제가 왕이 될 수 있다는 말입니까!"
 "기다리십시오."
 방원은 울분에 차 있었다.
 "무엇을요!"
 "때가 옵니다. 기다리시면 분명 때가 옵니다."

"기다리기만 하면 왕이 된답니까? 나한테 왕기가 있다는 예언은 거짓이었습니까?"

하윤의 태도가 이내 준엄해졌다.

"큰형님이 계셔도 세자의 자리를 탐하시겠습니까?"

방원은 말문이 막혔다.

"원래는 장남 진안군이나 둘째 방과 형님의 자리였습니다. 동복의 형제가 세자가 되었어도 그 자리를 탐내시겠습니까? 이것이 오히려 기회라는 걸 왜 모르십니까!"

순간, 방원은 머리를 한 대 얻어맞은 것 같았다.

"아버님을 보십시오. 주상 전하께오서 그 자리에 단번에 오르셨습니까? 우왕을 내리고, 창왕을 끌어내리고, 공양왕을 올렸다 다시 내리고, 만백성의 추대를 받으며, 온 신하의 하례를 받으며 그렇게 왕위에 오르셨습니다. 왕자님은 이제 시작일 뿐입니다. 이제!"

하윤의 말에 방원의 아내 민씨는 힘을 얻었다. 아직 게임이 끝나지 않았다는 희망이 작은 불꽃으로 되살아났다.

"대감! 아무래도 대감께서 조정으로 나와주셔야겠습니다. 늘 외직에만 계시니 나리께 큰 도움이 되질 못하지 않습니까."

"송구합니다, 부부인府夫人 마님."

"이번 세자 책봉 문제만 해도 그렇습니다. 조정 안에 우리 나리의 사람들이 요직에 있었다면 언감생심, 저 어린 방석이 꿈이나 꿀 수 있었겠습니까?"

하윤이 절실하게 필요한 것은 사실이었지만 정도전의 견제가 마음에 걸렸다. 게다가 방원이 직접 천거할 수도 없어 고민이 깊었는데, 하윤은 엉뚱하게 여행을 청했다. 공사가 한창인 천도 예정지 계룡산으로.

열 달이나 공사를 벌여온 계룡산 쪽은 제법 궁궐의 모양을 갖춰가고 있었다. 그러나 하윤은 고개를 저었다.

"마음에 안 드십니까?"

"계룡산으로 천도한다길래 걱정했는데, 와보니 제 생각이 맞았습니다."

"심란한 때에 새 도읍 구경이나 하자더니 그냥 유람을 오자는 게 아니었군요."

"계룡산은 명당이 아닙니다."

방원은 놀라서 하윤을 바라보았다.

"한 나라의 수도는 천 년의 사직을 이어가야 합니다. 적어도 오백 년의 기운은 서려 있어야 하는데 여기는 영 아닙니다. 또 수도는 마땅히 국토의 중앙에 위치해야 하는데 계룡산은 남쪽으로 치우쳐 있습니다. 산줄기가 서북쪽에서 오고 물은 동남쪽으로 흘러가지요. 이를 장생혈長生穴이라 이르는데, 물이 빠져나가는 형상으로 나라가 망할 자립니다."

"대감! 그 말이 어떤 파장을 불러올지 알고 계시는 겁니까?"

"자칫하면 목숨을 잃을지도 모르는 일이지요."

"이미 결정을 내리고 진행하기로 한 일입니다. 다 된 밥에 재를 뿌리면 몰매를 맞을 수도 있습니다."

그러나 하윤은 묘하게 웃었다.

"독이 든 밥그릇을 깨버리면 거꾸로 상이 올 수도 있지요."

"위험합니다. 너무 위험해요!"

"제가 지방 관찰사로 있으니 정안군 나리께 무슨 도움이 되겠습니까? 계룡산 천도 문제를 상소해 조정에 논의를 일으켜 볼까 합니다. 천도는 나라의 가장 큰 일. 천도의 막중한 대사를 맡게 되면 조정에서 자리를 잡을 수 있을 것입니다."

"그리만 된다면……."

"나리의 날개가 되어드릴 수 있을 것이옵니다."

이성계는 고려의 망령들이 가득한 개경을 하루빨리 벗어나고 싶어 했다. 계룡산 천도를 결정하고 열 달이나 공사를 했는데, 이제 와서 되돌리려면 상황이 말도 안 되게 복잡해질 노릇이었다. 일설에는 이성계가 어느 날 꿈을 꾸었는데 신선이 나타나 '이곳은 정씨가 도읍할 곳이니 다른 곳으로 가거라' 하고 사라졌다는 말도 있다. 정도전이 최고 권력을 휘두를 때이니 정씨 도읍설을 무시할 수도 없었을 것이다.

어쨌든 조정에서는 하윤의 보고를 심각하게 받아들였다. 그러나 계룡산 천도를 저지해 중앙 정계로 진출하고자 했던 하윤의 도전은 애석하게도 절반의 성공으로 끝났다. 계룡산이 명당이 아니라는 주장은 받아들여졌지만 새로운 도읍지를 선정하여 책임자가 되려고 한 시도는 실패하고 말았던 것이다.

하윤은 지금의 신촌 연희동 일대인 무악을 후보지로 추천했고, 이성계는 중신들을 데리고 그곳을 돌아보았다.

"전하! 이곳이 바로 신이 찾아낸 새로운 도읍지입니다. 무악은 나라의 중앙에 위치하는 데다 한강을 끼고 있어 조운漕運도 쉽고 풍수상으로 더할 나위 없는 명당이옵니다. 새 나라의 기틀을 세우고 만세의 터전을 닦으려면 이보다 더 나은 땅이 없사옵니다."

"대신들이 보기엔 어떻소? 풍수지리에 밝은 하윤 대감이 추천한 곳이니 마땅할 것 같기는 하오만."

정도전이 반대하고 나섰다.

"무악이 나라의 중앙에 위치하고 강이 가까운 것은 좋으나 터가 너무 좁사옵니다. 무릇 새 나라의 위엄을 세울 만한 궁을 지을 수 없을 것으로 사료되옵니다."

하윤이 발끈했다.

"무슨 소리요? 옛날에는 이보다 더 좁은 궁터도 얼마든지 있었소. 또 무엇보다 중요한 것은 터의 넓이가 아니라 길흉입니다."

"자고로 풍수는 그리 믿을 만한 것이 못 되옵니다. 술수하는 자의 말을 믿기보다는 선비의 말을 따르소서."

정도전의 말대로라면 하윤은 술수를 부리는 자이고, 자신은 선비였다. 하윤을 완전히 무시하는 발언이었다.

"술수라니! 공은 어찌하여 나를 삿된 자로 몰아가는 것이오!"

두 사람의 의견 대립에 답답한 사람은 이성계였다.

"계룡산은 하윤이 안 된다 하고, 무악은 삼봉이 안 된다 하는 것이오? 과인이 천도의 뜻을 밝혔거늘 어찌하여 신하들은 땅을 두고 반대만 하고 있단 말인가!"

정도전은 하윤이 방원의 측근이라는 것을 알고 있었다. 계룡산이 정씨가 도읍할 땅이라는 소문을 퍼뜨려 주군과 자기 사이를 이간질한다고 생각했다. 그는 계룡산이 명당이 아니어서 수도 건설을 중단한 것이 아니라 정씨 도읍설 때문에 임금이 공사를 중지했다는 풍문을 듣고 신경이 쓰였다.

하윤이 주장하는 대로 무악에 도읍을 정하면 이후의 궁궐 공사와 온갖 책무를 그가 맡을 것이 뻔했고, 하윤이 세를 얻으면 방원의 입지가 강화될 것이니 이는 어린 세자를 위해 바람직한 일이 아니었다. 반드시 무악 천도를 저지함으로써 방원의 세력이 커지는 걸 막아야 했다.

하윤의 분투에도 불구하고 이성계는 결국 정도전의 의견을 받아들여 지금의 경복궁 자리에 궁을 지었다.

1394년 10월, 천도를 단행하니 이후 한양은 오백 년 동안 조선의 왕성으로서 수도의 역할을 이어가게 되었다. 수도 서울의 역사는 조선이 한양에 도읍한 지 육백 년이 되었고, 오늘날의 서울은 세계 십대 주요 도시에 꼽히는 거대 도시로 성장했다. 그 선택이 바로 정도전과 하윤, 태조 이성계에 의해 최초로 이루어진 것이다.

23

태조 이성계를 받들어 조선을 창업한 이상주의자 정도전은 강비 소생의 막내 왕자 방석을 세자로 추대했다. 그러나 이러한 결정이 훗날 이성계를 상왕으로 밀어내고 자신은 물론 수많은 왕자와 종친들을 죽음으로 몰고 가리라고는 꿈에도 몰랐다.
  아직은 비극의 기미를 알지 못했던 태조 4년의 화창한 가을날, 궁궐과 종묘, 관청이 완공되었다. 새 나라의 계획 도시 한양이 드디어 그 웅장한 모습을 드러낸 것이다.
  "전하! 모든 것이 자연스럽고, 모든 것이 아름답사옵니다!"
  "중전, 이 모든 것이 삼봉의 공 아니겠소?"
  "과찬이시옵니다."
  "도읍을 정한 것도 경이요, 왕궁을 지은 것도 경이니 궁의 이름까지 지어서 역사에 영원히 빛나게 해주시오."

"『시경』 주아 편에 군자의 크나큰 복을 빈다는 구절이 있사옵니다. 그 구절을 따라 경복궁景福宮이라 하면 어떨는지요."

중전 강비는 그 이름을 마음에 들어 했다.

"경복궁이라…… 어감도 좋고, 복을 불러온다는 뜻도 좋고 훌륭한 이름이옵니다."

"각 전각에는 어떤 이름을 붙였소?"

"주무시게 될 강녕전康寧殿은 안일한 것을 경계하며 공경하고 두려워하는 마음을 두라는 뜻이옵고, 조회를 하시는 근정전勤政殿은 부지런함으로 천하를 다스리라는 뜻이요, 평상시 거처하실 편전은 깊이 생각하고 살피시라는 뜻으로 사정전思政殿이라고 지었사옵니다."

강비가 농을 던졌다.

"각 전각의 이름 하나하나가 전하를 일깨우는 속뜻을 담고 있질 않습니까? 경이 전하를 너무 피곤하게 만드시는군요."

이성계도 웃었다.

"이 사람이 원래 잔소리 대감 아니오?"

"망극하옵니다."

"결코 잊지 않겠소, 그대가 지어준 이름에 새겨진 뜻을. 앞으로도 지금처럼 과인이 올바른 정사를 펼쳐나갈 수 있도록 가까이서 도와주시오."

경복궁은 설계자 정도전의 의도대로 웅장하지만 사치하지 않고, 검소하지만 초라하지 않은 격조를 지니고 있다. 중국의 궁이 규모로 압도하고 일본의 궁이 세심한 양식미를 보여준다면, 조선의 궁은 자연 친화적이면서 절제된 미학을 보여준다.

이성계와 정도전이 경복궁 완공의 감격을 나누던 그날, 이숙번은 천도 경쟁에서 밀려난 하윤을 위로하기 위해 연회를 마련했다.

"자자, 한잔들 하십시다. 아무리 천기를 읽어내두 소귀에 경 읽기구, 결국 정권을 잡은 사람 마음대루지요. 우리 같은 떨거지들은 그저 뒷방에서 술이나 먹어야죠. 마시자구요, 마셔!"

하윤이 점잖게 이숙번을 타일렀다.

"새 나라 새 왕조가 도읍을 옮긴 첫날인데, 축하는 못할망정 그 무슨 망발인가!"

"대감은 억울하지도 않으십니까? 대감이 아무리 옳은 말을 해두, 그놈의 정도전이 사사건건 반대만 하질 않습니까?"

"세상이 아직은 그의 시대인 걸 어찌하나. 허나 권세는 돌고 도는 것, 결국 정도전도 내려갈 때가 있을 걸세."

"참으로 태평도 하십니다."

"자네는 혈기가 너무 넘쳐 탈이고……."

하윤은 분위기를 바꾸기 위해 기녀에게 연주를 청했다.

"설매라 했더냐. 가야금 솜씨가 좋더구나. 한 번 더 청해도 되겠느냐?"

"광영이옵니다."

설매는 장안의 이름난 명기였다. 이숙번은 골치 아픈 나랏일을 잊고 여인의 치마폭에 파묻히고 싶었다.

"소문대로 어여쁘구나. 그래, 너 같은 기생들은 동쪽에 가서 아침을 먹구 잠은 서쪽에 가서 잔다던데 어떠냐? 나하구두 하룻밤 지내보지 않겠느냐!"

설매의 대답이 걸작이었다.

"뭐 못할 것도 없지요. 동가식서가숙하는 천한 몸으로 왕씨를 섬겼다가 이씨를 섬겼다가 하는 줏대 없는 사내들과 하룻밤 노는 것을 누가 뭐라겠습니까?"

기개 있는 그녀의 비아냥에 이숙번은 기분이 상했다.

"네가 지금 천기의 몸으로 양반을 모욕하는 것이냐!"

하윤이 그를 말리고 나섰다.

"진정하게. 술자리에서 취흥으로 오간 얘기를 가지고 무어 그리 역정을 내는가!"

"허, 나 참!"

"이보게, 설매."

설매는 하윤에게도 싸늘한 시선을 던졌다.

"왜요! 대감에게도 하룻밤을 내어 드리리까!"

하윤은 설매의 차가운 분노에도 한 치의 흔들림 없이 담담하게 대꾸했다.

"그만 물러가거라."

그 말에 설매는 당황했다.

"여인이 재기가 있으면 매력으로 보이나 지나치면 무례가 되느니라. 무례에 무례로 대응하는 것도 현명한 처신이 아니다."

그날 밤, 기방을 나서는 하윤을 뒤쫓는 발자국이 있었다. 조금 전의 무례를 사과하기 위해 따라 나온 여인 설매였다.

"결례가 지나쳤던 것 같습니다. 천한 것이 함부로 입을 놀려 연회 분위기를 망쳤습니다."

"아니다. 내 좀 전에는 이숙번의 체면을 생각해 너를 나무랐으나 예를 갖추지 않고 예기藝妓를 함부로 대한 숙번도 잘한 게 없다. 대찬 독설로 대응한 너의 분기를 이해하고, 무릎을 치는 대꾸가 감탄스럽기도 했느니라."

"용서하십시오."

"사내란 자존심이 상하면 해코지를 하기도 하느니라. 못난 사내들을 너무 건드리면 화가 올 수도 있다. 앞으로 조심하거라."

하윤이 설매를 일별하고 가려는데 그녀가 붙잡았다.

"대감마님!"

멈춰 선 하윤이 돌아보았다.

"다시 한 번 뵈올 날이 있겠는지요?"

대답이 없었다.

"노류장화路柳牆花의 몸이라 꺼려지신다면……."

"나는 이런 자리를 즐기지 않는다. 오늘 새 궁궐을 지은 축하연을 연다고 해서 억지로 끌려왔을 뿐이다."

"비록 천한 몸이오나 정성을 다해 모시겠습니다. 기생도 마음이 있으니, 때론 향기를 드리고 싶은 사람을 알아봅니다."

"어여쁜 여인의 청이로구나. 내 평생 이런 호복은 없었느니라. 나를 귀하게 여겨주니 고맙구나."

"대감……."

"연이 있으면 또 보지 않겠느냐. 억지로 내 사람으로 만들려 하지 말고 하늘이 주는 연을 기다리거라."

마음 주려는 여인은 있어도 하윤의 시대는 아직 오지 않았다. 그가 주군으로 택한 방원의 시대가 오기 전까지 하윤에게도 세월은 냉혹하기만 했다.

환상의 파트너였던 태조 이성계와 정도전, 조선이라는 새 나라의 기틀을 닦은 뒤 두 사람이 가장 심혈을 기울인 부분은 왕권의 안정을 위한 사병 혁파였고, 또 한편으로 은밀하게 준비한 것이 요동 정벌이었다. 고려 말에 위화도 회군을 감행했던 이성계의 선택은 당시의 상황을 고려한 현실적인 판단이었을 뿐, 궁극적으로는 요동의 패권을 장악해 중원에 대항할 힘을 기르고 싶은 마음이 간절했다.

그러나 불만의 싹은 외부가 아닌 내부에서 자라고 있었다.

자식들의 실권을 하나하나 빼앗으며 핏줄이 아닌 정도전을 더 신뢰하는 아버지의 태도에 방원은 배신감을 느끼고 있었다. 그런 와중에 잔인하게도 명나라에서 세자 방석의 고명을 받아 올 사람으로 세자 책봉에서 밀려난 방원이 지명되었다. 민씨는 기막혀 했다.

"못 가십니다! 차라리 절 죽이고 가시든, 데려가시든 하십시오. 배 속의 아이는 어찌하란 말입니까? 이 아이를 유복자로 만드실 참입니까!"

"부인……."

"공을 세운 아들을 대접은 못할망정 경계하고 냉대하며 찬밥 취급하다가, 이제 와서 죽을지도 모르는 명나라 사행을 다녀오라니요?"

"나 아니면 누가 가겠소?"

"왕자가 나리 한 분뿐이랍니까! 아바마마께서 너무하십니다. 이게 다 정도전이 뒤에서 꾸민 짓이 틀림없습니다!"

방원의 눈동자에 무어라 형용할 길 없는 복잡한 감정이 서렸다.

"나를 왜 이리 초라하게 만드시오!"

"나리!"

"명나라에서 왕자를 청했고, 아바마마께서는 내가 적임이라 생각하신 것이오. 고생스러워 못 가겠다 하겠소, 죽을지도 모르니 다른 형님을 보내라 하겠소!"

급기야 민씨가 울음을 터뜨렸다.

"어차피 가야 할 길이라면 장부답게 받아들이는 것이 왕자다운 풍모임을 모르겠소! 부인도 정일품 부부인답게 체통을 지키시오!"

"억울하옵니다. 나리께서 당하시는 수모가 원통하고 절통하옵니다!"

이때 민씨의 배 속에 있던 아이가 바로 훗날의 양녕대군이다. 위로 아이 셋을 연달아 잃고 어렵게 가진 아이여서 지아비를 떠나보내기가 못내 불안했던 민씨. 시아버지의 처사가 서운하기 짝이 없었지만 나라에서 내린 결정을 여자의 힘으로 뒤집을 수는 없었다.

그러나 하윤은 방원의 명나라 사행을 다시없을 절호의 기회로 여겼다.

"이번 사행이야말로 독단에 빠져 왕자들을 핍박하는 정도전을 제거할 좋은 기회입니다. 황제를 만나면 위화도 회군을 단행했을 정도로 명나라에 대한 신의를 지키는 우리 전하에게……."

방원은 숨죽이며 들었다. 감히 명나라 황제를 상대로 정치 게임을 벌이려는 하윤의 대담한 조언은 방원의 귀를 기울이게 만들었다.

"감히 요동 정벌을 충동질하는 신하가 있다고 흘리십시오."

"요동 정벌은 국가 기밀입니다. 일국의 왕자인 나더러 첩자 노릇을 하란 말이오?"

"황제는 정도전을 압송하라고 요구할 겁니다. 고려조에도 말썽의 소지가 있는 대신들은 모두 잡아가지 않았습니까? 그럼 우리는 손에 피 한 방울 안 묻히고 정도전을 제거할 수 있습니다."

"과연!"

방원은 무릎을 쳤다.

"명나라 황제는 의심이 많고 변덕이 심합니다. 파르르해서 당장 잡아들이라 할 것이옵니다."

"하지만 우리 생각대로 움직여줄지……."

"명나라 첩자들이 사방에 깔려 있습니다. 황제는 조선의 사정을 놀랍도록 자세히 알고 있지요. 고하지 않으면 오히려 화를 당할 것입니다."

"고려조에도 사행을 가서 볼모가 된 왕자가 한둘이 아니었소."

"세자 책봉 인준을 해주든 말든 왕자께서 군왕의 그릇임을 유감없이 보여주고 오십시오. 그래야 후일 세자가 바뀌어도 황제가 쉽게 인준해줄 겁니다. 명나라의 인정 없이는 그 어떤 반정反正도 성공하기 어려운 법입니다."

"뒷일을 부탁하오. 몇 달이 걸릴지, 가서 무슨 일이 있을지 알 수 없으니 말이오. 임신 중인 내자가 걱정이오."

"걱정하지 마십시오. 이번 사행은 나리께 전화위복이 될 것입니다."

"대감은 천기를 읽는 사람이 아닙니까. 나의 무사함을 아는 것이오?"

"제가 무슨 점바치도 아닌데 매사의 길흉을 어찌 일일이 맞히겠습니까? 다만 드리고 싶은 말씀은 반드시 연경에 들러 연왕燕王을 만나보시라는 겁니다."

"연왕이라면?"

"황제의 넷째 아들입니다. 태자가 일찍 죽어 황태손이 후계를 잇기로 되어 있으나 연왕이 덕망 높고 영명해서 황제의 걱정이 많습니다. 처지가 비슷한 분이니 훗날 힘이 되어주실 것입니다."

"나와 처지가 같다?"

"명나라의 태손은 아버지처럼 명이 짧을 테니까요."

방원은 소스라치게 놀랐다. 천기를 읽어내는 하윤의 도움이 없었더라면 자신의 앞날에 적지 않은 혼돈이 있었을 터였다. 하윤이 다른 사람이 아닌 자신을 택했다는 것이 위안이 되고 힘이 되었다.

24

 풍수지리에 밝았던 전라도 관찰사 하윤. 그는 중앙 정계로 진출하기 위해 계룡산 천도를 막으며 무악 천도를 주장했지만 정도전의 반대로 무산되고 말았다. 위기를 기회로 만들기 위해 하윤은 명나라로 떠나는 방원에게 황제의 아들 연왕을 만나볼 것을 권했다.
 연왕은 이방원에 대해 이미 많은 것을 알고 있었다.
 "조선에 세자가 되었어야 할 똑똑한 왕자가 있다더니 바로 공이었구려."
 방원과 비슷한 처지였던 연왕 주체朱棣. 후일 조카인 건문제를 내쫓고 황제가 된 인물이다. 이방원과 비슷한 길을 걸었으며, 묘호 역시 똑같은 태종이었다. 영락제는 조선 출신 후궁의 아들이란 설도 있는데, 명나라를 강대국으로 만드는 데 결정적인 역할을 한 인물로서 그 유명한 '정화의 함대'*를 조직해 아프리카까지 영토를 넓히고 조공 무역의 길을 열었다.

"어디서 헛소문을 들으신 겝니다. 명나라에 태자를 능가하는 왕자가 있다는 소문은 저도 들었습니다만."

연왕이 호탕하게 웃었다.

"황제 폐하를 배알할 때는 절대 그런 소문을 입에 담으시면 안 됩니다. 안 그래도 유약한 황태손 때문에 노심초사하시는데 그런 소문이 들어가면 제 목을 치실지도 모르니까요."

"그래도 전하가 부럽습니다. 굳이 태자의 자리가 아니어도 이처럼 북방을 다스리고 계시지 않습니까?"

"다스리는 땅이 크든 작든 황제의 명에 따라 죽고 살기는 마찬가지! 조심 또 조심하면서 스스로를 경계해야 하는 것이 왕자들의 운명이지요."

"전하께서는 언제까지 그렇게 조심만 하면서 사실 작정이십니까?"

"간신들이 황제를 충동질하지만 않는다면 무슨 일이 있겠습니까. 혈육인데요."

"어딜 가나 간신들이 문제지요. 조선에서도 어린 세자를 등

* 영락제가 태감 정화를 '서양西洋' 방문 해상 사절단의 총사령관으로 임명해 1405년 예순두 척의 배와 이만 칠천팔백 명을 거느리고 원정에 나서게 한 일.

에 업고 부자와 형제 사이를 떨어뜨리려는 간신이 있습니다."

방원의 말에 연왕이 흥미를 보였다.

"그게 누굽니까?"

"정도전입니다. 아바마마의 장자방을 자처하며 왕자들을 핍박하고 있지요."

"그 문제라면 제가 방원 왕자에게 도움이 될 수도 있을 것 같습니다."

연왕은 방원에게 호의적이었다. 정도전으로서는 방원을 견제하려다 오히려 외교적인 힘을 키우는 기회를 제공한 셈이었다. 방원은 연왕 주체에 이어 황제 주원장을 만났다.

"그대가 조선의 왕자인가?"

"황제 폐하께 인사드리옵니다. 조선의 다섯째 왕자 이방원이라고 하옵니다."

"듣자 하니 조선에서는 막내를 세자로 책봉했다던데 어찌하여 장자를 세우지 않은 것인가?"

"여러 형들이 합심해 아우를 도우라는 아바마마의 뜻이옵니다."

"왕위란 것이 이 세상 가장 높은 자리인지라 예로부터 지친至親과 형제간에도 골육상쟁이 일어나는데 어이하여 말썽 많은 말자 상속을 택했는가?"

"부끄럽사옵니다. 모두 형들이 부족한 탓이겠지요. 신의 모친께서 돌아가시고 계비인 중전마마가 계시니 중궁 소생으로 세자를 세우신 것입니다."

"어리석도다. 이토록 강성한 형들이 있는데! 반드시 말썽이 일어날 것이다. 그대의 부왕이 왕 노릇을 해본 적이 없어 후계 구도를 어찌 세워야 하는지 경험이 없는 탓이다. 그대는 왕위에 욕심이 없는가!"

"황제께서 말씀하시기를, 작은 나라든 큰 나라든 왕은 하늘이 낸다 하지 않으셨습니까! 하늘이 그 결과를 보여주겠지요."

"호오, 욕심이 없다는 대답은 하질 않는구나. 조선의 왕자들이 앞으로 어찌 되는지 짐이 한번 지켜보겠노라. 그래, 새로운 조정에는 어떤 신하들이 있는고?"

"시문으로는 권근을 당할 자가 없고, 경서로는 조준이 으뜸이옵니다. 그래도 조선 최고의 인물은 아마 정도전이 아닐는지요."

"정도전이라면, 고려조에 본국에도 사행을 온 적이 있는 신하가 아닌가?"

"그러하옵니다. 시문과 경서에 통달하고 정치, 경제, 법률 모든 분야에 능해 조정의 모든 업무를 총괄하고 있는데, 특히 군사학에 조예가 깊어 병서를 직접 쓸 정도이며……."

"병서?"

"비록 문신이나 장수가 되어도 손색없을 만큼 문무가 출중한 인물이옵니다."

이 대목이 황제의 비위를 건드렸다.

"군사학에 조예가 깊다?"

"예, 전하."

"지난 왕조에서 요동을 정벌한다고 하여 짐을 근심케 하더니 또다시 군사를 일으킬 목적으로 그런 인물을 기용한 것이 아니냐? 짐이 들으니 요즘 군대를 재편하고 훈련에 열심이라던데, 조선이 전조의 악행을 본받아 어리석은 마음으로 우를 범할까 걱정이로구나."

"폐하, 잊으셨사옵니까? 부왕은 전조前朝에 위화도 회군을 단행하여 황제 폐하에 대한 충의를 지킨 분이옵니다. 그 일로 민심을 얻어 오늘날 조선의 국왕이 되었사온데 어찌 불측한 생각을 품겠습니까? 다만……."

방원은 그 대목에서 일부러 뜸을 들였다. 황제를 비롯해 신하들의 주의를 끌어야 했기 때문이다.

"정도전이 어린 동생을 세자로 세우고 마음대로 국정을 농단하며 독단적으로 군권을 휘두를까 그 점이 염려되옵니다. 왕자들의 사병까지 빼앗으며 병권에 집중하는 이유가 무엇이겠사옵니까? 왕자들은 정도전 때문에 한시도 편할 날이 없사옵니다."

"무어라! 정도전이야말로 삼한의 재앙이 아닌가! 조선의 왕에게 국서를 보내라! 정도전을 압송해와야겠다!"

명나라 황제가 이처럼 조선 정세에 민감한 반응을 보인 것은 내심 조선을 경계했기 때문이다. 중원의 패권을 쥐었다곤 하지만 위로는 아직 북원이 존재했고 조선의 태조가 된 이성계는 백전불패의 명장이었다. 양쪽에서 밀고 들어오면 명나라도 안심할 수 없는 처지였다.

 이렇게 방원이 중국에서 한창 외교를 펼치고 있는 동안, 한양의 정도전은 주인이 없는 이방원의 자택을 덮쳐 사병들을 무장해제시켰다. 위기감을 느낀 방원의 아내 민씨가 하윤에게 도움을 청했다.

 "대감! 정안군께서 외유 중이라 상의할 데가 아무도 없습니다. 정도전이 가장도 없는 집에 병사들을 보내 사병들을 모두 내보내고 무기를 회수하려 합니다. 왕자의 집안을 이리 업수이 여기다니! 이를 어찌하면 좋겠습니까!"

 "지금은 정안군께서 아니 계시니 반항하지 말고 그대로 계셔야 합니다."

 "그렇다고 이대로 당하고만 있어야 합니까?"

 "일단 사병들은 모두 돌려보내되, 후일 연통이 있을 것이라 일러두십시오. 언제든 모일 수 있게 연락망을 만들어놓으시고 집 안의 병장기들은 밤을 틈타 친정이나 어디 은밀한 데로 보내야 합니다."

 "병장기를 숨겨두었다 들키면 친정이 화를 입을지도 모릅니다."
 "무슨 일이 생겼을 때 당장 동원할 수 있는 곳에 무기가 있어야 합니다. 마땅한 장소가 없으면……."
 민씨가 이내 마음을 굳힌 듯 결연한 태도로 말했다.
 "아닙니다! 지아비가 힘을 잃으면 친정이 있다 한들 그게 무슨 소용이겠습니까! 명운을 걸어보겠습니다."
 "정안군께서는 부부인 덕에 큰일을 하실 겁니다."
 하윤의 말대로, 민씨의 기지는 훗날 방원이 일으킨 왕자의 난에서 큰 역할을 했다. 임신 중인 아내가 어떤 고초에 빠져 있는지도 모른 채 방원은 황제와 연왕을 만난 후 자신의 운명을 가늠하고 있었다. 반면, 황제와 연왕 부자는 이방원을 어떻게 이용할 것인지를 고민했다.
 "조선의 왕자 방원은 어떤 인물 같은가?"
 "폐하, 새 나라 조선을 만든 위인이옵니다. 비록 왕위에 오른 인물은 아비 이성계이지만 조선 개국의 크고 작은 계기들은 모두 그의 손에서 만들어졌사옵니다. 장자는 아니지만 기개가 높고 야심이 큰 사내! 결코 동생에게 고개 숙일 위인은 아닌 듯싶사옵니다."
 "지금 조선은 어린 세자를 보호하는 신하들과 강성한 왕자들이 서로 대립하고 있다."
 "조선 국왕 이성계의 마음이 신하들 편에 가 있어 왕자들의 세가 절대적으로 불리합니다. 하지만 폐하께서 신하들의 수장인 정도전을 압송하라 하셨으니 조선이 꼼짝 못할 터이고, 그리되면 왕자들이 기를 펼 것입니다. 우리의 도움을 받아 왕자 방원이 정권을 잡는다면 친명사대할 터이니 골치 아픈 요동이 잠잠해지지 않겠습니까?"

"연왕의 계책에 일리가 있구나. 하면 방원에게 힘을 실어주어 조선의 내정을 흔들어놓거라. 왕자가 떠나기 전에 연회를 베풀어 위로토록 하고."

기록에는 까다롭기로 유명한 명나라 황제가 방원을 세자라 칭하며 융숭하게 대접했다고 적혀 있다. 책봉받지 못한 줄 뻔히 알면서도 후한 대접을 한 명나라의 진정한 의도가 무엇이건 간에 방원은 그들의 환대에 힘을 얻고 돌아왔다.

추동 사저에는 민씨가 그사이 낳은 아들과 함께 기다리고 있었다. 바로 훗날 양녕대군이라 불리게 될 장자 이제李褆였다. 방 안에는 갓난아이의 울음소리가 우렁찼다.

"부인, 고맙소. 이제야 우리도 아들을 갖게 되었구려."

"이 아이가 혹여 유복자가 될까 얼마나 가슴 졸였는지 아십니까. 여섯 달입니다. 반년이나 나리의 생사를 알지 못하고 애태우며 기다렸습니다."

"미안하오. 이제 다시는 부인의 걱정을 사지 않으리다."

"위로 아이를 셋이나 잃고 아주 어렵게 얻은 자식입니다. 액

운을 피해 장성케 하려면 친정에서 자라게 하는 것이 어떨는지요?"

"자식을 연달아 잃은 부인의 애통함을 모르는 바 아니니 좋을 대로 하시오."

귀여운 아들을 보고 행복해하던 방원의 얼굴이 이내 어두워졌다.

"듣자 하니 정도전이 나 없는 동안 우리 집을 쑥대밭으로 만들었다던데……."

"머리가 좋다고 해야 할지, 비겁하다고 해야 할지 하필이면 가장이 없을 때 집안을 덮쳤습니다."

"아마도 나를 명나라에 보낼 때부터 다 생각이 있었던 것 같소."

"다른 형제들도 사병이 많은데 본보기로 우리 집부터 고른 듯합니다."

"이제 자객이 들어 나를 해치려고 해도 막을 방법이 없구려."

"하윤 대감의 조언으로 무기들은 숨겨놓았습니다만."

"정도전을 제거하지 않는 이상, 나에 대한 핍박은 계속될 거요."

"하윤 대감께서 지금은 때가 아니라 하더이다. 어두웠던 저녁은 지나갔지만 새벽은 아직 오지 않았다고. 새벽을 같이할 사람이 있는가 하면, 왜 이렇게 어둡냐고 뛰쳐나가는 사람도 있을 테지요. 사람을 가려 쓰셔야 하옵니다."
 "우리의 새벽은…… 아마도 명나라에서 만들어주지 않을까 싶은데."

25

'조선에서 올린 표문을 보니 대국의 황제를 능멸하는 뜻이 있다. 표문을 쓴 정도전을 압송해 죄를 묻게 하라!'

명나라의 요구였다. 하윤은 이번 기회에 정도전 책임론을 물어 그를 제거하려고 했다.

"전하! 명나라 하정사賀正使로 간 대학사 유구와 한성부윤 정신의가 억류 중이라 하옵니다."

"이번에는 또 무슨 트집을 잡았다 하던가?"

"아뢰옵기 송구하오나, 우리가 보낸 표문에 황제를 모독하는 문구가 있다면서 작성자를 보내라 하옵니다."

이성계는 놀랐다.

"표문 작성의 책임자는 삼봉이 아닌가!"

정도전은 적극적으로 자기변호에 나섰다.

"표문에는 별문제가 없사옵니다. 명나라가 진정으로 원하는 것은 표문을 바로잡는 일이 아니라 조선의 굴종입니다. 요동 정벌을 준비하는 소신을 압송해 후환을 없애려는 게 아니겠습니까?"

"명나라의 속셈을 뻔히 알면서 충신을 내줄 수는 없소. 이를 어찌하면 좋겠는가?"

"표문에 잘못이 없다면 떳떳하게 대응하면 되지 않겠습니까? 당사자가 명나라를 방문해 정정당당하게 해명하도록 하옵소서."

하윤의 발언에 정도전은 피가 거꾸로 솟았다.

"내가 가면 다시 돌아올 수 없다는 것을 모르시오?"

"그럼 다른 사람이 가면 다시 돌아올 수 있습니까? 본인이 살자고 다른 사람을 사지로 몰아넣자는 뜻은 아니겠지요? 공이 그런 소인은 아닌 것으로 알고 있소만."

"명나라가 트집을 잡을 때마다 대신을 보내 죽게 하면 앞으로 어떤 신하가 조정을 믿고 충성하겠소!"

"지난번 사행 때 정안군은 왕자의 신분에도 불구하고 목숨을 걸었습니다."

정도전과 하윤. 팽팽한 두 사람의 대립을 이성계가 중재하고 나섰다.

"다행히 방원 왕자는 명나라의 환대를 받고 돌아왔지만 이번은 사안이 사안인 만큼 목숨을 보전하리라는 보장이 없습니다."

"전하, 명나라가 원하는 것은 정도전 한 사람이지 조선의 모든 대신들이 아니옵니다! 더 이상 우환을 키우지 말고 한 사람의 희생으로 모두를 구해야 하옵니다!"

정도전은 기가 막혔다.

"무슨 억하심정으로 나를 사지로 몰아가는 것이오."

"대장부답게 처신하시지요. 표전문表箋文 사건은 공이 책임지셔야 할 겝니다!"

"나더러 자진이라도 하라는 게요!"

"국가의 위기보다 개인의 안위가 더 중요합니까!"

그러나 이성계는 정도전을 포기하지 않았다. 명나라도 그냥 넘어가지 않았기에 양국 사이에는 팽팽한 긴장이 오갔다.

방원의 사저에서는 연일 대책 회의가 열렸다.

"정도전 대신 사신들이 줄줄이 죽어나가고 있소. 아바마마께오선 정도전 하나를 살리기 위해 얼마나 더 많은 사람들을 희생시키려 하시는 것인지……."

하윤의 얼굴도 어두웠다.

"이래서는 민심도 돌아설 것입니다. 사사로운 정에 이끌려 외교를 망치고 중신들의 생명을 빼앗고 있습니다."

"정도전! 그 한 사람의 목숨이 다른 사람 열 명의 목숨보다

귀하다는 것이오? 생명에 귀천이 어디 있길래!"

"지금까지 버틸 대로 버텼는데 이제 와서 주상 전하께서 정도전을 보낼 리 만무하옵니다. 아마 정도전이 주장하는 명나라와의 전쟁을 통해서라도 그를 지키실 게 분명합니다."

"신하 하나 지키자고 전쟁을 일으키다니! 그야말로 소탐대실이 아니오! 이래선 신하들도, 민심도 조정을 떠납니다."

"주상 전하의 체면을 살리고 민심을 휘어잡는 방법이 하나 있긴 하옵니다."

방원이 궁금하다는 듯 물었다.

"그게 무엇이오?"

하윤의 말투는 담담했지만 그 내용은 엄청났다.

"제가 명나라에 가는 겁니다!"

방원은 놀라서 반대했다.

"아니 되오! 정도전 대신 죽겠다는 거요? 대체 무얼 위해!"

"그게 아닙니다. 명나라는 정안군 나리를 지지하고 있지 않습니까? 측근인 제가 사신으로 가면 그들도 무시할 수는 없을 터, 황제도 저를 함부로 죽이진 못할 겁니다. 어쩌면 여태껏 다른 사신들이 건드리지도 못했던 현안들을 해결할 수 있사옵니다."

"그리만 된다면 정도전을 더 궁지로 몰 수 있겠지만 위험부담이 너무 큽니다."

"제가 늘 말씀드리지 않았습니까? 큰 것을 얻으려면 그와 맞

먹는 것을 내놓아야 한다고."

 1396년, 하윤은 명나라 압송을 한사코 거부하는 정도전 대신 계품사가 된다. 하윤이 자청했는지 아니면 정도전의 보복성 인사인지는 알 수 없으나, 분명한 점은 그가 명나라에 가서 문제를 해결하고 돌아왔다는 것이다. 하지만 안도할 틈도 없이 또 다른 위기가 정도전을 덮치니 막강한 후원자였던 중전 강비가 마흔한 살의 나이로 갑자기 세상을 뜬 것이었다. 세자 방석의 나이 겨우 열다섯이었다.

 이성계의 슬픔은 깊었다. 그는 조선을 창업하는 국가 시조의 광영을 누렸지만 개인적으로 보면 그리 행복한 사람이라곤 할 수 없을지도 모른다. 한평생을 전장에서 살다가 두 아내를 모두 일찍 잃었고, 병사한 아들이 둘이요, 이복형에게 죽임을 당한 아들이 둘이다. 거기에 난을 일으켜 유배 간 아들에 역시 아들 손에 죽은 사위, 그래서 비구니가 된 딸까지 있다. 아버지로서, 한 인간으로서는 비극으로 점철된 인생이었다. 아끼고 사랑하던 중전을 잃은 이성계는 아내의 능을 만드는 일에 온 마음을 바쳤다. 흔들리는 국왕의 모습을 보며 정도전은 불안감을 느꼈다.

 "정도전 대감! 주상 전하께오서 중전마마를 잃은 슬픔에서 좀처럼 헤어나오질 못하고 계십니다. 왕자들의 세력은 날이 갈수록 강성해지는데 세자 저하를 지켜줄 이가 아무도 없어요."

 "정안군만 아니면 다른 왕자들은 제어할 수 있네. 일단은 명나라 사행으로 영향력이 커진 하윤을 좌천시켜야 해."

"정안군이 아니라 하윤을 치면 되는 겁니까?"

"왕자를 함부로 손댈 수는 없네. 하윤은 정안군의 책사가 아닌가. 그러니 하윤부터 떼어내야 해. 중전마마의 국상은 우리에게 절체절명의 위기네. 주상 전하께오서는 명나라에 시달리고 지어미를 연달아 잃으신 탓에 점점 기력이 쇠해지고 계신데, 누가 세자 저하를 지킬 것인가! 그렇다고 정안군을 칠 수는 없으니 그 손발을 잘라내야 해. 하윤, 그자가 문제야!"

정도전의 입장은 백팔십도로 바뀌어 있었다. 정권을 지키려는 사람들을 공격하던 도전자의 위치에서 이제는 자신을 방어해야 하는 기득권자가 되었다. 새 나라를 열었던 자신감은 냉혹한 승부사 기질로 바뀌어 있었다. 정도전은 서둘렀고, 정적 제거에 조금의 틈도 두지 않았다. 그 옛날, 자신을 공격했던 친구 정몽주의 모습이 이제는 그의 얼굴에서 피어나고 있었다.

26

결국 하윤은 좌천되었다. 쫓겨나는 사람은 담담했으나 이방원은 화를 참지 못했다.

"고정하십시오. 새벽은 원래 그 직전이 가장 캄캄한 법입니다."

"대감은 화도 안 나시오? 감정도 없소?"

"정도전이 이렇게 총공세를 펴는 건 자신들도 위기감을 느끼고 있다는 겁니다. 기억나십니까? 고려 말에 정몽주가 개혁파를 제거하기 위해 총공세를 펴다 오히려 나리께 당하지 않았습니까!"

"정도전이 정몽주의 전철을 밟게 된다는 말입니까?"

"고양이가 쥐를 몰 때도 도망갈 길을 터주면서 모는 법입니다. 자칫하면 쥐한테 물릴 수도 있으니까요."

"내가 고양이한테 몰리는 쥐라니 신세가 처량하구려."

"그런 뜻이 아니옵니다. 정도전이 무리수를 두고 있다는 이야기입니다."

"고려조엔 아바마마와 정도전을 살리기 위해 내가 정몽주를 처리하는 악역을 맡았지만, 나를 위해 정도전을 넘어뜨릴 이는 누구란 말이오?"

"저도 있고, 이숙번도 있습니다."

하윤이 방원을 똑바로 쳐다보며 말을 이었다.

"천기가 가까워지고 있습니다. 제가 좌천을 당하면 어떻고, 귀양을 가면 어떻습니까! 때가 오면 모든 것이 일시에 풀리고 말 것입니다."

그러나 하윤은 사태를 지나치게 낙관하고 있었다. 정도전이 하윤을 한양에서 쫓아내는 데 만족하지 않고 끝까지 숨통을 조여왔던 것이다. 경상·전라도 도안무사都按撫使 박자안朴子安이 왜구들을 놓친 일이 발생했는데, 당시 계림부윤으로 나가 있던 하윤을 책임자로 몰아 국문하게 만들었다. 자칫 목숨을 잃을 수도 있는 상황이었다. 하윤은 이숙번을 호출했다.

"잘 듣게나. 박자안의 아들 박실은 정안군의 사람일세. 박실을 데리고 정안군에게 가서 아비를 살려달라 매달리라고 하게. 내가 그러더라고, 박자안을 죽게 해선 절대 안 된다고 전하게."

이숙번은 하윤의 명을 이해하지 못했다.

"아니, 살리려면 대감을 살려야지 박자안이야 죽든 말든 무슨 상관입니까!"

"박자안이 살아야 내가 살 수 있네! 박자안이 죽으면 그의 상관이나 동료들, 다른 사람들까지 마구 엮어서 죽이기가 쉬워지네. 박자안이 당사잔데, 그가 살아야 다른 사람을 죽일 명분이 없어지지!"

이숙번은 그제야 자신의 역할을 깨달았다.

"알겠습니다, 대감."

"박자안을 단칼에 베어버리려고 정도전 쪽에서 급히 움직일 게야. 시간이 없네! 어서!"

이숙번은 하윤이 시키는 대로 박실을 데리고 이방원의 사저로 가서 엎드려 매달렸다.

"박실의 아비 박자안을 베어도 좋다는 밀명이 떨어졌답니다."

"나리! 제 아버님을 살려주십시오! 아버님을 살려주실 분은 나리뿐이옵니다!"

"아비를 살리고자 하는 효심은 가상하지만, 왜구 문제는 국가의 일이다. 내 어찌 너와 사사로이 친분이 있다 하여 어명을 거둬달라 청하겠느냐."

"나리, 제가 매달릴 곳이라곤 나리밖에 없습니다요. 제 목숨이라도 드릴 테니 제발!"

"옥중의 하윤 대감이 박자안을 꼭 살려야 한다고 하셨습니다. 그래야 대감도 살 수 있다고요."

울부짖는 박실을 보고 있던 방원은 마침내 결심했다. 안 하면 모를까, 무슨 일이든 앞에 나섰을 때는 반드시 성공해야 하는 법. 주청에 무게감을 더하기 위해 숙부 의안군 이화와 함께 종친들을 데리고 어전으로 나아갔다.

"아바마마! 옥에 갇힌 박자안에게 내려진 밀명을 거두어주소서!"

난데없는 방원의 청에 이성계는 불쾌한 기색을 보였다.

"네가 어찌 밀명을 알았으며, 또한 죄인에게 벌을 주는 것은 나라의 큰일인데 이미 명이 내려진 사안을 번복하려 하는 까닭이 무엇이냐!"

평소 이성계의 신임을 받고 있는 이복동생 이화가 나섰다.

"전하! 아무리 죄가 크다 해도 사람을 죽이고 살리는 것은 생각하고 또 생각해야 하는 일인 줄 아옵니다. 형벌이 지나치면 백성들에게 원성을 사게 되지 않겠습니까. 박자안은 도망가는 왜구들을 잡으러 쫓아가다 놓친 것뿐입니다. 왜구와 내통한 것도 아니고 적을 숨겨준 것도 아닌데, 공을 세우지 못해 죽어야 한다면 이 세상에 살아남을 병사가 얼마나 되겠습니까! 부디 아량을 베푸시어 주상 전하의 선정을 깨닫게 하소서!"

방과도 가만있지 않았다.

"아바마마, 백성을 생각하고 아바마마의 선정을 알리고자 하는 방원의 마음이 갸륵하지 않습니까. 받아들여 주시오소서."

"정안군은 죄인과 무슨 연이 있어 이렇듯 용서를 청하는 것이냐?"

"박자안의 아들이 통곡하며 빌고 있사옵니다. 사사로운 친분 때문이 아니라 아비를 생각하는 아들의 지극한 효심에 감읍하여 아바마마께 청이라도 한번 드려봐야 한다는 생각에 달려온 것이옵니다."

이성계의 마음이 흔들렸다.

"효심 때문이라……."

"저 역시 아버님을 위해서라면 목숨을 버릴 각오로 명나라에 다녀오지 않았습니까! 똑같이 자식된 심정으로 그런 아들의 마음을 차마 외면할 수가 없었사옵니다."

"알겠다. 박자안의 죄는 무거우나 여러 종친들과 왕자 방원의 청이 간절하니 죄인에게 기회를 주겠다. 중추원에 명을 내려 파발을 보내거라. 사자가 떠났으니 서둘러 멈추게 해야 할 것이다."

절체절명의 순간에 박자안이 살아나자 방원은 기세를 몰아 하윤의 구명 운동을 펼쳤다. 덕분에 수원에 유배되어 있던 하윤이 풀려났지만 정도전의 견제는 계속되었다. 벌이 지나치면 오히려 반발을 사게 된다는 것을 깨달은 정도전은 파직이나 유배 같은 강경책보다 하윤을 외직으로 돌리는 유화책을 쓰기 시작했다. 책임을 물어 좌천하는 모양새를 취하되, 관직은 유지하도록 해서 방원 쪽에서 보호할 명분을 주지 않으려는 것이 목적이었다.

방원과 이숙번은 충청도 관찰사로 떠나는 하윤에게 송별연을 열어주었다. 혈기방장한 이숙번은 이런 상황을 못내 마음에 들어 하지 않았다.

"유배에서 풀려난 하윤 대감의 환영 잔치를 하려 했더니 졸지에 송별연이 됐습니다."

"하윤 대감에게나 숙번에게나 면목이 없소."

측근들을 제대로 지켜내지 못하는 현실에 방원은 자괴감이 들었다.

"무슨 말씀이십니까! 덕분에 목숨을 건지지 않았습니까."

"유배에서 풀려나자마자 시골로 쫓아내질 않소! 정도전 일파가 나를 얼마나 우습게 알면 내 측근인 줄 뻔히 알면서 이리 홀대하겠소. 내가 힘이 없는 게 천추의 한이오!"

하윤은 빙그레 웃었다.

"우습게 아는 것이 아니라 무서워하는 것입니다. 정안군을 무서워하고 이 하윤을 두려워하니 함께 있는 꼴을 두고 보지 못하는 것입니다. 어떻게든 우리를 갈라놓으려 하는 거지요."

걱정과 우려 속에서도 송별연 자리는 즐거웠다. 하윤이 취기를 달래기 위해 후원으로 나서자 언제나 하윤의 뒷모습을 놓치지 않는 설매가 따라 나왔다.
"술이 과하셨는지요? 꿀물이라도 올릴까요?"
"아니다. 술 대신 달빛을 한잔 받아볼까 싶어 나왔다."
"한양에 계실 때에는 가끔 연회에서나마 뵐 수 있었는데, 이제 충청도로 부임하시면 언제 다시 뵈올 수 있을지⋯⋯."
"서운하냐."
"마음을 드려도 받아주질 않으시고, 가끔 연회에서 뵙는 것으로 위안을 삼았사온데, 이제 그마저 안 되게 생겼사옵니다."
"설매야."
"예, 대감."
"나는 이제 늙었다. 늙어가는 처지에 여인을 탐해봤자 이름만 더럽히지 않겠느냐. 나의 여자가 되려 하지 말고, 나의 사람이 되어주면 어떻겠느냐?"
설매는 하윤의 말이 무슨 뜻인지를 몰라 당황했다. 한 남자의 여자가 되지 말고 사람이 되어달라니⋯⋯.
"너는 장안의 명기이니 조정 대신들을 가까이 접할 일이 많지 않느냐. 내가 하루빨리 외직을 벗어나 정안군의 곁으로 돌아오려면 중앙의 소식을 항상 접하고 있어야 한다."
"알겠사옵니다. 대감의 눈과 귀가 되어 도성 안의 소식을 빠짐없이 전해드리겠사옵니다."

"고맙다."

설매가 원하는 것은 그런 게 아니었지만 그녀는 하윤을 기쁘게 하고 싶었다. 그에게 소용되는 여인이고 싶었다. 가질 수 없어도 서성이는 것, 한 번씩 돌아봐주면 견뎌내게 되는 것. 그것이 바로 여자의 마음이었다.

충청도로 떠나는 날 아침, 방원은 하윤을 위해 말 한 마리를 끌고 왔다. 윤기 나는 갈기와 듬직한 근육이 탐스러운 준마였다.

"무장도 아닌 저에게 이렇게 좋은 말은 필요 없습니다."

"내 마음이니 받아주시오."

하윤은 방원을 바라보았다. 자신이 주군으로 택한 남자를.

"우리 집 말 중에서 가장 튼튼한 놈이라오. 충청도까지 대감을 편안히 모시고 갈 것이오."

"이별을 너무 슬퍼하지 마십시오. 이제 때가 왔습니다. 천기가 바로 가까이에 있습니다."

"그게 정말……이오?"

"별들이 어지러워지고 있습니다. 조만간 천지가 뒤집힐 일이 있을 것이옵니다. 그날에 대비해 정도전이 사는 수송방으로 정탐꾼을 풀어놓으십시오. 때가 왔을 때 결정적인 순간을 잘 잡아채야 합니다. 한시도 긴장을 늦추지 마옵소서."

"결정적인 순간이 오면 어찌해야 하오? 나에게는 사병도 없고 대감 또한 내 곁에 없는데!"

"숙번이 도울 것입니다. 또 때가 되면 제가 달려올 것이고요!"

"믿어도 되겠소?"

"이미 제 목숨은 정안군에게 바쳤습니다. 자존심도, 체통도 버려가며 무릎 꿇고 저를 살려주셨는데, 제가 어찌 헛된 맹세와 약속으로 대군의 마음을 어지럽히겠사옵니까."

"하면 기다리겠소. 대감의 전언이 올 때까지 숨죽이고 기다리겠소."

"그리 오래가지는 않을 것입니다."

4부 대망

27

 정도전은 명나라의 압송 요구를 피하고자 조정에서 잠시 물러나 있었다. 그 와중에도 굴욕적인 외교 관계를 청산하기 위해 군사훈련에 박차를 가했다. 왕자들까지 진법 훈련에 동원했는데 이에 반발한 왕자들은 훈련에 불참했다. 하지만 이 사실이 어전에 알려져 본보기를 보이려는 이성계의 의지로 태형을 받았다. 방원을 비롯한 왕자들은 치욕감에 몸을 떨었다.
 "우리가 군졸이요, 사병이오? 그까짓 진법 훈련이 뭐라고 일국의 왕자에게 병정놀이를 시키며 매를 쉰 대나 때리다니!"
 방간 역시 화가 머리끝까지 솟아 있었다.
 "정말 해도 해도 너무하는구나!"
 "왕자들을 대체 뭘로 보고!"

"매 맞는 거야 하인들이 대신 맞았다만, 종들은 또 무슨 죄냐? 왕자의 하인이라고 편한 게 아니라 대신 매까지 맞아야 하니 말이다."

"매를 맞고도 잘못했다며 석고대죄까지 해야 하고······."

"고역이 그런 고역이 없더구나. 석고대죄는 대신 시킬 수도 없고."

"형님! 도대체 우리가 뭘 잘못했습니까! 이게 다 정도전 때문입니다."

"언제까지 이렇게 당하고만 있어야 하는지······ 항간에선 조선이 이씨의 나라가 아니라 정씨의 나라라고 한다더라!"

정씨의 나라. 그 말이 화살처럼 가슴에 날아와 박히면서 방원은 결심을 굳혔다.

"정도전을 쳐내야 합니다!"

"주변 세력들이 조정에 다 박혀 있는데 정도전 하나 쳐낸다고 우리 세상이 오겠느냐?"

"형님, 잊으셨습니까? 예전에도 정몽주 하나 없애버리니까 일사천리였습니다."

"너의 책사인 하윤이 외지에 나가 있는데 누구와 일을 도모하려느냐?"

"하윤이 안산군지사 이숙번을 보내주었고, 궁궐을 지키는 병사들의 책임자인 조온이 우리에게 협조를 약속했습니다."

방간은 귀가 솔깃해졌다.

"외부의 군사와 궐내의 군사가 합동작전을 편다? 그러면 충분히 해볼 만하겠구나."

"더욱이 지금은 아바마마가 편찮으셔서 왕자들이 궁에서 번갈아가며 숙직을 하고 있습니다. 강비의 대상大祥이 끝난 걸 핑계 삼아 다들 한번 모이자고 하면 별 의심 없이 모여들 겁니다. 그때 군사들과 갑사들을 동원해 꼼짝 못하게 하고 정도전을 치면 됩니다."

"그래, 한 번 죽지 두 번 죽겠냐! 이판사판이다. 한번 해보자!"

동복형들을 설득해 자기편으로 끌어들인 방원은 적당한 거사일을 살피고 있었다. 방원의 결심과 때를 맞춰 설매를 통해 충청도의 하윤이 보낸 서찰 한 통이 날아들었다.

'더운 여름날에 어찌 지내시는지요. 도성은 여러 가지로 어수선하옵지요. 주상 전하께선 환후가 위중하신데 정도전은 요동 정벌을 포기하지 않고 있사옵니다. 왕자님들과 부마를 비롯한 종친들이 모두 궁에 머무르면서 돌아가며 병간호를 하고 있다니 옥체가 몹시 편치 못하신 듯싶습니다.

경복궁 동편 송현방에 남은이 첩에게 지어준 집이 있는데, 그 집 후원에 취월당이라는 정자를 지어놓고 정도전의 측근들이 자주 모여 회합을 열고 있다 하더이다. 팔월의 무더운 밤에 정도전과 남은, 세자 저하의 장인인 심효생, 판중추 이근, 전참

찬 이무, 홍성군 장지화, 성산군 이직 등이 함께 모이기로 약조했다 하옵니다. 남은의 첩에게 직접 들은 것이니 틀림없는 사실이옵니다.'

 마침 안산군지사 이숙번이 정릉의 이장移葬을 명 받아 군사들을 데리고 한양에 들어가 있었다. 하늘까지 도와주었다. 하윤은 방원의 추동 사저에 연통을 넣고 자신도 상경할 차비를 했다.

 추동에서는 궁에서 숙직 중인 방원 대신 민씨가 하윤의 연락을 받았다. 남편이 있어야 했다. 민씨는 궁으로 하인을 보내 자신이 아프다고 거짓말을 했다. 일단 궁 밖으로 남편을 빼올 필요가 있었던 것이다. 대담하고 기지 있는 여인이었다. 거사를 돕기 위해 친정 동생들을 불러 병장기를 챙기고 남편의 갑옷을 들고 기다렸다. 친정의 명운을 걸었던 것이다.

 한편, 그 시각 대궐에서는 심상치 않은 기운을 눈치챈 방원이 근정전 문 앞 행랑방에서 동복형들과 모여 있었다. 따르는 시종 없이 들어오라는 내관의 전언에 중궁전 소생들만 먼저 들여보낸 뒤 사태의 추이를 지켜보고 있었다.

 "오늘 궐내 분위기가 영 이상하지 않습니까? 자식이 아비를 병간病看하는 것은 당연한 일인데 신하들이 이를 가로막고 누구는 들어오라, 누구는 들어오지 말고 대기하라면서 말도 안 되는 명령으로 왕자들을 욕보이더니, 이제 호위 군사도 없이 단신으로 들어오라는 이유가 무엇이겠습니까?"

방 안에 침묵이 흘렀다.

"우리가 근정전 문 안으로 들어서기만 하면 바로 죽임을 당할지도 모릅니다."

숙부인 의안공 이화가 총대를 맸다.

"일단 너희들은 여기서 기다리거라. 저들도 주상의 형제인 나를 어찌할 수는 없을 터! 내가 들어가 정황을 살핀 후에 연통을 넣으마."

바로 그때 추동 사저에서 보낸 하인이 도착했다.

"나리! 부부인 마님의 전갈을 갖고 왔습니다요."

방원이 행랑 문을 열고 내다보았다.

"무슨 일이냐?"

"부부인 마님께서 몹시 편찮으십니다요. 혼절까지 하셨는데 나리께서 집에 한번 들러주시는 것이……."

이화가 집안의 어른답게 나섰다.

"저런, 내 주상께 드리려고 챙겨온 청심환이 있다. 이걸 내줄 터이니 어서 다녀오너라. 우리는 네가 돌아올 때까지 기다리고 있으마."

아무리 생사를 오갈 만큼 아프다 해도 국왕이 위중한 때 궁에 사람을 넣어 오라 가라 할 민씨가 아니었다. 방원은 필시 뭔가 곡절이 있음을 눈치챘다.

방간이 바람을 잡아주었다.

"다녀오너라. 아바마마의 병환도 병환이지만 여기는 사람이 많지 않느냐. 제수씨 혼자 불안할 터이니 가서 살펴보고 오너라."

이렇게 해서 민씨는 남편 방원을 궁 밖으로 끌어내는 데 성공한다. 방원이 집으로 돌아가니 민씨가 갑옷을 든 채 기다리고 있었다.

"하윤 대감이 서찰을 보내왔습니다. 별들의 운행을 읽고 바로 오늘 밤이 역사를 바꿀 그날이라 하더이다."

운명이 갈리는 순간이었다. 방원은 결단의 순간이 오자 가슴이 서늘해지는 것을 느꼈다.

"많은 사람들이 죽게 될 것이오."

"그러지 않으면 우리가 죽습니다."

"진정, 이 길이 나의 길이라 생각하시오?"

"우리가 가야 할 길, 피할 수 없는 운명이라 생각하옵니다."

방원이 갑옷을 받아 들자 뒤에서 지켜보던 사병들이 병장기를 땅에 꽂으며 우우! 환성을 질렀다.

"다들 조용! 조용히 하라!"

사병들이 다시 조용해졌다.

"오늘 밤의 거사는 신속하게 비밀리에 이루어져야 한다. 나의 목적은 사욕에 눈이 어두워 말자 상속이라는 말도 안 되는 작태를 보이며 우리 동복형제들을 핍박하는 정도전을 제거하는 것이다. 왕실의 종친들이나 피를 나눈 형제들이 상하는 일이 있어선 절대 아니 될 터! 이를 명심해야 할 것이다! 알겠느냐!"

거사를 앞둔 사병들의 눈이 빛났다. 일단 일이 시작되면 걷잡을 수 없을 것이므로, 방원은 챙겨야 할 사람들을 미리 확인했다.

"사람을 보내 궁에서 방번을 빼오너라. 오늘 궐에 있다가는 방번이 몸을 상할 수 있어."

이숙번이 이해할 수 없다는 듯 물었다.

"나리! 방번은 세자 방석의 친형이구 중궁전 소생이 아닙니까!"

"비록 이복이기는 하지만 방번은 방석이 세자가 된 것에 불만을 품고 있다. 명분 없는 말자 상속이 이렇듯 형제 사이를 갈라놓지 않았느냐. 틀림없이 우리에게 협조할 것이다."

무안군 방번은 태조 이성계의 일곱째 아들이었다. 신덕왕후 강씨 소생으로 방원의 이복동생이다. 태조와 강비의 사랑을 받아 세자로 내정되었으나 배극렴, 조준, 정도전 등이 '성격이 미친 사람 같고 경솔하다'고 반대해 세자 자리를 동복동생 방석에게 빼앗긴다. 제1차 왕자의 난 당시에 이복형 방원이 심복을 보내 회유했지만 거부했고, 그러면서 거사를 세자에게 알리지도 않았다. 참으로 이해할 수 없는 행보였다. 방번은 방석과 함께 죽임을 당한다.

"송현방에 누구누구가 있다던가?"

"정도전, 남은, 세자의 장인 심효생, 장지화, 이근…… 그 패거리가 몽땅 모여 있습니다."

"하늘이 준 기회로구나. 그래, 호위 군사는 얼마나 되고?"

"겁이 없는 건지 속이 없는 건지 요즘 같은 시국에 하인들도 없이 자기들끼리 모여 있었사옵니다."

"천명이 나에게 있구나. 사병들을 풀어 집집마다 덮치려 했는데 스스로 모여 있으니 수고를 덜어주는구나. 아바마마는 형제들과 궁에 갇혀 계시니 정도전 패거리만 쓸어버리면 끝이다."

"계책이 있습니다. 남은의 집 주변에 불을 놓아 도망을 못 가게 한 뒤 대문 앞에 지키고 서서 밖으로 나오는 족족 놈들을 처단하는 겁니다."

"빠져나갈 길이 없겠구나."

"어두워서 분간이 되질 않사오니 우리 편임을 알아볼 군호를 정해주시지요."

"산성! 산성이라고 하게나!"

"좋습니다. 그럼 산성 작전을 시작하시지요."

정도전은 방원이 군사를 일으켰다는 소식에 몸을 피했지만 결국 방원 수하들에게 붙잡혀 목이 떨어지고 말았다. 정도전의 아들 정유와 정영이 달려왔다가 역시 방원의 군사들에게 살해되었고, 조카 정담도 살아남을 수 없음을 알고 자결했다. 장남

정진만 태조를 수행하다 살아남았지만 노예나 다름없는 수군으로 떨어졌다. 그래도 죽지 않고 명을 이어 멸문을 면하니 정도전의 가계는 겨우겨우 실낱처럼 이어졌다.

삼봉 정도전. 경북 봉화에서 청백리의 표상인 정운경의 아들로 태어나 개혁을 부르짖다 맹자의 역성혁명론을 받아들이고 시대의 명장 이성계를 주군으로 택해 새 왕조를 열었던 사람. 허나 주군의 아들에게 살해당한 비운의 사상가.

신권 중심의 왕도 정치와 백성을 위한 나라를 꿈꾸었던 그의 이상은 뜻하지 않은 죽음으로 영원한 미완으로 남았다. 조선왕조는 이후 오백 년 동안 왕권과 신권의 팽팽한 대립 속에 사직을 이어간다. 그 초석은 정도전이 닦아놓은 것이었다. 정도전을 처단한 방원은 운종가에 문무백관을 모아놓고 일장 연설을 시작했다.

"정도전이 역심을 품고서 자신의 오른팔 남은과 세자빈의 아비 심효생을 시켜 우리 왕자들을 몰살하고 장차 주상 전하의 자리까지 넘보는 음모를 꾸몄소."

너무 엄청난 사태에 운종가에 끌려나온 대신들은 믿을 수 없다는 반응을 보이며 웅성거렸다.

"이에 사태가 급박하여 부득이 그를 처단했으니 조준 대감과 김사형 대감, 두 정승께서는 이후의 사태 해결을 위해 나를 도와주셔야겠습니다."

그러나 대신들은 쉽게 속아 넘어가지 않았다.

"어제까지만 해도 주상 전하와 함께 북벌을 논하며 평생을 전하와 함께하던 분인데 역모라니요? 당치 않습니다."

"세자의 스승이요, 주상 전하의 총애가 남다른데 무엇이 아쉬워 역모랍니까? 이는 필시 무슨 오해가……."

대신들 사이에 말이 많아지자 방원의 수하 박포가 힘자랑하듯 칼집을 쾅! 땅에다 박으며 위협을 가했다.

"시끄럽소!"

노신들이었다. 모두 쥐 죽은 듯 조용해졌다. 박포가 다시 말을 이었다.

"무슨 말이 그리 많소? 아니, 그럼 우리 왕자님이 거짓말을 한다는 거요, 뭐요? 정승이라는 작자들이 말귀를 그리 못 알아먹소!"

"나라의 정승한테 이 무슨 망발이오? 이건 그야말로 협박이 아니오!"

조금도 기죽지 않는 조준을 향해 박포가 살벌한 기운을 내뿜었다.

"이거 이제 보니 두 분 정승도 정도전 패거리였던 모양이구려. 방금 전에 정도전을 저승길로 보내고 오는 길인데, 두 분도 따라가실 참인가 보오. 애들아!"
조준과 김사형이 몸을 떨기 시작했다.
"아니, 왜 이러시오."
"우리는 몰랐다 하지 않소?"
박포가 윽박질렀다.
"협조할 거요, 안 할 거요?"
조준과 김사형은 서로를 바라보았다. 두 사람에게는 대세를 바꿀 힘이 없었다.
"우리가 어찌하면 되겠소? 말씀하시오."
"주상 전하께 오늘의 일을 고해야 하는데, 대신들이 함께 상소를 올리면 받아들이실 것입니다. 왕자 방원이 정도전의 난을 진압했다고!"
대세는 이미 방원에게로 기울었다. 허나 중앙에 자리 잡은 방원은 오른쪽 의자를 비워둔 채 누군가를 초조하게 기다리고 있었다. 얼마나 지났을까, 타오르는 모닥불 사이로 하윤의 모습이 보였다. 급히 달려온 그가 말고삐를 당겨 세우고는 방원을 향해 다가왔다.
"어서 오시오! 이리 와서 좌정하시지요."
"정안군이 주신 준마 덕에 빨리 달려올 수 있었습니다. 거사는 어찌 되었습니까?"
"호위 군사도 없이 한곳에 모여 술판을 벌이고 있던 놈들을 덮쳐 순식간에 끝낼 수 있었습니다."

"그들이 자만하였던 겝니다. 정안군의 사병을 다 빼앗았으니 자기들 세상이라 굳게 믿고 방심했던 게지요."

"이제 어찌하면 좋겠소?"

방원은 불안했다. 지금까지 일사천리로 달려오기는 했지만 문제는 아버지 이성계의 인정을 받는 것이었다.

"광화문에서 남산까지 줄지어 횃불을 피우십시오. 대궐 쪽에서 바라보면 대규모 병력이 집결한 것처럼 보여야 합니다. 궁에서 군사를 동원하면 우리도 힘들어집니다. 미리 기세를 꺾어야 합니다."

"그다음엔, 그다음엔 어찌하면 되겠습니까?"

"주상 전하께 진실을 알리고 세자를 내려야지요. 대신들을 한곳에 모아 임시 도당을 열고 정안군을 지지하게 해야 합니다. 의안공께서 전하 곁에 계시니 우리의 뜻을 잘 살펴주실 것입니다."

이숙번이 도당의 상황을 정리해서 보고했다.

"도당은 회안군 방간 왕자님께서 맡고 계십니다."

"사람을 보내 경거망동하지 말라 이르십시오. 회안군은 성격이 급하고 생각이 깊지 못합니다. 지나친 살상이 일어날 수도 있습니다."

"알겠습니다. 지휘는 한곳에서 이루어지도록 하겠습니다."

"영안군은 어디 계십니까?"

"방과 형님은 소격서에서 제사를 드리고 있었는데, 지금은 찾을 길이 없습니다. 걱정입니다. 어디서 뭘 하고 있는지."

회안군 방간이 방원을 도와 적극적으로 정변에 참여한 데 반해, 방과는 궁에서 난리가 일어난 기색이 보이자 그길로 처갓집 동네에 몸을 숨겼다. 더구나 처갓집에 숨어 있다 변을 당할까 두려워 측근인 김인귀의 집에 몸을 숨기고 상황을 살폈다.

한편 대궐에서는 부마 흥안군 이제와 이성계의 이복동생 이화가 서로 다른 입장에서 임금을 설득하고 있었다.

"전하! 지금이라도 군사를 이끌고 나가 맞대응을 하겠사옵니다. 주상 전하와 세자 저하의 안위가 위태롭질 않습니까?"

"부마의 뜻은 가상하지만 선불리 움직일 일이 아니네."

이화가 슬쩍 방원의 편을 들었다.

"방원의 목표는 정도전이야. 혈육을 치려는 게 아닐세."

"정도전은 주상 전하의 제일가신입니다. 전하의 뜻을 거스르는 일을 어찌 옳다 하겠습니까!"

"방원은 고려 말에 포은 정몽주를 없앨 때도 비록 주상 전하의 반대가 있었지만 아비를 위한 충정이라는 생각에 반대를 무릅쓰고 거사를 결행했던 사람이네. 이번에도 자기는 충정이라 믿고 하는 일이야."

그런 이화가 답답하다는 듯 이제가 다그쳤다.

"세자 저하를 내놓으라지 않습니까!"

| 4부 대망 |

이번에는 세자 방석이 나섰다.

"아바마마, 소자가 버티고 있다가는 군사들이 어전을 어지럽힐까 염려되옵니다. 일단 나가서 형세를 살핀 뒤에 후일을 도모해봄이 어떻는지요."

"세자 저하, 아니 되옵니다. 역도들은 이미 대신들을 죽였사옵니다. 무슨 짓을 할지 모르옵니다."

"이보게, 세자는 매형인 자네보다 방원과 더 가까운 사람이야. 세자를 생각하는 마음은 갸륵하나 방원을 믿어보게."

결국 막내아들 방석을 내보낸 태조 이성계. 그는 정말 방원을 믿었던 것일까. 피바람을 몰고 온 방원의 군사들은 이미 이성을 잃은 상태였다. 방석이 경복궁 서문인 영추문을 나서자 이거이, 이백경, 조박 등으로 구성된 도당의 핵심 인물들이 방원의 지시도 없이 세자를 죽이고 말았다. 방원은 방석의 형 방번만은 어떻게든 살리고 싶었다. 도성 밖으로 끌려가는 방번을 만나기 위해 궁궐 남문 밖에서 동생을 기다렸다.

"어젯밤에 사람을 보내 거사를 귀띔까지 했는데 왜 나를 따라오지 않았느냐?"

"형님……."

"너를 살리고 싶었다."

"압니다."

"너 역시 어린 동생이 세자가 된 것에 불만을 품고 있지 않왔느냐?"

"그렇다고 형님 편에 서서 동복형제를 치겠습니까, 아니면 형님을 고자질해 영화를 보겠습니까. 저는 이럴 수도 저럴 수도 없었습니다."

"방석을 죽인 것은 내 뜻이 아니었다."

"저는 믿지만, 세상도 그리 믿어줄지는 모르겠습니다."

"지금은 너를 외지로 보내지만 머지않아 다시 부르겠다. 조만간 돌아올 것이 분명하니 믿고 기다리거라."

"역사의 물길은, 큰 줄기는 형님 뜻대로 되겠지만, 작은 줄기는 뜻대로 되지 않을 수도 있습니다."

"나를 못 믿는 것이냐?"

"세상을 믿지 못하겠습니다."

"나를 믿는다면 기다려라. 몸 관리 잘하고, 아프지 마라."

"형님도 몸조심하십시오."

"방번아, 잘 가거라, 잘 가거라."*

하지만 이미 흥분할 대로 흥분한 방간은 이복형제 방번을 살려두려 하지 않았다. 방간에게는 왕자의 난 자체가 방원의 정변이 아닌 자신의 정변이 되어야 한다는 야심이 있었던 것이다. 정변의 주체가 되기 위해서라면 그는 형제라도 죽일 수 있

• 『조선왕조실록』 태조 14권에 따르면, 방원이 잘 가라는 인사를 두 번이나 했다고 함.

었다. 곁에는 아버지의 사돈인 이거이 부자가 있었다.
"정안군이 생각보다 마음이 약합니다. 회안군께서 대신 결단을 내리셔야 하지 않겠습니까?"
"방번은 방석이 세자에 책봉되기 전에 세자 후보로 거론되던 녀석이야. 그런 놈을 살려두면 후사를 정하는 데 또다시 혼란이 올 수 있다는 걸 왜 몰라!"
"그러게 말입니다."
"아바마마가 말자 상속을 또 한 번 고집하시면 방번을 살려둔 것이 분란의 씨앗이 될 것이요, 게다가 동복형제를 잃은 방번이 복수라도 꿈꾼다면 왕실에 골육상쟁이 다시 일어나지 않겠는가!"
이거이 부자도 공감하는 바였다.
"방번은 어디쯤 가고 있다더냐?"
"경기도 김포 쪽 통진에 머물기로 했사온데, 지금은 양화진 건너 도승관에 있다 하옵니다."
"당장 도승관으로 사람을 보내게. 방번을 살려두어선 안 될 것이야. 방원이 막상 일을 벌여놓고 자꾸 마음이 약해지니 역시 형인 내가 일을 다잡아야겠어."
그러나 이 소식은 방원을 머리끝까지 분노하게 만들었다.
"도당에서 방번을 죽였다고? 이거이 부자, 그놈들이 형님을 부추겨 내 동생을 죽게 해?"

숙번이 방원을 진정시키려고 애썼다.
"고정하십시오. 도당에서는 필요한 조처라고 생각한 모양입니다요."
"그런 일을 누가 결정한다더냐! 지휘는 이곳에서만 한다고 내가 그토록 일렀거늘, 여태 방 안에 숨어 있다가 명 받아 끌려 나온 놈들이 이제 와서 정변의 실세 노릇을 하겠다고?"
하윤이 이미 지나간 일에 연연하지 말고 앞을 보라며 충고했다.
"지금은 잘잘못을 따지고 있을 때가 아닙니다. 세자가 죽었으니 하루빨리 후계 문제를 바로잡고 주상 전하의 윤허를 받아내셔야 합니다. 시간을 끌면 끌수록 우리가 불리해진다는 걸 모르십니까!"
"내가 정도전의 아들도 살려주었고, 양쪽을 박쥐처럼 오가며 기회를 본 놈들도 살려주었습니다. 하물며 피를 나눈 형제를 죽이고자 했겠습니까! 지금은 민심이 안정되지 않아 속으로 꾹 눌러 참지만, 이 일을 결코 잊지 않겠소. 숙번과 하윤 대감, 두 사람은 나의 참담한 마음을 알 것이오. 오늘의 일과 나의 말을 입 밖에 내지 말되, 언젠가 때가 오면 이날을 기억해주시오."
무서운 말이었다. 감히 정변의 주체인 자기에게 알리지도 않고 방번을 함부로 죽인 회안군 방간과 이거이 부자, 조박 등을 용서할 수 없다는 뜻이었다. 훗날 방번의 죽음에 관여했던 사람들은 모두 제거되니 이방원, 그는 절대 원한을 잊지 않는 남자였다.

예상한 일은 아니었지만 방석과 방번이 모두 죽어버린 상황에서 중요한 것은 누굴 세자로 세울 것인가 하는 문제였다. 그러나 하윤에게는 이미 계획이 있었다.

"이 정변은 무인년에 종묘사직의 기틀을 바로잡았다는 의미에서 무인정사로 불릴 것입니다. 적장자 상속을 명분으로 삼았으니 당연히 적자 중에서, 지금으로서는 가장 장자인 영안군을 세자로 세우셔야 할 겝니다."

이숙번은 동의하지 않았다.

"그게 무슨 말입니까! 죽 쒀서 개 줄 일 있습니까! 우리가 지금 다른 왕자를 세자 만들려고 이렇게 피를 묻힌 겁니까!"

"거사의 명분을 잊었는가!"

"명분이고 뭐고 저는 그런 거 모릅니다. 제가 아는 건 딱 하나! 우리 정안군께서 세자가 되고 왕이 되셔야 한다는 겁니다."

"팔팔한 혈기는 알겠으나 자중하게. 감정적으로 처리할 일이 아니야!"

난리 치는 숙번과 달리 방원은 담담하게 물었다.

"방과 형님을 세자로 세운 다음에는 어찌 되는 것입니까?"

"고려 말에 아버님께서 어떻게 등극하셨는지 그 과정을 찬찬히 더듬어보십시오. 명분이 쌓이고 쌓여 더 이상 그렇게 하지 않으면 성이 무너질 것 같을 때, 둑이 터져나갈 것 같을 때! 그때 비로소 나서는 겝니다. 정치란 모두 명분 싸움입니다."

숙번은 여전히 동의하지 못했다.

"명나라 주원장이 언제 명분 따져 황제가 되었습니까? 칼 가진 자가 이기면 왕이지, 왜 죽어라 고생해서 남 좋은 일을 시킨단 말입니까!"

"주원장이 아버지의 나라를 멸했던가?"

"대감!"

"지금 피바람을 일으키며 왕이 되면 이제 겨우 일곱 해밖에 안 된 새 나라 조선의 꼴이 뭐가 되냔 말일세! 영안군에게는 적자가 없네. 그게 하늘의 뜻이 아니고 뭐겠나!"

"일단 방과 형님부터 찾아봐야겠습니다. 형님을 찾아야 세자를 만들든 왕을 만들든 할 것 아닙니까."

간이 작고 겁이 많았던 영안군 방과는 동생 방원의 기세에 눌려 세자 책봉을 극구 사양했다. 개국에 공이 많았던 왕자도 방원이요, 정변을 일으킨 것도 방원이니 당연히 당사자가 세자가 되라는 뜻이었다. 이에 하윤이 나서서 방과를 설득했다.

"주상 전하께오서 영안군을 세자에 책봉하고 양위한다는 교서를 내리셨습니다."

"안 됩니다. 제가 무슨 염치로 왕위를 받겠습니까? 생각해 보십시오. 고생은 방원이 다 했는데 이제 와서 어떻게……."

"잠시 맡아둔다고 생각하시지요."

"맡아⋯⋯둔다고요?"

"왕좌가 정안군의 것이라는 데는 저도 동의합니다. 하지만 동생을 위해 잠시 왕좌를 맡아주실 수는 없는지요."

"도대체 무슨 말인지."

"지금 당장 정안군이 왕이 되어보십시오. 주상 전하는 물론이고, 백성들이 어찌 생각하겠습니까. 자기가 왕이 되자고 형제들을 죽여가며 왕위 욕심을 낸 꼴이겠지요."

"하면⋯⋯."

"적장자 상속의 명분을 세워주시고, 때가 되면 동생에게 양보해주시지요."

"그리하면 되는 것입니까?"

"영안군께서 다른 욕심만 내지 않으신다면, 그게 가장 보기 좋은 모양샙니다."

"정히 그렇다면 동생을 위해 잠시 왕위를 맡아두겠습니다."

"후세에 길이 남는 우애가 될 것입니다."

사후 한동안은 묘호도 받지 못하고 공정왕으로만 불렸던 영안군 방과. 이 년도 채 안 되는 짧은 재위 기간 동안 동생의 눈치를 보며 전전긍긍했고, 아들이 열다섯 명이나 되어도 서자라는 이유로 왕위를 물려주지 못했다. 요즘 말로 하면 정권의 허수아비 대리인이었던 셈이다.

왕자의 난에서 사태는 방원이 원했던 방향으로 흘러가는 듯싶었다. 그러나 끝까지 저항을 멈추지 않은 사람이 하나 있었다. 바로 이성계의 사위인 이제, 죽은 방석 형제의 동복누이인 경순공주의 남편이었다.

경순공주는 남편을 살리고 싶은 마음에 지아비에게 눈물로 호소했다.

"서방님, 이제라도 늦지 않았어요. 우리 같이 가서 빌어요."

"부인!"

"오라버니도 사람이에요. 엎드려 빌면 목숨만은 살려줄 거예요."

"부인은 이 나라의 공주요! 자존심도 없소?"

"서방님……."

"대역 죄인은 우리가 아니라 정안군이오. 정안군이 우리에게 와서 빌면 모를까, 잘못한 것도 없는데 왜 우리가 목숨을 구걸해야 한단 말이오!"

"방석이 죽고 방번도 죽었습니다. 서방님께 해가 갈까 저는 그것이 걱정이에요!"

"구차한 목숨 하나 살겠다고 대의를 거스를 순 없소."

"저 때문에, 우리 집안 때문에 서방님까지 상하게 되면 어찌합니까? 무섭습니다. 두렵습니다!"

"나도 무섭소. 나도 두렵소. 허나 구차해지고 싶지는 않소."

경순공주는 통곡했다. 하지만 남편의 의지는 꺾이지 않았다. 바로 그날 밤, 군사들이 와서 한때는 방원의 동지였고 정몽주 암살에도 참여했던 개국공신이었던 이제의 목숨을 앗아갔다. 장인인 이성계의 등극을 적극적으로 도왔고, 세자 방석의 편에서 끝까지 자존심을 굽히지 않았던 이제. 사위가 죽자 이성계는 동대문 바깥 청룡사에서 딸의 머리를 자기 손으로 깎아주며 여승이 되게 했다. 이성계의 눈에서는 하염없이 눈물이 흘렀다.

"공주야, 공주야…… 우리 딸아…… 세상에 어느 아비가 자기 손으로 딸의 머리를 깎겠느냐. 먼저 간 네 어미가 지하에서 땅을 치고 통곡할 일이다."

경순공주도 흐느껴 울었다.

"아바마마……."

"왕이 되는 것이 광영인 줄 알았지 이런 치욕과 비극이 기다리는 줄 내 어찌 알았으리. 내 사위 이제, 우리 사위 이제한테 미안해서 어찌할꼬."

"망극하옵니다. 이 비극이 어찌 아바마마 탓이겠습니까."

"내 탓이다, 내 탓이야. 이제 아비는 죽어서도 얼굴을 들지 못하겠구나. 먼저 간 이들을 저승에서 만나면 내 어찌 고개를 들겠느냐."

"아바마마……."

"부마가 되었다고 기뻐하던 것이 엊그제 같은데, 우리 집안에 장가들어 목숨을 잃었으니 사돈댁의 처참한 심정을 어찌 위로할 것이며 졸지에 과부가 된 우리 딸은 누가 달래주리."

이성계는 한꺼번에 세상을 다 산 듯 순식간에 늙어버렸다.

"과인은 하룻밤 새 사랑하는 이들을 모두 잃었다. 두 아들 방석과 방번을 잃었고, 사위 이제를 보냈고, 평생을 같이했던 지기 정도전과 남은을 잃었다. 과인에게 이런 통곡을 안겨준 원수를 어찌 용서할 수 있으랴. 방원 그놈은 아들이 아니라 불구대천의 원수! 내 오늘은 벗들을 모두 잃고 상왕으로 물러나지만 목숨이 붙어 있는 한, 내 손으로 그놈을 단죄하고 말리라!"

28

 모든 일의 논공행상에는 반드시 불만을 가진 사람이 나오게 마련이다. 제1차 왕자의 난에서는 박포가 그 주인공이었다. 무인정사에 참여한 공으로 죽성군에 봉해지고 이등 공신이 되었지만 일등이 아닌 것이 불만이었다. 분위기 파악을 못한 그는 공공연히 불평하고 다니다가 유배까지 갔다. 하지만 유배지 죽주에서 몰래 빠져나와 회안군 방간을 찾았다.
 "주상 전하께 적장자가 없어 세제世弟를 두어야 한다면 당연히 다음 차례이신 회안군 나리가 올라야지, 훌쩍 건너뛰어 정안군이 웬 말입니까!"
 "설마설마했는데 그놈이 왕위에 욕심을 내는 게 틀림없어! 정변을 일으키고도 형님에게 왕위를 양보해 그 뜻이 가상하다

여겼는데 속내가 그게 아니라면 바로잡아야겠네. 형으로서 할 도리를 하는 게 아바마마께도 효도하는 길 아니겠나!"

"나리가 군사를 일으키신다면 이 박포가 목숨 바쳐 돕겠습니다! 지난번 무인정사 때도 제가 큰 공을 세우지 않았습니까? 한데 정안군은 막상 일이 끝나자 모른 척하시고, 심지어 유배까지 보내시니 서운하기 짝이 없습니다요!"

"방원의 교만을 내가 꺾어놓고야 말겠네. 이 형을 우습게 알아도 분수가 있지."

"거사일은 언제로 잡으실 겁니까?"

"며칠 뒤면 왕실 제사일세. 제수품을 마련하려고 방원이 사냥을 나간다네. 몰이꾼으로 위장해 병사들을 동원할 수 있으니 절호의 기회가 아니겠나."

"하늘이 도우시는 겁니다."

방원의 동복형제 방간이 일으킨 제2차 왕자의 난! 제1차 왕자의 난 때는 동생을 적극적으로 도왔으나 이번에는 적이 되어 칼을 빼 들었다. 아버지 이성계와 형 방과의 지지가 필요했기에 그는 거사 직전 대궐에 보고를 올렸다.

'큰일을 벌이기에 앞서 전하께 일의 전말을 고하나이다. 지금이 국초國初라면 개국에 공이 큰 방원이 세자의 재목으로 거론될 수 있겠지만 나라가 선 지 구 년이 되었고, 왕위에는 적장자인 전하가 계시옵니다. 중전마마가 수태할 가능성이 얼마든지 있사온데 방원이 세자 되기를 바라는 과욕은 불충이라 오늘 사냥터에서 방원을 치고 정사를 바로잡겠사옵니다.'

회안군 방과가 보내온 상주문을 읽고 경악한 정종은 급히 전지를 써서 내보냈다.

'난언에 혹하여 친동생을 해치려 하다니 네가 미쳤느냐! 패악을 용서할 수 없다! 당장 군사를 버리고 대궐로 들어오라! 난동을 그치고 단기單騎로 들어오면 과인이 목숨을 보전해주겠다!'

그러나 방과가 이를 무시하자 정종은 상왕이 된 아버지 이성계에게 달려갔다. 방원이 밀기는 해도 형제들끼리 또다시 피를 보는 꼴을 용납할 수 없었던 이성계 역시 교지를 내렸다.

'주상의 동복아우 방간이 어리석은 자들의 이간질에 유혹되어 형제를 해치고자 하니 심히 애통하구나! 어서 군사를 해산하고 집으로 돌아가면 살 수 있을 것이다. 내가 식언하지 않기를 하늘의 해를 두고 맹세한다. 해산하지 않으면 용서치 않을 것이며 아울러 군법으로 처단하겠노라!'

방간은 울화통이 터졌다.

"아바마마도 주상도 나를 이리 믿지 못하다니! 나아가 싸워보기도 전에 방원에게 질 거라 여기는 게 아닌가!"

박포는 불안해졌다.

"어쩌실 겁니까? 정변 사실을 미리 고한 것은 왕실의 인정을 받고자 함인데 주상 전하도 상왕 전하도 극구 말리기만 하시니…….."

"말로만 그러는 것이다. 교서만 올 뿐, 군사를 보내 진압하는 것도 아니지 않느냐?"

"그럼 이대로 실행하실 겁니까?"

"사나이가 칼을 뽑았는데 이대로 주저앉을 수야 없지. 자! 가자!"

동생의 독주에 거들기만 하는 게 지겨워진 것일까? 방간은 자기가 주인공이 되는 세상을 꿈꾸며 가장 큰 경쟁자이자 걸림돌인 친동생을 죽이려고 나섰다. 하지만 그의 무모한 시도는 바로 자기 아들인 의령군 맹종에 의해 들통 나고 말았다.

하필이면 거사 당일에 방간의 아들 맹종이 추동 이방원 사저에 들렀던 것이다. 집 마당에는 하인들과 사병들이 사냥 준비에 한창이었다.

"어? 작은아버님도 사냥 가세요?"

"낼모레가 둑제라서 제수거리들을 좀 잡아오려고 나서는 참이다. 너도 사냥에 따라가겠느냐?"

"아닙니다. 그랬으면 아버님을 따라나섰지요. 아버님도 사냥 가신다고 새벽같이 나가셨거든요. 몰이꾼들을 엄청 데리고 가셨습니다."

그 말에 방원의 머릿속에 의심이 생겼다.

"왕자들이 둑제 준비를 하는 걸 알고 계실 텐데 왜 같이 가지 않고…….."

하윤이 발 빠르게 움직여 정탐을 보냈다.

"회안군이 거느린 사냥패의 수가 엄청나고, 모두 갑옷을 입고 있다 하옵니다. 형님께오서 거사를 일으킬 작정인 게 분명합니다."

방원의 얼굴이 백지장처럼 변했다.

"어쩌자고, 어쩌자고…….."

"정안군."

"이복형제를 죽이더니 이제는 한배에서 난 동생까지 죽이겠다고? 형님이 어떻게 이러실 수가……."

"분명 어리석은 자들의 부추김에 넘어간 것입니다. 회안군이 평소 귀가 얇고 경박한 데가 있지 않습니까."

"부끄럽습니다, 죽고 싶습니다. 백성들이 새 나라 왕실을 어찌 보겠습니까?"

방원은 방으로 들어가 문을 걸어 잠그고 통곡했다. 하윤이 문밖에서 그를 종용했다.

"눈물만 흘리고 계실 때가 아닙니다. 서둘러 대처하셔야 합니다."

"어떤 방법이 있습니까? 친형이 동생을 죽이려고 나섰는데 맞서 칼을 들겠습니까, 그냥 앉아서 죽겠습니까? 그 무엇도 할 수 없지 않습니까?"

"정안군의 마음을 내가 왜 모르겠습니까. 가슴이 천 갈래 만 갈래 찢어지는 것을요."

"정몽주를 죽이고, 정도전을 죽이고, 이복동생들까지 죽어 나가는 모습을 보며 백성들은 나를 살인귀로 여길 것입니다. 그런데 여기서 동복형을 또 죽일 수는 없습니다. 나도, 나도 사람입니다! 사람이란 말입니다!"

1400년 정종 2년이 되던 해, 회안군 방간이 박포의 부추김에 제2차 왕자의 난을 일으킨 그날은 하루 종일 날이 흐렸다. 비극적인 형제의 운명을 암시하듯 하늘에는 요기가 서리고 사방은 안개로 가득 찼다. 형제간의 골육상쟁을 말리고 싶었던 하윤은 의안공 이화, 완산군 이원계의 아들 이천우 등 최측근 종친들을 불러 긴급회의를 열었다. 방원도 애써 울음을 다스리고 회의에 참석했다.

하윤이 명확하게 사태부터 분석했다.

"상왕 전하와 주상께서 말리셨지만 회안군의 뜻이 확고해 꺾이지 않았습니다. 맞서 싸우는 수밖에 없습니다."

"진압이 필요하다 해도 나는 나설 수 없습니다."

"방원아!"

"숙부님, 제가 어찌 형님과 싸우겠습니까? 못 나갑니다. 저는 못 나갑니다."

"방간의 군사가 수백 명에 이르니 시가전이 될 것이다. 아무리 작은 전쟁이라도 싸움은 기세가 중요한데, 수장이 나서지 않으면 승기를 잡기 어렵다는 걸 모른단 말이냐."

"형님이 눈앞에 보이면 제가 어찌해야 합니까? 화살을 들어 심장을 맞힐까요? 칼로 말의 머리를 벨까요? 못합니다, 저는 못합니다."

방원은 다시 울었고, 의안공 이화도 마침내 따라 울었다.

"방간은 나에게도 조카다. 작은조카에게 큰조카를 베어야 한다고 말하는 내 마음도 말이 아니다. 허나 그렇다고 불의의 편에 설 수는 없지 않느냐? 나랏일로 보면 형제간의 우의는 작은 일이다. 어찌하여 작은 절조를 지키고자 큰 일을 망치려 하느냐?"

하윤 역시 방원을 설득했다.

"가슴이 찢어지는 것은 마찬가지지만 이 나라 종사를 생각해서 결단하라는 숙부님의 말씀을 새겨주십시오."

이번에도 민씨가 갑옷을 내왔고, 방원은 형을 죽이기 위해서가 아니라 살리고자 칼을 잡았다. 그는 병사들에게 다짐을 놓았다.

"형님을 보거든 절대 화살을 쏘지 마라! 나는 지금 형님을 죽이러 가는 게 아니라 살리러 가는 것이다. 진압군만 보내면 자칫 잘못해 목숨을 잃을 수도 있을 터. 난은 바로잡되 형님은 반드시 살려야 한다! 만일 형님을 향해 화살을 쏘는 자가 있으면 그 자리에서 내 손으로 벨 것이다! 다시 한 번 명한다. 형님을 절대 상하게 하지 마라!"

둥! 둥! 울리는 북소리 속에 형을 살리겠다는 방원의 의지가 병사들에게 전해졌고 숙연해진 병사들은 절도 있게 앞으로 나아갔다.

동생 방원을 시기하며 왕위 계승에 노골적인 야심을 보이던 방간. 하지만 그는 수하들을 제외한 어느 누구에게도 지지를 얻어내지 못했다. 종친들이 병풍처럼 늘어선 방원과는 기반이 달랐고, 결국 시가전에서 스스로 무너졌다.

쫓기다가 성균관 안으로 피해 들어간 방간은 숨을 몰아쉬며 패배를 인정했다. 따르는 병사들은 몇 명에 지나지 않았다.

"틀렸다. 무릇 정변이란 것은 단숨에 성공해야 하느니. 이렇게 밀리면 끝이야. 내가 남의 말을 듣다가 이리되었다. 박포, 그놈의 말을 듣는 게 아닌데 말이야."

후회하던 방간은 쩔그럭거리는 소리를 내며 갑옷을 벗고 칼집도 끌러놓았다.

"갑옷은 네가 갖고 환도는 네가 가져가라. 활과 화살도 니들이 갖고."

몸에 지닌 것이라도 풀어 부하에게 주려 했던 방간은 비록 무리한 거사를 벌이기는 했어도 인간적인 면모가 있었다.

"정변이 성공하면 다들 한자리씩 떼어주려고 했는데 이리 패하니 너희들에게 줄 것이 없구나. 미안한 마음을 표현할 길이 이거밖에 없다. 혹시 내가 목숨을 건질 수 있으면 훗날 반드시 보상해주겠다. 약조하마."

궁지에 몰린 형이 혹여 자결이라도 할까 싶었던 방원은 하윤을 먼저 들여보내 항복을 유도했다. 단신으로 들어온 하윤을 본 순간, 방간도 자신을 살리려는 동생의 마음을 눈치챘다.

"하룻저녁 병정놀이는 잘 끝내셨습니까?"

방간은 고개를 떨구었다. 하윤의 말은 치욕스러웠지만 실패한 거사는 결국 병정놀이만도 못한 것이었다.

"회안군의 과욕으로 인해 많은 사람들이 죽었습니다."

"내가 잠시 돌았었나 봅니다. 제정신이 아니었소."

"정도전을 처단하던 지난 정사 때 회안군은 도당을 틀어쥐고 동복동생들을 죽게 만들었소."

"다 방원을 위해 그런 것이오.."

"그 마음이 어찌 이리 변하셨습니까?"

"형 대접을 안 해주니 심사가 뒤틀렸소. 다들 주상 전하 다음은 방원이라는데, 나도 아바마마의 아들이 아니오? 방원보다 형인 내가 못할 건 또 뭔가 그런 생각이 듭디다."

"주상 전하께서 교서를 내리셨습니다. 무슨 일이 있어도 살려주겠다는 것이 전하의 뜻이고, 또한 정안군의 뜻입니다."

방간은 자신의 귀를 의심했다. 한 가닥 희망이 비치고 있었다.

"정말이오? 정말 나를 살려주겠다?"

"이미 동복형제와 매형이 죽었습니다. 더 이상은 핏줄끼리 서로 죽고 죽이는 일이 없어야 되지 않겠습니까?"

냇가에서 방간의 항복 소식을 기다리던 방원은 마침내 형이 성균관에서 나왔다는 말을 듣고 울음을 터뜨렸다. 장수들과 병사들이 모두 따라 우니 사나이들의 울음소리가 천지를 흔들었다는 기록이 남아 있다. 냇가에 주저앉아 통곡하던 그의 마음은 어떤 것이었을까?

"서러우십니까?"

"싸울 때마다 승리했으나 늘 괴로웠습니다."

"그릇이 큰 사내의 운명입니다."

"끊임없이 손에 피를 묻혀야 하는 이 운명이 나에게도 때로는 버겁습니다."

형을 죽이지 않고 시가전을 끝냈다는 안도감에서였을까, 아니면 친형이 자기를 죽이려 했다는 울분 때문이었을까, 그도 아니면 피를 볼 수밖에 없는 자신의 운명이 서러웠을까. 아마 그 모든 감정이 어우러진 울음이었을 것이다. 그러나 언제까지 울고 있을 수만은 없었다. 위기를 기회로 만드는 데 천재적인 하윤이 드디어 이방원의 세자 책봉 시나리오를 가동한 것이다.

방간의 난 혹은 박포의 난으로도 불리는 제2차 왕자의 난은 결과적으로 방원에게 유리하게 작용했다. 나라의 근본인 세자가 정해지지 못해 변란이 일어났다는 논리로 정종을 압박해 세자 책봉 교서를 받아내고 만 것이다.

　이 년의 짧은 치세 동안 정종은 방원에게 정무를 맡긴 채 격구와 사냥으로 소일하며 자신은 정치에 관심이 없음을 온몸으로 보여주었다.

　정종은 세자 책봉을 기념하는 연회를 열어 동생을 축하하고 상왕이 된 아버지를 모셨는데. 이성계는 그 자리에서 의미심장한 시를 던졌다.

　"밝은 달빛은 뜰아래 가득한데 나 홀로 서 있네. 산하는 의구한데 인걸은 어디 있느뇨?"

　"아바마마, 취하셨습니다. 안으로 드시지요."

　"방원이 네가 이제 세자라고?"

　"아바마마의 크신 은혜 덕분이옵니다."

　"그으래?"

　무슨 말이 나올지 몰라 불안해진 정종 방과가 아버지를 방원과 떼어놓으려 했다.

　"아바마마, 그만 연회를 파하고자 합니다. 안으로 드시지요."

　"주상에게, 그리고 세자에게 묻겠노라."

　"말씀하시지요."

　"나는 왕위를 잃어버렸다!"

　선언과도 같은 이성계의 한마디에 신하들이 술렁거렸다. 방원은 얼굴에 피가 몰리는 것 같았다.

"사랑하는 자식들이 죽고, 벗들이 죽었다. 한데 못내 궁금한 게 하나 있구나. 주변 사람들이 모두 죽어가던 무인년의 그날! 내가 왕위를 내놓지 않았으면 나도 죽였겠느냐?"

신하들이 비명처럼 '전하!'를 외쳤다.

"밤마다 그것이 궁금하여 잠이 오질 않더구나. 아비도 죽이려 했는지, 내가 순순히 물러나지 않았으면 어쩌려고 했는지 말이다."

방원은 무릎을 꿇었다. 그의 마음이 무너져 내렸다.

"아바마마! 차라리 소자를 죽여주시옵소서."

이성계는 방원이 세자가 되자마자 비명에 간 아들 방석과 사위 이제를 위한 불사를 크게 베풀었다. 무인년의 정변을 결코 잊지 않겠노라는 다짐이었다. 그러고는 궁으로 돌아가지 않고 그길로 신덕왕후 강씨가 묻힌 정릉으로 가버렸다. 참배를 마친 뒤 입고 있던 옷을 벗어 부처님 앞에 바치고 오대산으로 떠나니 이것이 그 유명한 함흥차사의 시작이었다.

29

왕자의 난.

 방원은 정도전과 그 측근들을 잔인하게 죽였다. 궁 안에서 버티던 이성계는 결국 신하들과 자식들, 사위까지 모두 잃고 방과를 왕위에 올린 뒤 자신은 상왕으로 물러났다.

 열다섯 명이나 되는 형의 아들들을 제치고 자신이 세자가 되어 후일을 기약하는 시동생의 행보를 중전이 된 방과의 아내 김씨는 몹시 불안해했다.

 "정안군이 전하의 아들도 아닌데 세자는 무슨 세자입니까? 다음 왕위를 잇는다 해도 전하의 동생이니 세제가 되는 것이 맞지 않사옵니까?"

 "동생이 무슨 생각을 하는지 나는 도무지 모르겠구려. 세제가 아닌 세자여야 한다고 했소."

"그게 무슨 뜻인지 모르십니까?"

"짐작 가는 거라도 있소?"

"형식상으로 전하의 양자도 아닌데 세자를 칭하는건 전하를 인정하지 않겠다는 뜻입니다. 상왕이신 아바마마의 세자로서 자리매김하겠다는 거지요. 전하의 존재와 재위를 인정하지 않으려고요."

정종은 덜컥 겁이 났다. 그는 제2차 왕자의 난까지 일어나 왕위를 둘러싼 혈육들의 피 터지는 투쟁에 질릴 대로 질려 있었다.

"어찌하면 좋겠소? 방원이 나를 왕위에 올렸지만 과인의 자리가 아니라는 것은 알고 있었소. 등극할 당시에도 방원을 올리라고 그렇게 말했거늘……."

"반정의 명분이 장자 상속 아니었습니까? 사람들의 눈이 무서웠던 게지요."

"밤마다 잠이 오질 않소."

"전하, 그냥 다 넘겨주시옵소서. 난을 일으킨 방간 도련님을 동복이라 하여 차마 죽이지 못하고 귀양으로 그쳤지만 후환을 없애야 한다는 상소가 연일 올라오지 않습니까? 남의 일 같지 않습니다. 우리한테 또 무슨 일이 생길지 어찌 알겠사옵니까?"

"과인은 동생 눈치만 보고 있는 처지요. 내가 할 수 있는 일이 없소."

| 4부 대망 |

"양위하십시오."

"청하지도 않는데, 먼저 양위를?"

"어쩌면 기다리고 있을 것이옵니다. 먼저 달라고 하기가 민망해서 말을 못하고 있는 게 아니겠사옵니까?"

"나도 싫소. 이런 허울뿐인 왕 자리는 백 개를 준대도 싫소."

"우리 내외 물러나서 맘이라도 편하게 삽시다."

"미안하오. 못난 지아비를 만나 이렇듯 마음고생을 시키니……."

"그런 말씀 마십시오. 전하를 만나 잠시라도 왕비의 자리에 올라보았습니다."

'과인이 어려서부터 말 달리고 활 잡기를 좋아하여 일찍이 학문을 하지 않았는데 즉위한 이래로 혜택이 백성에게 미치지 못하고 재앙과 변괴가 거듭되니 내가 비록 조심하고 두려워하나 어찌할 수 없다. 세자는 어려서부터 배우기를 좋아하여 이치에 통달하고 크게 공덕이 있으니 마땅히 과인을 대신하도록 하라.'

방원이 세자가 된 그해 가을, 왕위에 있던 형 방과는 동생 방원에게 왕위를 물려주었다. 길지도 짧지도 않은, 그저 있는 그대로 써 내려간 양위 교서였다.

때를 기다린 지 어언 이십 년. 아버지의 왕업을 위해 온갖 악역을 마다하지 않았지만 돌아오는 것은 냉대뿐이었다. 처갓집과 아내의 후원을 받고, 평생 동지 하윤에게 의지하며 언젠가는 대업을 이룰 수 있으리라 포기하지 않았다. 그 기다림이 마침내 결실을 맺어 1400년 11월 문무백관의 하례를 받으며 왕위에 오르니 그가 바로 태조 이성계의 다섯째 아들 방원, 조선의 제3대 왕 태종이었다.

"전하, 하례드리옵니다."

"하윤 대감! 과연 경의 말대로 내가 왕이 되었습니다. 이십년 전, 왕이 될 것이라 예언했던 대감의 말이 사실이 되지 않았습니까?"

하윤의 눈에서 감격의 눈물이 흘러내렸다.

"예언은 했지만 확신할 수는 없었습니다."

"경과의 인연이 나를 이 나라 지존의 자리에 오르게 만들었으니 내 어찌 그 공을 잊겠소."

"주군을 만나지 못했다면 신하의 공이 어찌 빛날 수 있었겠습니까! 지존의 운명을 타고나신 전하를 만나 오늘의 기쁨을 함께 누릴 수 있는 것은 저의 복이옵니다."

"과인이 왕위에 올라 해야 할 일 중에서 가장 시급한 것이 무엇인지 경의 충언이 필요하오. 종사宗社란 것이 밖에서 보는 것과는 다르지 않습니까?"

"똑같은 일을 하는 듯싶어도 세자의 자리에서 보는 것과 왕의 자리에서 보는 것은 천양지차입니다. 무엇보다 가장 문제가 되는 것은 태상왕太上王이 되신 아버님과의 관계입니다."

익선관을 쓴 방원의 얼굴에 그늘이 생겼다.

"상왕께서는 처음부터 왕위에 오르실 분이 아니었습니다. 허나 태상왕 전하와 주상 전하 사이에서 완충의 빈터를 만들어 주셨기에 새 나라의 역사가 물 흐르듯 흘러갈 수 있었습니다."

"과인도 그렇게 생각하오. 이 년 동안 세자의 자리에 있으면서 많은 경험을 쌓은 것도 도움이 되었고요."

"하지만 지금부터는 주상 전하와 태상왕 전하 사이에 도와줄 사람이 아무도 없습니다. 직접 해결하셔야 합니다."

"아바마마의 오해가 워낙 깊으시니······."

"조선의 건국이념 자체가 성리학의 충과 효 아닙니까. 충에서도 효에서도 태상왕 전하의 용서와 인정을 받는 일이 반드시 필요합니다. 그래야 주상 전하의 권위가 반석에 오를 수 있을 것이옵니다."

"이 모든 갈등이 신덕왕후 강씨 집안의 발호에서 시작된 것이오. 과인의 치세에서는 외척이 발호해 왕권이 흔들리지 않도록 경계를 게을리하지 않을 것이오."

정종 부부가 회한과 안도의 눈물로 옥좌를 비울 때, 방원과 그의 아내 민씨는 감격의 눈물로 등극을 맞았다. 그녀는 남편의 거사를 위해 본인과 친정의 명운을 걸었던 여장부였다. 남

편이 외척의 발호를 경계하고 있다는 것은 아직 알아채지 못한
채 감격에 취해 있었다.
 "전하, 늠름하십니다. 익선관과 곤룡포가 참으로 잘 어울리
십니다."
 "부인도 더없이 아름답소."
 "감축드리옵니다."
 "고맙소."
 민씨가 새삼스러운 듯 눈물을 흘렸다.
 "오랜 세월, 그 고초가 얼마나 크셨습니까? 전하를 몰라주는
사람들과 싸우며 남몰래 흘린 피눈물과 고통이 그 얼마입니까?"
 "이 좋은 날 어인 눈물이오?"
 그러면서 방원은 자신도 솟구치는 감정을 간신히 억누르고
있었다.
 "전하는 그럴 만한 자격이 있으십니다. 옥좌에 앉으실 자격
이 충분히 있으십니다."
 "나라고 왜 회한이 없겠습니까? 내가 장자로 태어나고 아버
님께서 동복형제들을 거부하지만 않으셨어도. 정도전이 날 핍
박하지만 않았어도 그 많은 피를 흘리지 않아도 되었을 것을.
나라고 그 일이 좋아서 했겠소? 먼저 치지 않으면 내가 죽는
것, 그것이 세상이었소. 하여 나는 결심했지요. 쓰러지는 사람
보다 일어나는 사람이 되겠다고."

"누가 전하에게 돌을 던지겠습니까? 패자로 사라져간 사람들의 원망과 변명은 필요 없습니다. 전하는 역사에 승자로 기록될 것이옵니다."

방원이 민씨의 손을 잡았다.

"지아비이신 전하를 따라 저도 이 나라의 국모가 되었사옵니다. 그동안 겪어온 전하의 희생이 헛되지 않도록 신첩, 최선을 다할 것이옵니다."

그러나 원경왕후 민씨와 태종 이방원의 밀월은 거기까지였다. 동상이몽! 왕위에 오른 방원이 다시는 골육상쟁의 비극이 되풀이되지 않도록 외척을 누르겠노라 결심하는 동안, 친정의 명운을 걸고 남편을 왕위에 올렸던 부인 민씨는 앞으로 친정이 조선 최고의 세도가가 되어 영화를 누릴 것이라 굳게 믿었다. 매형을 도와 목숨 걸고 두 번의 난을 평정한 처남들도 앞날에 대한 기대가 클 수밖에 없었다.

비록 책봉식은 없었지만 이미 국모가 되었다고 생각한 민씨는 남편을 굳게 믿었으나 그것은 혼자만의 착각이었다. 방원은 이제 그녀의 남편이 아니라 조선의 왕이었다. 아무도 막을 수 없었고, 무슨 일이든 할 수 있었던 것이다. 이십 년을 칼바람 속에 숨 가쁘게 살아온 지난날, 이제는 긴장을 풀고 싶기도 했을 터! 혁명의 피로감이 몰려오면서 방원은 궁녀들을 가까이하기 시작했다. 그중 하나가 임금이 되기 전에 민씨의 몸종으로 지내던 김 여인이었다. 김씨가 수태를 하자 중전 민씨는 그녀를 사가로 돌려보냈는데 이때 낳은 아이가 훗날의 경녕군이다. 중전 민씨는 경녕군 모자를 죽이려고 엄동설한에 밖에서 출산하게 하는 등 모질게 대했다. 후일 이 사실이 알려지자 폐비를 거론할 정도로 심각한 갈등의 씨앗이 되었다.

"마마, 주상 전하 드셨사옵니다."

교태전交泰殿의 상궁이 임금의 내방을 알렸다. 중전 민씨는 차분하게 지아비를 맞았다.

"미리 전갈을 좀 주시지요. 오실 줄 알았으면 주안상이라도 봐두었을 것을."

"부인!"

민씨는 부인이라는 호칭이 거슬렸다. 그러나 지아비가 일부러 도발하고 있다는 것을 아직은 알아차리지 못했다.

"전하, 이제 여기는 사저가 아니옵니다. 왕위에 오르셨으니 한시도 왕과 왕비임을 잊지 마셔야지요. 신첩도 매양 신경 쓰고 있사옵니다."

"책봉식을 해야 중전이라 불러드리지요. 부인은 아직 책봉도 못 받은 상태 아닙니까!"

경고였다. 중전으로 책봉하지 않을 수도 있다는 말이었다. 민씨는 일부러 아무렇지도 않은 척 담담한 태도를 보였지만 내심 밀려드는 모욕감에 몸을 떨었다.

"책봉식이 무에 그리 중요해서요? 전하의 조강지처요, 원자의 어미입니다. 신첩 말고 이 나라에서 어느 누가 중전 소리를 듣겠습니까!"

"국모가 되고 싶으면 체통을 지키시오. 사가에서도 투기는 칠거지악 중 하나입니다. 하물며 왕실에서야!"

"중전은 여자도 아니랍니까! 어찌하여 지난날의 정리를 모두 잊으시고 신첩을 이리도 모욕하십니까!"

"왕이 총애하는 여인이 있으면 아끼고 가르쳐서 직첩을 내리고 왕실의 번영을 도모하는 것이 중전의 의무요. 중전이 그걸 하라고 내명부가 있는 겁니다!"

"직첩을 내려요? 그 천한 것에게? 사가에서 신첩의 시중을 들던 몸종이었습니다!"

"그래요? 천한 출신이라 내쫓았다 그 말입니까?"

"창피한 줄 아십시오! 지어미의 몸종이나 건드리다니!"

"좋습니다. 천한 여자는 안 된다 하니 내 정식으로 반가의 여인을 들이리다. 귀한 신분의 여자들이니 부인도 예를 다해 주기 바라오."

할 말을 마친 방원은 공격의 화살을 내전의 나인들에게 돌렸다. 임금이 어느 여인에게 은혜를 내리는지 민씨가 어찌 알았겠는가. 분명 눈과 귀 역할을 한 이들이 있었을 터. 방원은 사사로이 왕의 침전에 관한 정보를 알려준 그들을 용서할 수 없었다.

"교태전의 상궁과 나인들 그리고 내관들은 모두 나가거라. 군왕의 일거수일투족을 내전에 고해 부부 사이를 이간질하고 임금의 체통을 어지럽혔으니 이는 도저히 용서할 수 없는 중죄다. 마땅히 목을 베어야 하나 그간의 공을 생각해 살려는 주겠다. 모두 썩 나가거라!"

민씨의 얼굴이 확 달아올랐다. 그야말로 왕비에 대한 모욕이요 무시였다. 사가에서 부리던 여종 하나 내쳤다고, 지아비가 자신에게 이럴 수는 없었다.

"전하, 너무하십니다! 신첩에게 어찌 이러실 수 있습니까! 목숨 걸고 전하를 왕위에 올려드린 조강지처입니다!"

방원이 천천히 뒤를 돌아보았다. 서늘한 눈길이었다.

"나를, 과인을 왕위에 올렸다고?"

"신첩의 공을 벌써 잊으셨습니까?"

"그래서 왕권이라도 나눠 갖자는 게요?"

"전하!"

"부인의 생각은 잘 알았소."

찬바람을 일으키며 나간 이날부터 침전에 들지 않고 경연청經筵廳에서 살았다. 사실상의 별거였다. 게다가 왕의 행보를 고했다는 이유로 중전의 시녀와 환관들을 스무 명이나 내쫓았으니 민씨의 체면이 말이 아니었다. 정권의 지분을 주장하는 처가의 세력을 그냥 보고만 있을 수 없다는 것을 깨달은 태종 이방원은 예조에 명해 고금의 비빈 제도를 보고하게 했다. 제후는 아홉 명의 여자를 취할 수 있다는 말을 듣고 정식으로 후궁을 맞기 위해 가례색嘉禮色을 설치했는데 그 책임자가 바로 하윤이었다.

누구는 말했다. 태조 이성계는 왕이 '된' 사람이고, 태종 이방원은 왕을 '한' 사람이라고. 처가의 후원과 아내의 내조, 천하의 책사였던 하윤의 헌신에 힘입어 조선의 제3대 왕좌를 차지하니, 이방원은 아버지 이성계를 이은 조선의 두 번째 창업자나 다름없었다. 하지만 정작 가족들은 그가 왕이 된 뒤부터 불행해지기 시작했다. 그 첫 희생자가 바로 조강지처 민씨였다. 왕위에 오르자마자 격렬한 부부 싸움으로 별거를 시작한 두 사람. 태종 이방원이 새장가 준비를 착착 진행하고 있을 때, 제동을 걸고 나선 사람이 상왕으로 물러난 정종 방과였다.

"중전마마! 상왕 전하의 간곡한 만류로 가례색은 없어졌다 하옵니다."

"후궁 권씨를 정의궁주에 봉하는 정도로 일이 마무리된 것 같사옵니다."

민씨는 친정 동생 무구와 무질의 보고를 들어도 전혀 위로가 되지 않았다.

"내 가슴은 이미 갈가리 찢어졌습니다. 지아비에 대한 배신감에 살아갈 의욕을 잃었습니다."

"원래 사내들이란 게 여자들은 알기 어려운…… 그런 게 있지요."

"영웅은 호색이라 하지 않습니까? 그릇이 큰 사내들은 여러 여자들을 거느리기도 하는 법이옵니다. 하지만 누가 뭐라 해도 내명부의 수장은 중전마마이시니 너그러운 마음으로 주상 전하를 이해하시고 후궁들을 다스려주옵소서."

"내가 지금 투기하는 걸로 보이십니까? 지아비가 다른 여자를 품었다 하여 토라진 속 좁은 여자로 보이냐고요!"

"마마."

"내가 누굽니까! 주상의 단 하나뿐인 조강지처요, 둘도 없는 혁명 동지이며, 든든한 후원자였습니다. 어쩌다 천복이 들어 간택이나 받은 여느 비빈들과는 다르다 이 말입니다."

"마마, 어느 누가 그걸 모르겠습니까?"

"아버님께 냉대받고 정도전에게 견제당하느라 칠 년 동안 벼슬 하나 없이 백수처럼 허송세월할 때 누가 전하를 지켜주었습니까? 바로 우리 집안 식구들이었습니다. 전하는 나에게 지켜야 할 의리가 있습니다! 내가 서러운 것은 한낱 아녀자의 질투 때문이 아닙니다. 나에 대해, 우리 집안에 대해 의리를 지키지 않는 전하의 무심함 때문입니다. 그 표변 때문입니다!"

"마마."

"궁에 들어온 지 일 년이 지났습니까, 삼 년이 지났습니까? 며칠도 안 돼 궁녀들을 침전에 들이고 중궁전의 나인들을 보란 듯이 잘라냈습니다. 이 궁에서 누가 나를 왕비로 알고 그 위엄을 인정해주겠습니까! 전하부터 저렇듯 나를 무시하는데!"

태종 이방원과 중전 민씨의 불화가 깊어가는 동안 태상왕이 된 이성계는 피비린내 가득한 도성을 떠나 전국을 떠돌고 있었다. 이랬다저랬다 하던 말년의 행보를 보면 치매기가 의심될 만큼 건강도 좋지 않았다.

"마마, 탕제를 올리겠사옵니다."

이성계는 탕약을 거부했다.

"옥체가 많이 상하셨습니다. 약을 좀 드시지요."

"필요없다는데도!"

약사발을 뿌리쳐 방바닥에 약물이 흥건하고 깨진 약사발 파편이 여기저기 튀었다.

"가슴이, 가슴이 타는 것 같다. 아끼던 이들이, 방원이 그놈 손에 다 죽었는데 나 살자고 약을 먹으란 말이냐? 내가, 천하의 이성계가 이렇게 구차하게 살아남아 더 살자고 약을 먹어야겠어!"

밖에서는 신덕왕후 강씨의 일가인 안변부사 조사의가 기다리고 있었다.

"전하, 신 안변부사 조사의옵니다. 들어가도 되겠습니까?"

이성계는 그를 기억하고 있었다.

"오, 그대는 먼저 간 중전의 친척이 아니냐. 어서 들라."

조사의가 태조 앞에 엎드렸다.

"그간 어떻게 지내셨사옵니까?"

"방원이 그놈이 변란을 일으키던 날, 내 칼로 그놈의 목을 베지 못한 것을 후회하며 가슴만 치고 있다네."

"명령만 내려주시옵소서. 억울하게 빼앗긴 전하의 자리를 되찾아오겠사옵니다!"

"진정인가……?"

"전하, 동북면의 수령들이 모두 한마음으로 명을 기다리고 있사옵니다. 모여든 군사가 얼추 일만을 헤아리옵니다."

"갸륵하고 고마운 일이로다."

"신덕왕후 마마의 복수를 하는 것이 저희들 소원이옵니다!"

"나는 이미 늙었네. 더 이상 무슨 욕심이 있어 이미 놓아버린 왕좌를 탐내며, 무슨 명분으로 군사를 일으키겠는가. 그러나 방원이 그놈은 용서할 수 없네. 형제를 죽이고 충신들을 살육하고 아비에게 칼을 들이댄 패륜아를. 그런 놈의 손에 이 땅의 백성들을 맡길 수가 없어."

"이를 말씀이옵니까!"

이성계는 가슴이 찢어졌다.

"보고 싶어도 볼 수 없고, 아무리 불러도 대답이 없는 내 자식들, 내 사위, 정도전과 신하들. 도무지 잊을 수가 없어. 슬픔은

가시지 않고 독으로 맺혀 이제 불타는 분노가 되었네."

"전하께오서 어떻게 일으킨 왕업입니까? 얼마나 공들여 세운 나라입니까? 그 끝이 이리 참혹하고 허무할 순 없는 노릇이옵니다."

"나라를 세울 때는 오로지 대업만 생각했소. 허나 지금은 천륜을 바로 세우는 일만을 생각하오. 그대가 천륜을 바로잡아 주겠소?"

하지만 조사의의 난은 성공하지 못했다. 아버지와 아들의 대결에서 승리는 언제나 아들의 것이었다. 이성계는 결국 백기를 든 채 도성으로 돌아오고 방원은 기쁜 마음으로 마중을 나갔다. 중랑천 하류 한강 가에서 천막을 치고 기다릴 때, 야사에는 이성계가 방원을 죽이려 화살을 쏘았다고 전한다. 위기에서 벗어날 수 있었던 것은 하윤의 기지 덕분이었다. 태상왕 이성계의 노기가 덜 풀렸다고 여긴 하윤은 이 재회가 아무래도 불안했다. 하여 천막을 칠 때 중간 지주를 굵은 나무로 받치고 방원의 용포 속에 갑옷을 입혀 위기에 대비하게 했다.

역사적 해프닝이 일어난 이 지역을 살꽂이 혹은 살곶이라 부르는데 이름 그대로 화살이 꽂힌 곳이라는 뜻이다. 야사의 현장이 된 살곶이 다리는 성동구 행당동에 남아 있다. 지금의 눈으로 보면 초라한 크기지만 조선 시대 다리로는 가장 길었다. 지금은 중간 부분이 훼손된 채 양쪽 가장자리만 원형을 보존하고 있는 돌다리다.

"전하, 태상왕 전하의 모습이 보이기 시작하옵니다. 곧 당도하실 것이옵니다."

"오, 그래? 원자야, 들었느냐? 보이느냐? 할바마마께서 오신다는구나. 그동안 얼마나 컸는지 늠름한 자태를 보여드리고 어여쁜 재롱도 많이 떨어 할바마마의 근심을 덜어드리도록 하여라."

"네, 아바마마! 외가의 할머니와 할아버지께서도 저만 보면 좋아하십니다. 할바마마께도 효를 다하여 맏손주의 의젓함을 보여드리겠사옵니다."

"원자 마마만 보면 아무리 엄한 사람도 봄눈 녹듯 녹아버립니다. 태상왕 전하의 노기도 손주의 재롱을 보시면 어느 정도 풀리지 않겠사옵니까?"

"그리만 된다면 얼마나 좋겠소? 과인이 못한 일을 우리 원자가 풀어준다면……."

태상왕을 환영하는 음악이 울려 퍼지고 신하들은 모두 앞으로 나가 엎드리며 예를 다했다. 방원도 앞으로 나아가 아버지를 맞이하려는 찰나, 하윤이 다급하게 외쳤다.

"전하! 태상왕께서 활을 드셨사옵니다. 피하십시오! 몸을,

몸을 숨기십시오."

순간, 환영 음악이 멈추고 다들 몸을 피하느라 아수라장이 되었다. 공포와 혼란의 비명 속에 하윤이 소리쳤다.

"원자마마를, 원자마마를 보호하라!"

시위를 떠난 화살이 지주에 박히고, 정신을 못 차리는 사이 다시 두 번째 화살이 메겨졌다.

"전하! 빨리 기둥 뒤로 몸을 피하시옵소서. 태상왕 전하께오서 두 번째 화살을 겨누고 계십니다."

그러나 방원은 미동도 하지 않았다.

"전하!"

"아니요. 아바마마의 뜻이 나를 벌하시는 거라면, 나를 죽임으로써 죄를 주고자 하시는 것이라면 받겠소."

"전하!"

"낳아준 아비가 이토록 나를 미워하는데, 조선을 세우신 이가 아들을 후계자로 인정하지 않으시겠다는데 혼자서, 나 혼자서 그래도 살겠다, 그래도 왕이어야 한다…… 우겨봐야 뭘 하겠소."

"전하, 아니 되옵니다!"

어린 원자가 무서움에 떨고 있었다.

"아바마마, 무섭습니다. 할바마마께오서 왜 아바마마를 향해 화살을 쏘시는 것이옵니까? 아바마마께오서 다치시면 어찌합니까!"

"원자야……."

그러나 이성계는 이내 팔을 내렸고, 두 번째 화살은 시위를 떠나지 않았다. 이성계가 누구인가? 여진족 출신 부하인 이지란이 지나가는 아낙의 물동이를 쏘면 다시 화살을 쏘아 그 구멍을 막아주는 시합을 벌였다는 전설의 명궁이다. 신궁 소리까지 듣던 그가 아들을 향해 활을 쏘았는데 빗나간 것이다. 야사에는 하늘의 뜻이 정녕 너에게 있다고 한탄하며 이성계가 옥새를 던져주었다고 하지만 그가 정말 아들을 죽이려 했을까?

"아바마마!"

"천륜을 어긴 내 아들은 오늘 죽었다. 내 손으로 죽였어. 내 앞에 엎드린 것은 이제 조선의 왕업을 이어갈 이 나라의 임금이다."

비로소 방원의 눈에 흘러내리던 눈물이 그쳤다.

"아바마마……."

"연회를 열어라. 아비가 돌아온 것을 기뻐해야 하지 않겠느냐."

그랬다. 태조 이성계는 대세를 돌이킬 수 없음을 인정했다. 부자간의 반목이 국가 안정에 위협이 된다는 것을 알고 있었기에 사사로운 분노와 정을 떠나 자기 손으로 세운 나라 조선의 앞날을 위해 돌아온 것이었다.

주군을 보호하려는 하윤의 충정도, 아들의 심장을 겨누는 상징적인 징벌로 피맺힌 한을 누르고 이성계가 택한 대의도 방원에게는 너무나 소중한 무게였다.

그러나 할아버지가 아버지를 죽이려고 했던 현장을 목격한 원자의 충격은 컸다. 훗날 세자의 자리에서 기행을 일삼아 아버지 태종과 반목하고 결국 폐세자의 길을 걷는 양녕대군 이제. 그는 아버지가 수많은 사람을 죽이는 것을 보며 자랐고 할아버지와 아버지, 아버지와 어머니 사이가 극도로 나쁜 가족 분위기에서 컸다. 어린 시절 자신을 돌봐주던 외숙 네 명이 모두 아버지 손에 죽었으니 정상적인 심성으로 자라기란 애초에 불가능한 환경이었는지도 모른다.

상처가 너무 커서 제대로 봉합되지 않은 부자 사이였지만 이후 이성계는 아들을 끌어내리려는 시도를 멈추었고 방원은 비로소 정무에 전념할 수 있었다. 하윤은 정도전이 신권 중심으로 정비했던 각종 제도를 다시 왕권 중심의 체제로 개편하고, 고려의 잔재에서 벗어나 새 나라 조선이 나아갈 방향을 세우는 데 남은 생을 바쳤다. 백성의 억울함을 덜어주기 위해 신문고를 설치하고, 치수를 위해 청계천을 건설했으며, 마지막 순간까지 태종 이방원의 후손을 위해, 조선의 앞날을 위해 선왕의 무덤을 돌아보다 객사했다.

태조 이성계의 가신이었던 정도전의 이상과 꿈을 수용해 많은 부분을 받아들이기도 하고 어떤 부분은 되돌리면서, 태종 이방원이 조선의 실질적인 창업자가 될 수 있게 만들었던 하윤.

왕권이 아닌 신권 중심의 나라를 꿈꾸었던 정도전의 이상은 먼 훗날의 민주주의적 이상과 닮아 있지만 지나치게 시대를 앞서간 것이었다. 일인자를 이끄는 이인자가 되기를 원했던 정도전과 일인자에게 공명하는 이인자의 헌신을 보여주었던 하윤. 누가 승자이고 패자인지 평가할 수는 없지만, 그들이 만들어간 역사는 아직도 현재진행형인 것만은 분명하다.

30

 아들을 인정은 했지만 죽을 때까지 용서하지 않았던 태조 이성계. 두 사람은 끝내 화해하지 못했다. 개혁을 넘어 개벽을 꿈꾸며 조선이라는 새 나라 창업의 위대한 업적을 이룬 이성계는 창덕궁 별전에서 일흔네 살을 일기로 영광과 파란의 삶을 마쳤다. 마지막 죽는 순간까지도 아들 방원의 눈을 가만히 바라보기만 할 뿐 용서한다는 말은 없었다고 한다.
 눈을 감은 이성계에게 보인 것은 먼저 가서 기다리고 있던 아내와 자식들, 충신들이었을 것이다. 시신조차 찾을 수 없었던 친구 삼봉 정도전이 맨 앞에서 맞아주었다.
 "전하, 이제 오셨습니까?"
 "삼봉, 자네…… 이 나쁜 사람."

"전하."

"그리웠네, 보고 싶었네."

"저는 늘 보고 있었습니다. 전하의 눈물, 전하의 웃음을 여기서 늘 지켜보고 있었습니다."

"미안하네. 자네의 꿈을 다 펼치지 못하고 왔으니 어떡하나? 우리의 대업은 이제 다시 올 수도, 돌아갈 수도 없는데……."

"하하, 전하, 사람은 누구나 죽고, 우리는 그 모든 죽음을 기억하지 않지만 전하와 저는 이 땅에 영원히 기록되어 우리의 꿈으로 남을 것입니다."

"꿈? 꿈으로 남는다고?"

"우리가 남긴 꿈은 전하와 저 같은 젊은이가 만나서 또다시 꾸게 될 것이고, 백 년 혹은 이백 년 뒤에, 아니 저 먼 천년 뒤에라도 그 뜻이 이어지면 언젠가는 아름다운 열매로 맺지 않겠습니까. 멀리서 늘 등불이 되어주는, 그런 희망으로 빛나고 있지 않겠습니까."

"뜨거웠고, 차가웠고, 슬펐고, 아팠네."

"아름다웠고, 처절했고, 망각이었고, 영원이었습니다. 그것이 저의 꿈이었습니다."

작가의 말

"나는 우리나라가 세계에서 가장 아름다운 나라가 되기를 원한다. 가장 부강한 나라가 되기를 원하는 것은 아니다. 내가 남의 침략에 가슴 아팠으니, 내 나라가 남을 침략하는 것을 원치 아니한다. ……(중략)…… 인류의 정신을 배양하는 것은 오직 문화다. 나는 우리나라가 남의 것을 모방하는 나라가 되지 말고 높고 새로운 문화의 근원이 되고, 목표가 되고, 모범이 되기를 원한다. 그래서 진정한 세계 평화가 우리나라에서, 우리나라로 말미암아 세계에 실현되기를 원한다."

김구 선생의 『백범일지』에 나오는 문장으로 마지막 내레이션을 하며 육 개월을 준비하고 일 년간 집필했던 라디오 사극을 끝냈다. tbs 라디오 일일 드라마 〈서울, 600년을 걷다〉. A4 용지 일천육백 매, 원고지 일만 장의 대장정. 마지막 장의 원고를 끝내고 며칠 동안 아팠다. 고려 말의 혼란에서 조선왕조 개국의 영광, 다시 오백 년 뒤 구한말의 절망까지 거쳐온 시간 여행은 내가 어떤 시대, 어느 나라에서 살고 있는지 생생하게 일깨운 산 공부였다.

일 년 동안 감기라도 걸릴까 봐 노심초사했다. 아무도 대신 해줄 수 없는 원고. tbs 국장님은 홍삼액까지 보내주시며 작가의 건강을 염려하셨다. "조 작가가 예뻐서 주는 거 아니야. 아파서 원고 펑크 낼까 봐 주는 거야. 아프면 안 돼."

너무 긴장해서 아프지도 못했던 일 년. 방송이 끝난 뒤 비로소 긴장이 풀려 내 몸은 마음대로 아팠다. 아프고 난 뒤, 다시 쓰게 될 원고에서는 좀 더 나은 작가가 되어 있으면 좋겠다고 얼마나 간절히 바랐던가.

이 소설은 2010년 tbs 교통방송 창립 20주년 기념으로 일 년간 방송된 라디오 사극의 초반 내용을 근간으로 하고 있다. 라디오 드라마의 특성상 귀로 듣고 흘러가는 내용이라 조선의 역사를 되도록 알기 쉽게 풀어 쓰려고 애썼다.

여러 모로 부족한 원고를 학고재에서 너그러이 출판을 허락해 주셨다. 방송국의 권위와 출판사의 명예에 누가 되지는 않을지 교정쇄를 앞에 놓고 얼굴이 달아오른다. 그럼에도 불구하고 부끄러움을 감내하며 이 책을 세상에 내놓는 이유는 마음대로 외출 한 번 못하고 오롯이 바친 일 년 반의 시간에 무언가 의미를 부여하고 싶은, 욕심이라면 욕심 같은 소망 때문이다. 역사소설을 좋아하시는 아버지께 이번 출간이 기쁨이 되기를 바란다.

  기획 단계에서 함께 했던 방송작가 아카데미의 제자 박향희, 이혜미 작가. 방송이 나가던 일 년 내내 녹음기 들고 역사학자들을 쫓아다녔던 정설화 작가와 공을 나누고 싶다. 그들이 없었더라면 이 기획을 시작하지도, 끝내지도 못했을 것이다.

  날카로운 눈으로 허점을 짚어주시던 tbs 이문구 국장님과 군말 없이 원고를 받아 자신의 성실성으로 드라마에 생기를 불어넣으신 주용진 감독님, 그리고 스튜디오를 거쳐간 수백 명의 성우들에게 못다한 감사의 인사를 전한다.

  이 글을 쓰는 동안 역사 공부를 통해 인간에 대한 이해를 넓히고 좀 더 나은 사람이 될 수 있었다. 그것이 내가 받은 가장 큰 선물이다.

2013년 봄
조현경

참고 자료

강현식, 『심리학으로 보는 조선왕조실록』, 살림, 2008.
김용옥, 『삼봉 정도전의 건국철학』, 통나무, 2004.
김형광, 『인물로 보는 조선사』, 시아, 2009.
박기현, 『조선의 킹메이커』, 역사의아침, 2008.
_____, 『조선참모실록』, 역사의아침, 2010.
박시백, 『박시백의 조선왕조실록』(전 19권), 휴머니스트.
박영규, 『한권으로 읽는 고려왕조실록』, 웅진지식하우스, 2004.
_____, 『한권으로 읽는 조선왕조실록』, 웅진지식하우스, 2004.
박윤규, 『재상』, 이가서, 2005.
박찬희, 『조선왕조 오백년 야사』, 꿈과희망, 2011.
신봉승, 『조선왕조 500년』(전 24권), 금성출판사.
신연우·신영란 공저, 『제왕들의 책사』, 생각하는백성, 2001.
윤기, 『조선조 성균관의 교원과 태학생의 생활상』, 성균관대학교출판부, 1999.
윤정란, 『조선의 왕비』, 차림, 1999.
이정근, 『이방원전』, 가람기획, 2008.
이한우, 『태종 조선의 길을 열다』, 해냄, 2005.

임종일, 『정도전』(전5권), 한림원.
국사편찬위원회, 조선왕조실록(http://sillok.history.go.kr).
다음 문화원형백과사전.

인명 사전

정도전 1342~1398

고려 말에서 조선 초의 학자, 정치가. 고려 말의 문신으로, 정몽주와 함께 당대 최고의 엘리트 사학이었던 이른바 '이색 아카데미'의 수제자. 고려왕조의 정도전은 벼슬이 한미했고 유배와 실각을 반복하며 주류에 진입하지 못했다. 그러나 바닥을 긁는 가난과 고생이 그를 민중의 삶에 대한 참다운 이해로 이끌었고, 왕이 아닌 백성을 위한 나라를 꿈꾸게 하는 계기가 되었다. 평생을 일신의 안위보다는 이상의 실현에 몸을 바쳤으며 무혈혁명, 조선왕조 창업의 실질적인 주도자로 서울 정도의 포문을 열었다.

하윤 1347~1416

자는 대림, 호는 호정. 시호는 문충공. 충목왕 3년(1347)에 경상도 진주에서 하윤린과 강승유의 딸 진주 강씨 사이에서 태어났다. 하윤은 정도전, 정몽주처럼 이색 문하의 또 다른 수제자였다. 열세 살 때 진사시에 합격하고 열여덟에 문과에 급제해 동년배 중에서 가장 빨리 출세했다. 그러나 이인임의 친척으로 최영의 요동 정벌을 반대하다 유배되었고, 위화도 회군 뒤에는 이색의 일파로 몰려 추방당하기도

했다. 아이러니하게 정도전이 십 년간 떠돌며 유배 생활을 하는 동안
에는 출세 가도를 달리다가 정도전의 복귀 이후 내리막길을 걷는다.
정치인의 삶이라는 게 늘 부침이 있지만 하윤의 인생 역정은 정도전
의 행로와 사뭇 비슷한 양상을 띠고 있다.

태종 이방원 1367~1422

조선 제3대 왕. 재위 1400~1418년. 공민왕 16년(1367). 함흥 귀주동의
사저에서 태어났다. 태조 이성계와 어머니 신의왕후 한씨 사이의 다섯
째 아들로, 열여섯 살 때 두 살 연상인 대제학 민제의 딸과 결혼했다.
이듬해 문과에 급제해 이성계의 아들 중에서 가장 똑똑하고 치밀하다
는 평가를 받았다. 과감하고 행동력이 있어, 정몽주의 공세로 집안이
위기에 처했을 때 선지교(후일 선죽교로 개칭됨)에서 그를 철퇴로 쳐 죽
임으로써 전세 역전의 계기를 만든다. 두문동 진압 작전에 참여해 고
려의 충신들을 불태워 죽이고, 살아 있는 왕씨 일가 이백여 명을 수장
시키는 등 개국의 악역을 도맡았다. 그로 인해 아버지의 신뢰를 잃으
며 개국공신에서 제외당하고 세자 책봉에서도 밀리는 아픔을 겪는다.

태조 이성계 1335~1408

이방원의 아버지. 조선 제1대 왕. 재위 1392~1398년. 이성계는 본래
영흥 출신의 변방 무사였으나 공민왕의 쌍성총관부 탈환 때 내부에서
호응하는 공을 세워 중앙 정계에 진출한 후 원의 침입 격퇴, 요동 공략,
홍건적과 왜구의 격퇴 등 수많은 전투를 치르면서 실력자로 부상했다.
그 자신이 신흥 무인이라는 점에서 출신 성분이 비슷한 신진 사대부들
과 연합하여 개혁 세력을 대표하는 위치에 서게 되었다. 의리를 중시

하는 무인으로, 정치에는 신중하고 측근들의 의견에 귀를 기울였다.

신의왕후 한씨 |1337~1391

방원의 생모. 태조 이성계의 향처. 고려 말 동북 지방에서 안변 한씨 안천부원군 한경과 삼한국대부인 어머니 평산 신씨 사이에서 태어났다. 안변 한씨는 중앙 정계와는 무관한 함경도 안변 일대의 한미한 가문이었다. 열다섯 살이 되던 해에 비슷한 호족 신분의 두 살 연상인 이성계와 혼인하고 함흥 운전리에 거주하며 육남 이녀를 낳았다. 이성계가 삼선·삼개의 난을 진압해 화주 이북의 땅을 회복하는 등 전장터를 누비던 동안 집안의 대소사를 도맡아 처리했다. 이 같은 한씨의 내조는 이성계가 고려 정계의 일인자로 부상하는 데 큰 힘이 되었다.

신덕왕후 강씨 |1356~1396

태조의 계비. 이방원의 계모. 이방원의 모후인 신의왕후 한씨와 달리 권문세가 출신이다. 전장에서 많은 공을 세웠지만 지방 토호라는 출신 성분에 한계를 느낀 이성계는 개성 권문세족의 배경을 필요로 하게 된다. 강씨 문중의 세력 확장에 도움이 될 인물로 이성계를 점찍은 강윤성의 이해와 맞아떨어져 두 집안은 정략적인 혼인을 한다. 강씨는 태조의 집권 거사에 참여했을 뿐 아니라 조선 개국 이후에도 배후에서 막강한 영향력을 발휘했다. 정도전과 합세해 자신의 둘째 아들 방석을 왕세자로 책봉했으나 1396년에 사망했다. 이성계는 실의에 빠져 직접 능(정릉) 옆에 암자를 짓고 행차를 조석으로 바쳤으며, 1397년 일 년여의 공사 끝에 흥천사를 세웠다.

방과 1357~1419

영안군. 조선 제2대 왕 정종. 재위 1398~1400년. 태조 이성계와 신의 왕후 사이에서 태어난 둘째 아들. 이성계가 조선을 건국하면서 영안군으로 책봉되었다가 동생 방원이 제1차 왕자의 난을 일으켜 왕세자에 등극한다. 2년의 재위 기간 동안 방원의 영향력 아래 있다가 1400년 11월, 제2차 왕자의 난을 평정한 동생 방원(태종)에게 양위한다. 정종은 처음부터 왕위에 뜻이 없었다고 전해진다. 세자 책봉 문제가 제기되었을 때도 그는 "당초부터 대의를 주창하고 개국하여 오늘에 이르기까지의 업적은 모두 방원의 공로인데 내가 어찌 세자가 될 수 있느냐"고 반문하며 세자 자리를 극구 사양했다.

방간 1364~1421

이성계의 넷째 아들. 회안군. 왕위에 야심을 품고 방원을 견제했다. 귀가 얇아 남의 말에 잘 넘어가고 성정이 급했다. 제1차 왕자의 난 이후 논공행상에 불만을 품은 박포와 모의해 군사를 일으켜 방원을 공격하며, 제2차 왕자의 난을 일으키지만 실패하고 유배되었다.

원경왕후 민씨 1365~1420

이방원의 처. 여흥부원군 민제의 둘째 딸. 열여덟 살 때인 1382년, 당시 황산에서 왜군을 격퇴한 명장 이성계의 다섯째 아들인 방원과 결혼했다. 이후 십 년 동안 위화도 회군, 정몽주의 피살, 고려의 멸망 등 역사적으로 굵직한 사건들을 목도하며 정치적 안목을 키웠다. 조선이 건국되던 해에 정녕옹주로 책봉되고, 태조가 계비 신덕왕후의 입김으로 열한 살의 방석을 세자로 책봉하자 민씨는 남편에게 정변을 부추긴다.

민제 1339~1408

원경왕후의 부친. 태종의 장인. 태종이 왕이 되기 전에는 태종을 선달이라 일컬었고, 태종은 그를 사부라 부를 정도로 가까웠으며, 사위가 올바른 군주가 되도록 협조를 아끼지 않았다. 그가 사건에 연루되어 탄핵을 받거나 자식들이 죄를 지었음에도 무사할 수 있었던 것은 태종의 두터운 신임과 왕의 장인이라는 위치 때문이었다. 이단과 음사를 싫어하여 강력히 배척했고, 타고난 자질이 어질고 검소했다. 타협하거나 권력을 이용해 사사로운 이익을 얻는 것을 경계하여 정치가라기보다 정도와 순리를 따르는 학자 기질이 강했다.

민무구 ?~1410

민제의 아들. 원경왕후의 동생. 동생 무질 등과 함께 태종의 외척이며, 정사·좌명의 공신을 겸해 권세와 부귀가 성했다. 권모술수에 능했는데, 협유집권(1402년 왕이 창종을 앓아 고생하고 있을 때 그들이 몰래 병세를 엿보며 어린 세자를 내세워 권력을 잡으려는 음모를 꾸몄다는 것)을 도모했다는 이유로 숙청당했다.

민무질 ?~1410

민제의 아들. 원경왕후와 민무구의 동생. 왕자의 난 때 공을 세워 정사공신 이등으로 책록되었고 제2차 왕자의 난 때는 좌명공신 일등으로 여성군에 봉해졌으며, 좌군도총제·우군도총제 등을 역임하고 사은사로 명나라에 다녀왔다. 형 무구와 함께 제주도 유배지에서 자진하라는 명을 받고 스스로 목숨을 끊었다.

민무회 ?~1416

원경왕후, 무구, 무질의 동생. 대간의 상소로 원윤 비 사건(1402년 12월, 태종의 서자가 태어날 때 정비 민씨가 질투하여 그 모자를 죽이려고 추운 곳에 방치한 사건)이 밝혀지자 무휼과 함께 유배지에서 압송되어 국문을 받았다. 이때 형 무구 등이 죄 없이 죽었다고 항변하다가 더 미움을 샀다. 국문이 끝나고 청주로 쫓겨났으며, 그 뒤 나흘 만에 유배지에서 스스로 목숨을 끊었다.

이숙번 1373~1440

조선 초기의 문신. 안산군지사 때 방원을 도와 제1차 왕자의 난을 성공시킨 인물. 조선 시대 최초로 치른 과거 시험인 식년문과에 급제한 서른세 사람 중 하나다. 세자 방석과 정도전·남은·심효생 등을 제거하는 데 공을 세워 정사공신 이등에 책록되고 안성군에 봉해졌으며, 우부승지에 임명되었다. 그 뒤 방원의 측근이 되어 정종이 왕위에 오르자 공공연히 방원을 왕위에 올리려 했다.

남은 1354~1398

조선 초 문신. 이성계 세력의 중심인물로 요동 정벌 당시 위화도 회군을 진언했다. 이성계가 해주에서 낙마 사고를 당한 사이에 수시중 정몽주의 탄핵으로 조준, 정도전, 윤소종 등과 함께 유배되었다. 정몽주가 살해되자 정도전과 함께 이성계를 왕으로 추대하여 조선왕조를 개국했다. 개국공신 일등으로 의성군에 봉해지고 참찬문하부사가 되었다. 방석을 세자로 책봉하는 데 적극 참여했다가 제1차 왕자의 난 때 정도전과 함께 방원에게 살해되었다. 천성이 호탕하고 비범했으며 계략에 능했다고 전한다.

정몽주 1337~1392

천재 유학자이자 고려의 충신. 정도전과는 한때 마음을 같이한 벗이다. 현실과 거리를 둔 채 신중하게 판단하고 행동하는 온건주의자로, 전제 개혁 논의에서 중립을 유지하고 의리를 내세우며 스승 이색을 옹호하면서 급진적 개혁주의자인 정도전과 대립한다. 고려와 왕을 지키기 위해 정도전을 포함한 정적들을 죽이려 시도하지만 왕의 반대로 실패하고, 직접 칼을 품고 이성계를 찾아가지만 그 역시 죽이지 못한다. 행동력이 결여된 이상주의자.

개국 조선의 설계자들, 그 최후의 승자
ⓒ 조현경, 2013

2013년 5월 10일 초판 1쇄 발행

지은이 조현경
펴낸이 우찬규
기획실장 우중건
펴낸곳 도서출판 학고재

주소 서울시 종로구 계동 101-12번지 신영빌딩 1층
전화 편집 (02)745-1722 영업 (02)745-1770
팩스 (02)764-8592
홈페이지 www.hakgojae.com

ISBN 978-89-5625-218-6 03810

이 책에 실린 내용의 전부 또는 일부를 이용하려면
반드시 저작권자와 도서출판 학고재의 동의를 받아야 합니다.

이 책의 국립중앙도서관 출판시도서목록(CIP)은 서지정보유통지원시스템 홈페이지(http://www.nl.go.kr/ecip)와
국가자료공동목록 시스템(http://www.nl.go.kr/kolisnet)에서 이용하실 수 있습니다.
(CIP제어번호: CIP2013004558)